De Gröne Ridder

Klaus-Peter Asmussen, geboren 1946 in Handewitt, wuchs mit plattdeutscher Muttersprache auf. Nach Abitur am Alten Gymnasium, Flensburg, und sechssemestrigem Studium an der damaligen Pädagogischen Hochschule Flensburg trat er in den Schuldienst ein und war zunächst sechs Jahre lang als Grund- und Hauptschullehrer in Dithmarschen tätig. Ab 1976 arbeitete er als Realschullehrer für Englisch und Dänisch in Tarp, Kreis Schleswig-Flensburg, bis er 2010 in den Ruhestand trat. 2007 veröffentlichte er bei BoD – Books on Demand „Planten un Blomen" ein „Wörterbuch schleswig-holsteinischer Pflanzennamen" (ISBN 978-3-8334-8589-3). Seit 2005 befasst er sich mit dem Übertragen von Märchen unterschiedlichster Provenienz in die plattdeutsche Kultur. Sein hier vorgelegtes siebentes Märchenbuch enthält lauter Geschichten, die der dänische Märchensammler Svend Grundtvig im 19. Jahrhundert zusammengetragen hat. Klaus-Peter Asmussen wohnt heute in seinem Geburtshaus in Langberg, Gemeinde Handewitt.

Klaus-Peter Asmussen

De Gröne Ridder

un anner Märkens,
utlehnt bi Svend Grundtvig un
nü vertellt up SleswigscheGeestplatt

Herstellung und Verlag:
BoD – Books on Demand, Norderstedt
ISBN 9783752814118

Inholt

De gröne Ridder.

Dar is mal en König we'n un en Königin, de hebben blots een eenzige Kind hatt, un dat is en lütte Prinzessin we'n. De Deern is noch heel lütt, do ward ehr Mudder starvenskrank. As de Königin nu markt, se hett nich mehr lang' to leven, do röppt se de König un seggt to em, he mutt ehr een Deel toseggen, darmit se ruhig starven kann: He schall se's Kind nie nich wat afslaan, 'nem de Deern em um beden deit, wenn dat jichens moeglich is un doon, wat se will. Dat seggt de König ehr denn uck to, un nich lang' darna blifft se doot.

De König is in't Hart bannig trurig un he fehlt sin Fruu so dull, un blots sin lütte Dochter is em en Troost. De Prinzessin ward bi em to Huus groot, un wat he sin Fruu toseggt hett, dat fallt em licht un holen: Nie nich sleit he de Deern wat af, 'nem se em um beden deit. Sodennig ward se en beten verwöhnt un verpiepelt, man anners is dat doch en gude un leeve Deern. Blots de Mudder, de fehlt ehr bi't Uptrecken, darum is se faken wat gediegen un melanklüterig. Se mag nich spelen un rumdalvern as anner Kinner, man alleen in't Holt un in'e Gaarn rumströmern, dat mag se geern, un Blöme un Vageln un all Slag Deerten mag se uck geern lieden, un se lest geern Gedichten un Geschichten.

Dicht bi, dar wahnt en Graaf sin Wittfruu, de hett en Dochter, en beten öller as de Prinzessin. Man dat is keen gude Deern, se is inbildsch, raffig un hett en Hart vun Steen. Man se is slau, jüst so as ehr Mudder, un se kann sik verstellen, wenn se dar ehr Vördeel in süht. De Graaf sin Wittfruu kriggt dat nu torecht, dat ehr Dochter faken un vel mit de lütte Prin-

7

zessin tosamenkümmt, un Mudder un Dochter geven sik ganz dull Möögde för un maken ik leevtalig bi ehr. Se doon allens, wat se man koenen, för un maken de Prinzessin en Vergnögen un muntern ehr up, un nich lang', do kann se gar nich mehr ahn een vun de beiden we'n.

Un dat is dat jüst, wat de Graaf sin Wittfruu wullt hett. Un as se dat so wied bröcht hett, do kriggt se een Dag ehr Dochter darto, dat se de Prinzessin mit vel Geblarr vertellt, se koenen nu bald nich mehr tohopenkamen, se treckt mit ehr Mudder wied weg in en anner Land. Do löppt de lütte Prinzessin foorts hen na de Wittfruu un seggt, se dörv nich weg mit ehr Dochter, se kann se nich missen, un wenn se weggahn, denn blifft se doot vör Gramm. Do deit de Oolsch so, as gung ehr dat an't Hart, un se seggt to de Prinzessin, dat gifft blots een Weg, dat se dar in't Land blieven koenen – ehr Vadder mutt ehr heiraden. Denn koenen se all beid, Mudder un Dochter, ümmer bi ehr blieven. Un se weeten gar nich, wo fein se ehr de Tokunft utmalen schoe'n un wo fein se dat denn hebben schall, wenn dat so kamen deit.

Do geiht de Prinzessin rup na ehr Vadder un pranselt un bedelt un seggt, he schall doch man de Graaf sin Wittfruu heiraden: Anners reist de weg, seggt se, un denn geiht ehr de eenzige Fründin fleuten, de se hett, un denn blifft se doot vör Gramm. Dat ward ehr sachs leed doon, wenn he dat deit, seggt de König, un em uck, denn he hett gar keen Lust un heiraden wedder, un de achtertücksche Gräfin un ehr achtertücksche Dochter truut he al gar nich oever de Weg. Man sin Dochter blifft bi un blarrt un bedelt, un do seggt he ehr toletzt to, he will dat doon. Un denn hollt he um de Gräfin an, un se seggt denn ja uck foorts ‚Ja'. Do maken se Hochtied, un de Gräfin is nu Königin un Steefmudder to de junge Prinzessin.

Man do is dat denn uck foorts vörbi mit ehr Fründlichkeit. Se deit nix anners mehr, as ehr Steefdochter quälen, triffeleern un triezen, man ehr eegne Dochter, de kriggt allens, wat se will. Dat dare falsche Beest quält sik uck gar nich mehr um'e Prinzessin, un se deit ehr allens to Tort, wat se man kann.

De König markt dat ja, un do geiht em dat bannig an't Hart, he hett sin Dochter ja dull leev. Un do seggt he uck mal to ehr, ehr geiht dat ja nu würklich nich guut, un wo se em do so dull um beden hett, dat hett ehr sachs al faken leeed daan. Man nu is dat to laat, seggt he, un he hett ehr dat ja uck al vörher seggt. Nu hollt he dat för dat Beste, seggt he, wenn se vun se weg un rut up'e Insel in sin Sommerslott trecken deit, dar hett se denn doch Ruh un Freden. De Prinzessin dankt ehr Vadder darför, un so hart ehr dat uck ankamen deit un gahn weg vun em, dat is doch nödig un geiht nich anners, denn to Huus bi de dare leege Steefmudder un de boshaftige Steefsüster kann se nu mal nich mehr hachten. Un do treckt se denn mit en paar Hofffdamen rut up'e Insel in dat Sommerslott, un ehr Vadder kümmt af un an rut na ehr un besöcht ehr, un em dücht uck, nu se de leege Steefmudder kregen hett, geiht ehr dat dar buten vel beter as to Huus.

Dar buten wasst se ran to en fixe Deern, rein un unschüllig, plietsch un nadenkern, leev un guut to Minschen un uck to Deerten. Man so richtig vun Harten vergnöögt is se nie nich, se is deepsinnig un föhlt ümmer en unbannige Lengen na wat Beteres, as wat se up düsse Welt funnen hett. Do kümmt mal een

Dag ehr Vadder rut na ehr, he mutt för en Tied up Reisen gahn un will ehr adjüs seggen. He schall na en grote Königsversammeln, 'nem en Barg Königs, Försten, Grafen un Ridders ut vele Länner tohopen kamen. De König will sin Dochter ja geern upmuntern, un do seggt he ut Spijöök, he will sik nu man up de Versammeln mang de Ridders un Königssoehns nipp umkieken, um dar nich een mang is, de guut nugg is un warrn ehr Mann, se is ja nu en smucke, utwussene Deern un dörv al mal an en Brüdigam denken. Do seggt se em „velen Dank": Wenn he de Gröne Ridder bemöten deit, seggt se, denn so schall he em gröten un em seggen, wo dull se na em lengen deit. Blots he un anners keen kann ehr dat Lengen nehmen, seggt se.

Darbi denkt de Prinzessin an'e Kirchhoff mit all de gröne Graffstä'n, denn se lengt dar ja blots na un blieven doot. Man dat versteiht de König nich, he wunnert sik blots oever de wunnerliche Gröten an en frömde Ridder, vun de he noch nie nich wat hört hett. Aver he is dar ja an wennt un doon allens, wat se sik wünschen deit, un do seggt he blots, he will dat nich vergeten un bestellen de Gröten, wenn he de Ridder bemöten schull. Un denn seggt he sin Dochter vull Leev adjüs un reist hen na de Königsversammeln.

Up de dare Versammeln sünd ja en Barg junge Ridders, Grafensoehns un Prinzen. Man nich een is dar mang, de se de Gröne Ridder nömen, un sodennig kann de König sin Dochter ehr Gröten nich loswarrn. Toletzt maakt he sik up'e Weg na Huus, un dat is en wiede Reis oever hoge Bargen, breede Waters un dör dichte Holt. Un as de König een Dag mal mit sin Lüüd dör so'n grote, dichte Holt rieden deit, do kamen se an en grote, apene Platz in't Holt, dar lopen grote Flocks Wildswiens up rum, man dat sünd keen heel wille Deerten, se sünd tamm, un en Harder in Jägertüüg wahrt se. He hett sin Hünne um sik rum, sitt up en lütte Barg un hett en Fleut, dar moeten all de Wildswiens up hören.

De König wunnert sik oever de dare grote Flocks vun tamme Wildswiens, un he schickt sin Lüüd hgen, dat se de Harder fragen, wokeen se tohören doon. De hören de Gröne Ridder, seggt de Harder. Do spielt de König de Ohren, un em fallt dat wedder in, wo sin Dochter em um beden hett. Nu ritt he sülvst hen na de Harder un fraagt em, um de Gröne Ridder dar in'e Neegde wahnen deit. Nee, seggt de Harder, de wahnt wied weg na Oosten to. Man wenn de König in de dare Richt wieder rieden deit, seggt he, denn bemött he sin anner Harders, un de schoe'n em de Weg sachs wiesen.

Do ritt de König mit sin Lüüd wieder na Oosten to, un se rieden dree Daag dör en grote Holt un kamen denn wedder an en grote Flach mit Holt rundum, dar lopen grote Flocks vun Elken un wille Ossen rum, de warrn passt vun en Harder in Jägertüüg, de wahrt un stüert se mit en Fleut. Sülven sitt he up en lütte Barg mit sin Hünne um sik rum. De König ritt hen na em un fraagt em, wokeen all de dare Deerten tohören. De hören all de Gröne Ridder, seggt he. Wonem de denn wahnen deit, will de König weeten. Wieder na Oosten to, seggt de Harder, he schall man ümmer liekut rieden, denn so kümmt he dar hen.

Do ritt de König mit sin Lüüd wieder, ümmer liekut na Oosten to, un se rieden dree Daag lang dör en grote Holt, bet se wedder kamen an en grote gröne

Flach mit Holt up all Sieden, dar grasen unbannige Flocks vun Hirschen un Rehen un Hasen up. Un merrn up dat Flach sitt up en lütte Barg de Harder in Jägertüüg mit sin Hünne um sik rum, un all de Deerten hören up sin Fleut. Na em rieden se hen un fragen, wokeen de Herr vun dat Holt un all de Deerten is. Dat is de Gröne Ridder, seggt de Harder, un se hebben dat nich mehr wied hen na em, dat is blots noch een Dagsreis dör't Holt na Oosten to.

Do ritt de König denn noch en heele Dag up en gröne Weg dörch luter gröne Holt. Denn kamen se an en grote Slott, dat is uck heel grön, denn Muern un Dacken sünd todeckt vun Slingplanten. As se vör dat Slott rieden, do kamen foorts en ganze Slarrs Deeners un Stallknechten an. All sünd se antrocken as Jägers, grön vun'e Kopp bet na de Fööt, un de heeten se willkamen un bringen se rin in't Slott un mellen se's Herr, de König vun dat un dat Königriek is dar mit sin Lüüd un will em geern gu'n Dag seggen. Un do kümmt denn de Herr vun dat Slott sülven, dat is de Gröne Ridder, en grote un smucke junge Mann, uck vun'e Kopp bet na de Fööt grön antrocken as en Jäger. He heet sin Gäste willkamen un laad't se in un kamen rin, un denn kriegen se fein wat to eten.

Do seggt de König, he wahnt ja bannig wied af, un sin Riek is ja bannig wiedlöftig, un he hett en grote Umweg maken musst, dat he kann sin Dochter ehr Wunsch erfüllen. As he na de Königsversammeln henreden is, seggt he, do hett se em beden, he schull de Gröne Ridder gröten un em seggen, dat se na em lengen deit, blots he un keen anner kann ehr Lengen stillen. Dat is ja en gediegene Updrag we'n för em, seggt de König, man sin Dochter is so klook as se guut is; un denn hett he ehr Mudder uck, as se up't letzte Lager legen hett, do hett he ehr toseggt, he wull se's eenzige Kind nix afslaan, 'nem se em um beden deit; un nu hett he ehr Updrag utföhrt.

Do seggt de Gröne Ridder, de König sin Dochter is sachs deepsinnig; an em kann se tominnst nich dacht hebben, denn vun em hett se wiss noch nie nich snacken hört. Se hett sachs blots an'e Kirchhoff dacht un meent, dar kann se Ruh finnen mang all de gröne Graffstä'n. Man vellicht, seggt he, vellicht kann he ehr uck wat vun ehr Lengen nehmen. He will de König en lütte Book mitgeven, seggt he, un wenn se düüstere Gedanken hett, denn so schall se avends ehr Finster na Oosten to upmaken un in dat dare Book lesen. Denn ward ehr Sinn lichter.

Un denn gifft he de König en lütte gröne Book. Man de kann dar nix in lesen, de Bookstaven, 'nem dat mit schreven is, de kennt he nich. Man he stickt dat weg un bedankt sik bi de Gröne Ridder för sin gude Afsicht un för de fründliche Upnahm. Dat deit em bannig leed, dat he sik sülven un uck de Gröne Ridder so vel Ungelegenheiten maakt hett, wo de Prinzessin em doch gar nich meent hett.

Se moeten dar Nacht blieven, un de Gröne Ridder harr se geern noch länger dar beholen, man de neegste Morrn seggt de König em adjüs un ritt mit sin Lüüd desülve Weg t'rügg, de se kamen sünd: soeven heele Daag dör de Ridder sin gröne Holt, bet se wedder alltosamen na sin Swienharder kamen, un vun dar slaan se de Weg liek na Huus in.

Foorts dat eerste Mal, as de König wedder na de Insel rutfahren deit, do bringt he sin Dochter dat lütte gröne Book mit. Un se wunnert sik dar bannig oever, as ehr Vadder vun de Gröne Ridder vertellt un ehr dat Book un sin Gröten bringt, denn se hett ja gar nich an en würkliche, lebennige Ridder dacht. Man noch desülve Avend, as ehr Vadder wedder weg is, maakt se ehr Finster na Oosten up, kriggt dat Book her un fangt an un lest dar in. Un do kennt se de Bookstaven un uck de Spraak, liekers dat nich ehr Mudderspraak is. Se geiht denn ja bi un lest, un dat sünd nix as Gedichten, un dat eerste in dat dare Book fangt sodennig an:

De Wind is an de See upstahn
Un bruust nu dör dat Holt hier baven.
Rundum is allens slapen gahn.
Wokeen will mit de Ridder sik verlaven?

As se de eerste Reeg lesen deit, do kann se düütlich hören, wo de Wind oever dat Water anbruust kümmt, bi de tweete Reeg ruust dat in all de Böme un de Kronen bögen sik in'e Wind, bi de drütte Reeg fangen ehr Hoffdamen an un nicken un slapen denn all upmal in. Un as se denn de veerte Reeg lesen deit, do kümmt de Gröne Ridder sülven in en Fedderkleed dör dat Finster henflagen na ehr.

Denn leggt he dat Fedderkleed af, seggt ehr fründlich gu'n Avend un seggt, se schall man nich bang' warrn vör em. He is de Gröne Ridder, seggt he, de de König besöcht hett un 'nem he dat Book vun kregen hett. Un se sülven, seggt he, se hett em nu na sik herlest. Se kann frie mit em oever allens snacken, wat se up't Hart hett, denn ward ehr dat lichter, seggt he. Un de Prinzessin föhlt foorts so'n Tovertruun to em, se sett sik liek oever vör em dal un schütt't ehr Hart ut. Un he snackt so klook un sacht mit ehr, se föhlt sik vergnöögt un glücklich as noch nie nich.

Denn seggt de Gröne Ridder to ehr, elkeen Mal, so faken se dat Book upmaken deit un lest de dare Reegen, denn geiht dat jüst so as vunavend: All de Minschen up'e Insel bet up ehr sülven fallen in deepe Slaap, un denn kümmt he foorts hen na ehr, wenn he uck wied weg vun ehr wahnen deit. Un denn seggt he ehr uck noch, he will geern na ehr kamen, wenn se em sehn will. Man nu, seggt he, nu schall se dat Book man toklappen för vunavend un slapen gahn.

Un so draa se dat Book tomaakt, do is de Gröne Ridder weg, un denn warrn ehr Hoffdamen wedder waak. Do geiht se to Bett un dröömt vun de Gröne Ridder un vun allens, wat he to ehr seggt hett. As se de neegste Morrn waak ward, do is ehr so licht um't Hart un se is so vergnöögt, as ehr noch keeneen vörher sehn hett, un sodennig geiht dat vun Dag to Dag. Se kriggt rode Backen, de hett se vördem uck nie nich hatt, un se lacht un spaaßt, se moeten sik all rein wunnern, wodennig se sik verännert hett.

De König seggt, de Gröne Ridder sin Raat mit de Avendluft un dat lütte Book hebben ehr richtig guut daan, un se seggt dat uck. Man wat keeneen weet, dat is, de Prinzessin kriggt jeede Avend, so draa as se in ehr Book lesen deit, denn kriggt se Besöök vun'e Gröne Ridder un snackt en ganze Barg mit em. Un as he dat drütte Mal bi ehr is, do gifft he ehr en gollne Ring un versprickt sik mit ehr. Man eerst wenn dree Maanden rum sünd, seggt he, denn eerst kann he na ehr Vadder gahn un um ehr Hand anholen, un denn will he ehr uck foorts mit sik na Huus nehmen.

Intwischen kriggt uck ehr Steefmudder to weeten, wodennig se dar buten up'e Insel upblöht is un wat se nu so sund un vergnöögt is as nie nich. Dar wunnert de Oolsch sik oever, man vör allen maakt ehr dat füünsch, se hett ja ümmer meent, de Prinzessin hett de Süük, un se luert dar blots up, dat se gau dootblieven schall, darmit ehr eegne Dochter dat Riek arven kann. Denn, meent se, denn ward sik al en König oder en Prinz finnen, de ehr to Fruu hebben will.

Do schickt se een Dag mal ehr Kamerdeern roever na de Insel to Besöök bi de Prinzessin, se schall mal tosehn un kriegen rut, warum de Prinzessin sik so dull verännert hett. De neegste Dag kümmt de Kamerdeern t'rügg un vertellt de Königin, dat schall de Prinzessin so guut doon, dat se elkeen Avend an't apene Finster sitt un in en Book lesen deit, dat hett se vun en frömde Prinz schenkt kregen. Se sülven, seggt de Kamerdeern, se is vun de Avendluft möö' wurrn un in en deepe Slaap fullen, un sodennig geiht dat elkeen Avend uck de Prinzessin ehr Hoffdamen, de seggen, se moeten dar noch rein de Gicht vun kriegen, man de Prinzessin ward ümmer frischer un munterer un blöht mehr un mehr up. Do schickt de Königin de neegste Dag ehr Dochter roever. Se schall de Prinzessin fein in't Oog beholen, seggt se, dat hett bestimmt wat up sik mit dat dare Finster. Dat kann doch woll nich angahn, dat dar en Mannsminsch rinkamen kann. De Dochter kümmt de neegste Dag t'rügg un kann uck nix anners vertellen as de Kamerdeern: Se is uck inslapen, as de Prinzessin sik an't Finster sett hett un hett anfungen un lesen.

Do mutt de Steefmudder de drütte Dag sülven roever un kieken na de Prinzessin. Un do snackt se so honnigsööt mit ehr, wodennig se sik freuen deit un sehn ehr so vergnöögt un munter. Un se fraagt ehr ut, so

guut as se man kann, man dar is nix ut ehr rutto-
kriegen. Se geiht uck an dat Finster, dat na Oosten
to liggen deit un wonem de Prinzessin avends üm-
mer sitt un lest. Se kickt dat vun buten an un uck
vun binnen, man dar is nix an uttomaken. Dat liggt
bannig hooch oever de Eerde, man dar wassen gröne
Slingplanten bet baven hen. Dar kunn ja doch vel-
licht een an't Finster rankamen. Do nimmt de Köni-
gin en lütte Scheer un smert dar so'n scharpe Gift
up, dat hett se ümmer bi sik hatt. Un as keeneen dat
süht, maakt se de Scheer in'e Finsterrahmen fast
mit de Spitzen na baven, man sodennig, dat 'n nich
to sehn is. As dat denn Avend ward un de Prinzessin
sett sik an't Finster un nimmt dat lütte gröne Book
in'e Hand un sleit dat up, do seggt de Königin ja to
sik sülven, nu will se sik recht tosamenrieten, dat se
jo nich inslapen deit as de annern. Man dat helpt ehr
keen Spier. As de Prinzessin de Riemels in'e frömde
Spraak lesen deit, do fallen de Königin de Ogende-
ckels to un se slöppt as en Steen, un mit ehr de Hoff-
damen un all, de binnen un buten dat Slott sünd.

In'e sülve Ogenblick kümmt de Gröne Ridder in sin
Fedderkleed in't Finster rin, keeneen süht oder hört
em, blots de Prinzessin. Se snacken dar vun, nu fehlt
dar blots noch een Wuch an de dree Maanden, un
denn will he an'e hellerlichte Dag na ehr Vadder
gahn un um ehr anholen. Denn will he ehr mit sik
nehmen un denn schall se ümmer bi em we'n in dat
gröne Slott merrn in dat grote Wooldriek, 'nem he de
Herr vun is un 'nem he ehr al so vel vun vertellt
hett. Dat is ja wied, wied weg vun hier, man he
flüggt doch elkeen Avend de heele Weg hierher un
wedder t'rügg in sin Fedderkleed, denn he flüggt so
gau, he bruukt dar meist gar keen Tied för.

Denn seggt de Gröne Ridder wedder vull Leev adjüs to sin Bruut, treckt sin Fedderkleed an un flüggt ut't Finster rut. Man he flüggt dar so sied dör, he kümmt an de Scheer, de de Königin dar in fastmaakt hett, un kriggt en Ratscher an't eene Been. He schriet luut up, un denn is he uck al verswunnen. De Prinzessin hett em hört un springt up, dar fall ehr dat Book ut'e Hand up'e Del un klappt to, un se schriet uck luut up, un dar warrn de Königin un all de Hoffdamen waak vun. De kamen nu all um ehr rum un fragen, wat mit ehr is. Man se seggt, dar is nix, se is woll en beten indrusselt un is denn woll bang' wurrn vun en sware Droom. Man se ward foorts krank un kriggt dat Bevern, do möten se ehr glieks to Bett bringen. De Königin sliekert sik foorts an't Finster, dat se ehr lütte Scheer dar wegnimmt. Do süht se, dar is Bloot an, un do stickt se 'n in de Scheed, de dar tohören deit, wickelt dar en Dook um un nimmt 'n mit na Huus.

De Prinzessin kann de heele Nacht nich slapen un is uck de neegste Dag noch heel ring, man hen to Avend steiht se doch up, se will frische Luft snappen, seggt se. Un do sett se sik an dat Finster na Oosten to, maakt dat up un sleit dat Book up un lest so as ümmer:

De Wind is an de See upstahn
Un bruust nu dör dat Holt hier baven.
Rundum is allens slapen gahn.
Wokeen will sik mit de Ridder verlaven?

Un de Wind bruust un de Böme rusen un bewegen sik un all fallen se de Ogen to, blots de Prinzessin nich – man dar kümmt keen Ridder.

So geiht dat denn een Dag um de anner. Wat se uck luert un lengt un wovel se uck lest un singt – dar kümmt keen Gröne Ridder. Do warrn ehr rode Backen wedder bleek un ehr vergnöögte Sinn ward wedder düüster. Se süükt dar so hen, un dat deit ehr Vadder weh, man ehr leege Steefmudder freut sik in'n Stillen.

Do dröppt sik dat een Dag mal, dat de Prinzessin alleen dör de Slottsgaarn up'e Insel wannert un sik dalsett up en Bank ünner en hoge Boom, un dar blifft se lang sitten in trurige un düüstere Gedanken. Do kümmt dar en Kreih anflagen, un denn noch een, un de setten sik up en Telgen liek oever de Prinzessin ehr Kopp un snacken tohopen, un de Deern versteiht, wat se tosamen snacken. De eene seggt, dat is doch en Jammer un kieken sik dat so mit an, wodennig se's Prinzessin dar rumgeiht un sik um ehr Leevste to Dode lengt. Ja, seggt de anner, un se is doch de eenzige, de em helpen kann, wo he dar krank liggen deit, krank vun dat Gift vun de Königin ehr Scheer. Wodennig se em denn helpen kann, fraagt de eerste. Ja, seggt de anner, Leeg mutt mit Leeg utdreven warrn. Günt in'e König sin Hoff, ünner de Steen in'e Graav westen de Schüün, dar liggt en Adder mit negen Jungen. Wenn de Prinzessin de faat kriegen kunn un denn dree Daag achter'nanner dree darvun ehr Leevste in sin Eten kaken dä, elkeen Dag dree junge Addern, denn kunn he sik wedder kamen. Man anners is dar för em nix mehr to maken.

So draa as dat Nacht ward, sliekert de Prinzessin sik rut ut dat Slott un dal an'e Strand. Dar kriggt se en lütte Boot faat un schippert darmit roever na de Königshoff, 'nem se uck richtig de Steen in'e Graav finnen deit un'n weg wöltert kriggt, so swaar as 'n is.

Denn kriggt se de negen junge Addern faat, de dar ünner liggen, wickelt se in ehr Snuufdook un schechelt los up'e Weg, de, as se weet, ehr Vadder trocken is, as he vun de Königsversammeln kamen is.

Sodennig geiht se to Foots Wuchen un Maanden, oever hoge Bargen un dör dichte Holt. Upletzt kümmt se na desülve Swienharder in Jägertüüg, de ehr Vadder do bemött is. He weet, wo süük sin Herr, de Gröne Ridder, to Huus liggen deit un verklaart ehr de Weg: Na Oosten dör dat deepe Holt na de tweete Harder, un vun de kümmt se na de drütte Harder, un denn upletzt na dat gröne Slott, 'nem de Gröne Ridder wahnen deit un krank to Bett liggen mutt vun dat Gift in sin Bloot. He kennt keeneen un snackt mit keeneen un wöltert blots in Angst un Wehdaag in't Bett rum. Vun alle Ennen vun de Welt hebben se Dokters na em kamen laten, man keen hett em dat uck blots en lütte beten lichter maken kunnt.

As de Prinzessin dar ankümmt, geiht se in'e Koek un fraagt, um se dar nich kann in Deenst kamen. Se will afwaschen un bi allens mithelpen un de annern to Hand gahn un allens doon, wat se vun ehr verlangen sünd, wenn se man Verlööv kriggt un blieven dar. Dar is de Kock mit inverstahn. Un se is so anstellig, flink un willig to elkeen Arbeit, dat duert nich lang', do mag de Kock ehr geern lieden. Ja, he hett al so'n beten en Oog up ehr smeten, un so deit he geern, 'nem se em um beden deit.

Do seggt se mal to em, he schall ehr doch man de Supp för de kranke Herr kaken laten. Se weet heel guut, seggt se, wodennig de kaakt warrn mutt. Man se will dar alleen bi we'n, seggt se, Pottkiekers will se nich hebben. Dar kriggt se denn Verlööv to, un do kaakt se dree vun de junge Addern in de Supp rin, un denn ward 'n rupbröcht na de Gröne Ridder. Un as he de Supp eten hett, do geiht dat Feever so wied dal, dat he doch de Lüüd wedder kennen deit un vernünftig snacken kann. Do lett he de Kock na sik henkamen un seggt to em, de Supp vundaag hett em bannig guut daan, um he de sülven kaakt hett. Ja, seggt de Kock, dar dörv ja anners keen as he sülven dat Eten för de Herr t'rechtmaken. Do seggt de Gröne Ridder, he schall dar jo för sorgen, dat he de neegste Dag mit desülve Supp kamen deit.

Nu mutt de Kock denn ja de Prinzessin beden, dat se de neegste Dag uck de Supp för de Herr kaaken deit. Un se kaakt dar denn wedder dree junge Addern rin. Dar ward de Gröne Ridder so risch vun, he kann al wedder upsitten in't Bett. Un all de Dokters wunnern sik un koenen dat gar nich begriepen, wodennig dat togeiht. Man se seggen, nu slaan upletzt doch de Middels an, de se em sörre een Maand ingeven hebben, un nu schall he sik woll wedder kamen, dar sünd se sik wiss bi.

De drütte Dag mutt de Koekendeern wedder de Supp kaken, un se kaakt dar de letzte dree junge Addern rin. Un so draa as de Kranke de Supp eten hett, föhlt he sik heel un deel frisch un risch. He springt rut ut't Bett un geiht munter rum un will nu sülven dal in'e Koek, he will de Kock danken. De is doch sin beste Dokter we'n seggt he.

As he na Koek kümmt, is de Kock jüst nich dar, he finnt blots en Deern, de steiht un wascht af. Man he ward de Deern foorts kennen, un nu geiht em uck en Talliglicht up, wodennig dat allens tohopen hängen

deit. Un he nimmt ehr in'e Arms un seggt, denn is se
dat, de em dat Leven rett't hett un em vun dat Gift
heelt hett, wat he in't Bloot kregen hett, as he sik bi
sin letzte Besöök an ehr Finsterrahmen ratscht hett.
Se kann dat ja nich afstrieden, man nu is se glück-
lich, un he is dat uck un denn maken se Hochtied up
dat gröne Slott, un dar leven se ümmer noch un
regeern dat Land mit all de gröne Woold in.

De witte Duuv

Dar is mal en König we'n, de hett twee Soehns hatt.
Dat sünd en paar bannig drieste Bengels we'n, de
hebben ümmer en Barg Kreihenschiet in'e Kopp
hatt. Mal rojen se in en lütte Boot alleen rut up See.
Dat is richtig feine Wedder, as se losrojen, man se
sünd knapp en Stück vun't Land weg, do brickt dar
en gresige Storm los. De Reemen gahn foorts oever
Boord, un de lütte Boot ward up'e wille Bülgen hen
un her smeten as en Noetschell. De Prinzen moeten
sik al an'e Duchten fastholen, darmit se nich oever
Boord fallen.

Do bemöten se en wunnerliche Fahrtüüg, dat is en
Backtrogg, dar sitt een Oolsch ganz alleen in. Se
röppt se an un seggt, se koenen lebennig an Land
kamen, wenn se ehr darför de Soehn toseggen woe'n,
de se's Mudder bald kriggt. Dat koenen se nich, ro-
pen de beiden, he hört se ja nich, un sodennig koenen
se em uck nich weggeven. Tja, seggt de Oolsch, denn
koenen se vun ehr ut beid an'e Grund vun'e See ver-
rotten, man se meent, se's Mudder will sachs leever
de beide Jungs beholen, de se al hett, as een, de noch
eerst to Welt kamen schall.

Un denn pullt se afste' mit ehr Backtrogg, un de
Storm huult noch duller as vördem, un de beide
Prinzen se's Boot löppt bi lütten vull Water, un se
sünd al meist bi un gahn ünner. Do denken se, dar is
doch wat an, wat de Oolsch seggt hett vun se's Mud-
der, un se woe'n uck sülven geern se's Leven retten,
un do ropen se de Oolsch achterna un seggen ehr to,
dat schall we'n, as se dat verlangt hett, se kann de
Broder kriegen, de noch nich baren is, wenn se se
man retten will ut de dare Seenoot. Foorts flaut de

Storm af, de Bülgen leggen sik, de Boot drifft an Land vör se's Vadder sin Slott, un de beide Prinzen kamen guut na Huus un warrn vun Vadder un Mudder mit apene Arms upnahmen, de hebben al gresige Angst utstahn um se.

De Jungs seggen nix vun se's Verspreken, nu nich un uck nich, as de Königin ehr drütte Soehn kriggt, en feine Jung, de se leever hett as allens up'e Welt. He ward groottrocken un ertrocken, kriggt Ünnerricht un lehrt an sin Vadder sin Hoff, bet he utwussen is; un sin Bröder hebben nie nich wedder wat vun de dare Hex sehn un hört, de se em toseggt hebben, ehrer he noch baren weer.

Do gifft dat een Avend mal en gresige Storm mit Düüsternis un Daak; dat suust un bruust um de König sin Hoff, un denn ward dar hart an'e Dör vun'e Saal kloppt, 'nem de jüngste Prinz in is. He geiht an'e Dör, un do steiht dar en Oolsch mit en Backtrogg up'e Rügg un seggt to em, he mutt foorts mit ehr kamen: Sin Bröder hebben em ehr toseggt darför, dat se se dat Leven rett' hett. Ja, seggt he, wenn se sin Bröder dat Leven rett' hett un se hebben ehr em darför toseggt, denn so will he uck mitgahn. Do gahn se denn tosamen dal an'e Strand. He mutt sik mit de Hex in'e Backtrogg setten, un se seilt mit em afste' oever de See oder oever en Bucht vun'e See, hen na ehr Huus.

Nu is de Königssoehn in'e Hex ehr Macht un in ehr Deenst. Dat eerste, wat he to doon kriggt, is, he schall Feddern utenannerpulen. De Hupen Feddern, de he dar süht, seggt de Hex to em, de mutt he bet to Avend ferdig hebben, anners kriggt he en Arbeit updragen, de swarer is un doon. He geiht foorts bi un puult un puult, un toletzt is dar man noch een Fedder na, de he noch nich in'e Fingern hatt hett. Do kümmt dar mitmal en Küselwind un tußelt all de Feddern rum un fegt se up'e Del wedder to en Hupen tosamen, un do liggen se dar as tohopenstampt. Do mutt he nochmal vun vörn anfangen mit sin Arbeit; man nu is dat man noch een Stunn bet Avend, wenn de Hex ja wedder na Huus kümmt, un he süht in, he kann unmoeglich to rechter Tied ferdig warrn.

Do hört he, dar tickt wat an'e Finsterruut, un en fiene Stimm seggt: „Laat mi in, denn help ik di!" Dat is en witte Duuv, de sitt vör't Finster un pickt mit'e Snavel an'e Ruut. He maakt up un de Duuv flüggt rin un geiht foorts bi un plückt mit'e Snavel all de Feddern ut'nanner. Un ehrer de Stunn um is, liggen all de Feddern fein ut'nannerpuult dar; de Duuv flüggt ut't Finster rut, un do kümmt de Hex uck al in'e Dör rin.

Süh mal, kiek, seggt de ole Hex, dat is ja mehr, as se em totruut harr, dat he de Feddern so fein t'rechtkregen hett. Dar koenen doch ganz flinke Fingern an so'n Königssoehn sitten. De neegste Morrn seggt se denn to de Prinz, vundaag schall he en heel lichte Arbeit kriegen. Buten vör de Dör, seggt se, dar liggt en beten Brennholt, dar schall he denn Pinnholt vun maken, dat se dat to Anböten bruken kann. Dat is ja gau daan, seggt se, man he mutt dat ferdig hebben, bet se wedderkümmt.

De Prinz kriggt en lütte Biel un maakt sik foorts an'e Arbeit. He haut un klöövt munter up los, un em dücht, dat geiht em recht flink vun'e Hand, man de Dag vergeiht, Middag is lang' vörbi, un he is lang' noch nich ferdig. Em dücht, de Stapel Holt ward

ehrer grötter as lütter, so vel he dar uck vun weg-
nehmen deit. Do lett he de Hänne sacken, wischt sik
de Sweet vun'e Vörkopp, un he ward richtig schiet
topass; he weet ja, dat geiht em nich guut, wenn he
nich ferdig is mit sin Arbeit, bet de Hex na Huus
kümmt.

Do kümmt de witte Duuv anflagen, sett sik up'e
Holtstapel un gurrt un fraagt, um se em helpen
schall. Ja, seggt de Königssoehn un bedankt sik, dat
se em güstern hulpen hett un vundaag uck helpen
will. Un foorts kriggt de witte Duuv een Stück Holt
na dat anner faat un klöövt dat mit'e Snavel. Un dat
geiht so gau, de Königssoehn kann dat klöövte Holt
gar nich so gau an'e Kant bringen. Un ehrer he sik
dat versüht, is all dat Holt to lüerlütte Pinnen haut
un klöövt.

Do flüggt de witte Duuv na em hen un sett sik up sin
Schuller; un de Königssoehn bedankt sik un eit un
striechelt 'n oever de witte Feddern un gifft 'n en
Söten up'e lütte rode Snavel. Do is dat upmal keen
Duuv mehr, man en feine junge Deern steiht blangen
em. Se vertellt em denn, se is en Prinzessin, un de
Hex hett ehr stahlen oder up'e sülve Wies in ehr
Macht kregen as em un ehr denn to en Duuv maakt.
Man mit sin Söten, dar is se wedder en Minsch
wurrn, un wenn he ehr truu we'n will un ehr to Fruu
nehmen, denn kann se sik sülven un uck em sachs
vun de Hex ehr Macht friemaken.

De Königssoehn is foorts hen un weg, so smuck as se
is, un will dar geern allens för doon, dat se sin Fruu
ward. Do seggt se to em, wenn de Hex na Huus
kümmt, denn schall he ehr beden, dat he sik wat
wünschen dörv, wo he doch allens, wat se em up-

dragen hett, so fein henkregen hett. Un wenn se Ja seggt, denn schall he ehr liekto um de Prinzessin beden, de se hier up'e Hoff holen deit, un de nu as witte Duuv rumfleegen mutt. Man eerst mutt he ehr, de Prinzessin, en rode Siedenfaden um'e lütte Finger binnen, dat he ehr uck foorts wedderkennt, liekervel, wat de Hex ut ehr maken deit.

De Prinz tüdelt ehr gau en rode Siedenfaden um'e lütte Finger, un foorts is de Prinzessin wedder en witte Duuv un flüggt weg; un stracks kümmt uck de ole Hex na Huus mit ehr Backtrogg up'e Nack. Na, röppt se, dat mutt se al seggen, he is flink bi de Arbeit. Un Prinzenhänne sünd doch sowat gar nich wennt. Do seggt de Königssoehn, wo se so tofreden is mit sin Arbeit, do ward se em doch sachs uck en lütte Freud maken un em dat geven, wat he geern hebben will. O ja, geern, seggt de Hex, wat dat denn we'n schall. He will de Prinzessin hebben, seggt he, de dar up ehr Hoff is un de as witte Duuv rumflüggt. Och, dümm Tüüg, röppt de Hex, wo he denn up de dare Idee kümmt, dat dar Prinzessinnen up ehr Hoff as witte Duven rumfleegen. Man wenn he partuh en Prinzessin hebben will, denn so kann he so een kriegen, as se se dar up'e Hoff hebben. Un denn kümmt se anslept mit en lütte graue, ruge Esel mit lange Ohren. Um he de hebben will, fraagt de Oolsch, en anner Prinzessin kann he nich kriegen.

Nu kickt de Königssoehn nipp hen un ward de lütte rode Siedenfaden um'e eene Foot vun'e Esel wies, un do seggt he, ja, de schall se em man geven. Och, wat he dar denn mit will, fraagt de Hex. Dar will he up rieden, seggt he. Ja, dat schall he man doon, seggt se, man to lieker Tied treckt se de Esel weg. Wo sin Esel denn afbleven is, fraagt de Prinz, dat is sin, un he will 'n hebben. Ja, wiss, seggt de Hex un kümmt wedder anslept mit en ole verschrumpelte Wief ahn Tähns un mit bevern Hänne. En anner Prinzessin kann he nich kriegen, seggt se, um he de hebben will. Ja, dat will he, seggt de Prinz, denn he is al sin lütte rode Siedenfaden an de dare Oolsch ehr Finger wies wurrn.

Do ward de Hex so füünsch, se ramentert un fahrwarkt dar rum un haut allens in Stücken, wat se faat kriggt, un de Schören fleegen un susen de Prinz un de Prinzessin – de is nu wedder so smuck as ehrdem – um'e Ohren.

Do schoe'n se denn Hochtied maken, denn de Hex mutt ja holen, wat se toseggt hett, un de Prinz mutt de Prinzessin kriegen, eendoont, wat se sik naher infallen lett. Do seggt de Prinzessin to em, an de Hochtiedstafel, dar dörv he eten, wat he will, man he schall jo nich een Drüpp drinken, denn wenn he dat deit, denn so vergitt he ehr. Man an'e Hochtiedsdag denkt de Prinz dar lang' nich mehr an, un he langt mit de Hand na en Beker Wien. Aver de Prinzessin passt nipp up un stött em an mit'e Ellbagen, dat de Wien oever dat Dischdook swappt. Do kümmt de Hex wedder tohööcht un haut um sik up Kannen un Schötteln, de Schören fleegen se man so um'e Ohren, jüst so as dat eerste Mal, as ehr dat up Schiet utlapen is.

Denn warrn se in'e Bruutkamer bröcht, un de Dör ward tomaakt. Do seggt de Prinzessin, nu hett de Hex holen, wat se toseggt hett, nu ward se se friewillig nix Gudes mehr doon; darum moeten se foorts utneih'n. Se will twee Stücken Brennholt in't Bett leggen, seggt se, de schoe'n för se antern, wenn de

Hex mit se snacken deit. Un he schall noch de Blomenputt un en Glas mit wat Water, de stahn dar in't Finster, de schall he mitnehmen, un denn moeten se sik dör dat dare Finster rutsliekern un tosehn un kamen afste'.

As dat seggt is, so ward't uck daan. Se sehn to un kamen afste' rut in'e düstere Nacht, un de Prinzessin geiht vöran, denn se kennt de Weg; se hett 'n utspickeleert, as se as Duuv rumflagen is. Hen to Middernacht kümmt de Hex an'e Dör vun'e Bruutkamer un röppt dar rin; un de beide Brennholtstücken antern, un do meent se, dat Bruutpaar is dar binnen, un geiht wedder weg. Vör Dau un Dag is de Hex al wedder an'e Dör un röppt na se; un wedder antern de twee Brennholtsücken. Do meent se denn, se hett se seker; un wenn de Sünn upgeiht, denn is de Bruutnacht vörbi, denn hett se ehr Verspreken holen un kann denn all ehr Raasch an se utlaten un mit se afreken. Mit de eerste Sünnenstrahl störmt de Hex denn rin in'e Kamer – man dar finnt se keen Prinz un keen Prinzessin, man blots de twee Stücken Brennholt, de liggen dar in't Bett un glupen ehr an un seggen nix. De haut se sodennig an'e Grund, se spliddern to dusend Stücken, un denn jaagt se afste' achter dat utneihte Paar ran.

As de eerste Sünnenstrahl rutkümmt, seggt de Prinzessin to ehr Prinz, he schall sik mal umkieken, um he achter se wat sehn kann. Ja, seggt he, wied weg, dar süht he en düstere Wulk. Denn schall he de Blomenputt rüggwärts oever sin Kopp smieten, seggt de Prinzessin. He deit dat, un do kümmt dar achter se en grote, dichte Holt hooch. Un as de Hex dar ankümmt, do kann se dar nich ehrer dörkamen, as bet se gau na Huus lapen is un hett sik ehr Äx haalt un sik dar en Weg mit dör dat Holt haut.

Nich lang' darna seggt de Prinzessin wedder to de Prinz, he schall sik mal umkieken, um he wat achter se sehn kann. Ja, seggt de Prinz, de grote, swatte Wulk is wedder dar. Denn schall he dat Glas Water rüggwärts oever sin Kopp smieten, seggt se. Un as he dat deit, do ward dar achter se en grote See vun. Dar kann de Hex nich roever, se mutt eerst nochmal na Huus lopen un halen ehr Backtrogg.

Wieldes is dat utneihte Paar na dat Slott kamen, 'nem de Prinz to Huus is. Se klarrn gau oever de Gaarnmuer un lopen dwars dör de Gaarn un witschen rin dör en apene Finster. Do is de Hex al dicht achter se. Do stellt de Prinzessin sik an't Finster un puustet dal up'e Hex: Hunnerte vun witte Duven fleegen ut ehr Mund un susen un flattern de Hex um'e Kopp, un do ward de so splitterndull, se basst in luder Flintsteens, un dar steiht se noch as grote Flintsteen vör't Finster.

Man up dat Slott, dar is nu idel Freud oever de Prinz un sin Bruut. Un sin beide grote Bröder kamen, fallen vör em up'e Kneen un beden em, he schall se dat vergeven, wat se em andaan hebben. He schall nu alleen dat heele Riek arven un regeern, un se woe'n sin true Ünnerdanen we'n.

In'e Wulf sin Buu un de Adler sin Klau

Dar is mal en König we'n un en Königin, de hebben en lütte Jung hatt. Een Dag woe'n de beiden mal tosamen utfahren, aver se's Jung woe'n se nich mithebben. Man he will doch mit, un darum löppt he achter de Waag ran. He lett sik dar dör nix vun afbringen, un do lett de König nochmal anholen un seggt to de Prinz, wenn he düt sülverne Mess un düsse sülverne Gavel – de gifft he em –, wenn he de nimmt un rinbringt na sin Kinnerfruu, denn dörv he wedderkamen un mitfahren. Se woe'n so lang' up em töven, bet he wedder dar is.

De Prinz nimmt dat sülverne Mess un de Gavel un löppt na't Slott to. Man de König hett em man blots mit de dare Updrag rinschickt, dat he em losward; un as de Jung en lütte Stück lapen is un sik mal umkieken deit, do ward he wies, de Waag fahrt af. Do dreiht de Prinz foorts um un löppt wedder achter de Waag ran, man he kriggt 'n nich mehr faat. As he in en Holt kümmt, do will he de Weg afsnieden, man he verbiestert un löppt liek rin in en Wulfshöhl. De Wulf is woll to Huus, man he hett keen Hunger, he hett sik jüst düchtig wat to Bost neiht, un so deit he de Jung nix, he spelt mit em as en Hund.

As se sodennig vör de Wulfshöhl rumspringen, kümmt dar en Adler over se's Köppe flagen, süht de Jung, sleit dal un kriggt em faat mit sin Klauen un flüggt weg mit em. He will em mit rupnehmen in sin Nest, dat liggt up en Insel buten in'e See; man ünnerwegens ward de Jung em to swaar, un do lett he em fallen. He fallt dal in'e See, un do kümmt dar foorts en Wallfisch un sluckt em oever.

As de Prinz en beten in'e Wallfisch sin Buuk legen hett, do ward em dat to langwielig. Do kriggt he sin sülverne Knief un Gavel ut'e Tasch un geiht bi un snittjern dar binnen rum. Dat kann de Wallfisch nich af; he blifft doot un drifft an Land.

De Jung kann dar nich alleen rutfinnen; man as se in't Land hören, dar is en Wallfisch andreven, do sünd dar en Barg Lüüd, de kamen an'e Strand un woe'n 'n seh'n un ankieken. Dar mang is uck de Herr vun en Eddelhoff mit sin Soehn, en Jung so oolt as de Prinz. As de dar rumgahn un kieken sik de Wallfisch an, do hören se, binnen in dat Deert röppt un bölkt dar een. Un as se 'n upsnieden, do kümmt de Prinz dar rut, jüst so springlebennig as eerst, as de Wallfisch em oeversluckt hett.

De Herr nimmt denn de Prinz mit na Huus un lett em tosamen mit sin eegne Soehn uptrecken. Nich lang', do warrn se gude Frünnen, un de Prinz geiht dat richtig guut dar up'e Hoff. Do spelen de beide Jungs een Dag mal Ball, un do passt de Prinz nich richtig up un drifft de Ball sodennig, dat 'n de Herr sin Soehn liek an'e Dünnen dröppt, un dat so dull, de Jung fallt foorts um un is doot. Do ward de Herr splitterndull un seggt, se schoe'n all beid mit'nanner inkuhlt warr, de lebennige Jung mit de dode. He meent, he hett en Recht oever em, wo he em ja ut'e Wallfischbuuk rutsneden hett.

To de Tied sünd de Lüüd noch Heiden we'n un hebben se's Doden in grote Bargen buten up't Feld begraven. Un de lebennige Königssoehn ward mit in'e Barg sett, 'nem se sin dode Spelkammeraad rinleggen, un denn ward de Barg mit grote Steens tomaakt. Dar sitt de stackels Prinz denn nedden in

Düüstern un stickige Luft. Do markt he, dar krabbelt wat Lebenniges in'e Barg rum. He kriggt dat faat, so guut as dat in Düüstern geiht, un do is dat wat Haariges; un do ward he wegtrocken un dör de Eerde slept. Dat is en Voss, de hett sin Höhl ünner de Barg wöhlt; de hett de Prinz bi de Steert faatkregen, un de treckt em nu dör een vun sin Gänge un rin in sin Vosskuhl, un vun dar wieder na buten; denn de hett sik ja bannig verfehrt un will nu nix anners as sin Last loswarrn.

As de Königssoehn wedder de frie Heven oever sik hett fangt he an un lopen un löppt na't Holt to. Na de Herrenhoff, vun de ut se em inkuhlt hebben, dar truut he sik nich wedder hen. He biestert nu en paar Daag dör dat düüsterste Holt, wat he man finnen kann, bet he en Deef un Röver bemöten deit, de huust dar buten in dat dare wille Holt. De nimmt em mit na Huus un gifft em to eten un to drinken un is bannig fründlich to em. Denn so'n eenzelne, verbiesterte Jung kann em ja nich gefährlich warrn; man he kann em Sellschop we'n un uck nütten.

De Deef nimmt de Jung elkeen Nacht mit, un de Königssoehn mutt sik darmit affinnen un helpen em klau'n, bi Buern un bi Eddellüüd.

Do kamen se een Nacht mal na en grote Slott, un dar gahn se hen na de Stall, un de Deef seggt, de Jung schall dar baven dör en lütte Stallfinster krupen, dat steiht apen. In'e boeverste Boos steiht en griese Hingst, de hett veer gollne Hoofiesens; de will de Deef hebben. De Jung schall 'n losbinnen un dör de Stall trecken un denn de Dör vun binnen upmaken un 'n rutbringen. Sülven will de Deef buten töven un em denn dat Perd afnehmen.

De Jung deit, as em heeten is: He kümmt rin dör dat lütte Finster, un he finnt hen na de boeverste Boos, un he kriggt de Hingst losbunnen vun'e Krüff un geiht denn bi un sliekern sik dör de Stallgang mit 'n. Man as de gollne Hoofiesens up'e Steenbrügg klappern, do ward eerst een Stallknecht waak, un de röppt na de annern, un denn kamen se gau mit Licht dal in'e Stall un kriegen de Jung faat bi sin Doon.

Dat ward de König foorts de neegste Morrn mellt — denn dat is en König, de de Hingst tohören deit —, un he seggt, se schoe'n de Deef foorts an'e Vörmiddag uphängen. He will sülven kamen un sehn, dat dat uck richtig daan ward.

As de Jung al dat Tau um'e Hals hett un an'e Galgen schall, do seggt he, he will geern Verlööv hebben un seggen noch en paar Wöör un vertellen sin Geschicht. Dat ward em toseggt. Un do seggt he:

„Ik weer toeerst in'e Wulf sin Buu,
denn wurr ik grepen vun de Adler sin Klau,
in'e Wallfischbuuk buten up See muss ik liggen,
bi de Dode in't düüstere Graff dä'n s' mi bringen,
un denn kreeg mi en Deef tofaten,
darför schall ik nu min Leven laten.
Man ik heff noch dat Sülvermess un de Gavel,
de hebben mal legen up min Vadder sin Tafel,
na min Kinnerfruu henbringen schull ik de,
wieldes fahren min Vadder un Mudder afste'."

De König is dar ja bi, as de Jung an'e Galgen schall, un as he dat hört, do he nix as hen un nehmen de Jung, de se jüst uphängen woe'n, in'e Arms; denn dat is ja keen anner as sin eegne Soehn.

Un all de Lüüd freu'n sik, is doch klaar,
denn de König sin Soehn is wedder dar.
Nu ritt he flott oever Bek un Brügg
up de goldbeslaane Hingst sin Rügg.

Wunner

Dar is mal en König we'n, de is al in bannig junge
Jahren verheiraad't wurrn un is bannig glücklich
we'n. Man dat Glück hett man korte Tied duert, un
he hett fröh en sware Sorg beleven musst; denn as
he en Jahrstied verheiraad't we'n is, do blifft sin
leeve Königin in't Wuchenbett doot, na dat se en
lütte Dochter baren hett. As se wies ward, se mutt
dootblieven, do nimmt se de König dat Verspreken
af, dat he soeven Jahr as Wittmann leven will; un
wenn he sik denn wedder verheiraden will, denn so
dörv he blots de to Fruu nehmen, de se's lütte Deern
an leevsten as Mudder hebben will, wenn se darna
fraagt ward.

Dat seggt de König ehr fierlich to, un denn blifft se
doot un ward begraven, un de König truert heel dull
um ehr. Se sünd ja so glücklich we'n un hebben sik
so to eenanner freut de Tied, de se tosamen we'n
sünd. De lütte Prinzessin kriggt en Kinnerfruu, un
se maakt sik guut; un de dare Kinnerfruu is so leev
to ehr un passt dat lütte Königskind so fein, dat harr
gar nich beter we'n kunnt, wenn se sülven weer de
Mudder to dat Kind we'n.

De Prinzessin hett denn mit de Tied ehr Kinnerfruu
uck so leev, as wenn dat ehr richtige Mudder weer.
Man all de dare Leev vun de Kinnerfruu is nix an-
ners as Bereken un Verstellen, denn as dat Kind bi
lütten ranwassen deit, snackt se faken mit de Deern
darvun, wo trurig dat för se beide weer, wenn se
ut'nanner mussen, un wo fein dat weer, wenn se
ümmer tosamen blieven kunnen. Un toletzt, as de
Prinzessin in ehr soevente Jahr is, seggt de Kinner-
fruu rein rut to ehr, wenn se wedder Geburtsdag

hett, denn fraagt ehr Vadder ehr sachs um Raat, wokeen he nehmen schall, wenn he wedder heiraden deit, un wokeen se an leevsten as Mudder harr, un denn schall se seggen, dat is ehr Kinnerfruu. Anners kriggt se sachs en frömde een as Steefmudder, un de is denn womoeglich leeg to ehr.

Dat geiht denn uck jüst so, as de schuulsche Kinnerfruu sik dat utrekent hett. As de lütte Prinzessin soeven Jahr oolt is, seggt se to ehr Vadder, he schall doch ehr Kinnerfruu heiraden; un he meent denn, he kann nich anners na dat Verspreken, wat he ehr Mudder up ehr Dodenbett geven hett. Un do ward de Kinnerfruu denn Königin. Man vun de Tied an is dat heel vörbi mit all de Leev, de se de Prinzessin vörmaakt hett. Se hett sülven en Dochter, de ward nu an'e Hoff haalt un bi allens de König sin Dochter vörtrocken; un de leege Steefmudder süht uck to, dat se de Prinzessin de Leev vun ehr Vadder nimmt dör allerhand Loegen vun Hansbunkentoeg, de se begahn hebben schall, man 'nem se gar nix mit to doon hett. Vun sin Steefdochter hört de König blots Gudes un vun sin eegne Dochter nix as Leeges. He schimpt ehr faken ut, man he hett ehr doch ümmer noch leev. Aver se ward schuu un bang' vör ehr Vadder un kümmt em so wenig ünner de Ogen, as et man angahn kann.

Sodennig steiht dat, as de Königsdochter föftein Jahr oolt is. Do kümmt dat mal so, dat de König en ganze Tied wegreisen mutt för un föhren Krieg an'e Grenz vun sin Riek, un de Königin schall wieldes de Kraam to Huus stüern. Nu spickeleert se dar denn fröh un laat oever, wodennig se Vadder un Dochter sodennig mit'nanner vertürnt kriegen kann, dat de Königsdochter heel un deel bikant un ehr eegne Dochter an ehr Stä' kümmt. Mit so'n leege Gedanken geiht de leege Königin een Dag buten in't Holt rum; se is ganz schiet topass, denn de König kann bald wedder na Huus kamen, un se hett noch nix utspickeleert kregen, wat ehr bi ehr Plaan helpen kann. Do kümmt dar en Hex bi ehr an dar buten in't Holt un fraagt, warum se sodennig de Ohren hängen lett; se meent, se kann ehr sachs helpen, wenn de Königin sik ehr man anvertruun will. Do vertellt de leege Königin denn de dare Hex vun ehr Sorgen, un de versprickt ehr, dar is sachs Raat för. Se woe'n sik de neegste Dag dar in't Holt wedder drapen.

De Königin is to de afmaakte Tied up'e Plack, un dar kümmt de Hex hen na ehr. Se hett wieldes all de wille Deerten in't Holt melkt, un vun de dare Melk hett se en lüerlütte Kees maakt, de gifft se de Königin. De schall se ehr Steefdochter to eten geven, denn hett se dar sachs Glück vun. Man de Prinzessin mutt de Kees vun sülven un friewillig nehmen, anners helpt dat nich. De Königin kriggt denn de Kees mit na Huus, un se leggt 'n en Stä' hen, 'nem de junge Prinzessin 'n wies ward. Dat is ja en nüdliche lütte Kees, seggt se, de mutt se hebben. Un de Kees smeckt sööt un fein, un de Königsdochter itt 'n up mit Rump un Stump. Man dat bekümmt ehr nich guut: Se föhlt sik darna süük, se ward vun Dag to Dag ringer utsehn un ward ümmer dicker un swarer; un ehrer noch de König na Huus kümmt, süht se ut as en Fruu, de wat Lüttes hebben schall.

As denn de König na Huus kümmt, do heet de Königin em denn ja willkamen, un he fraagt foorts na sin Dochter. Do sett de Königin en bannig trurige Gesicht up un seggt, he schall man nich to böös oder allto hart gegen sin eegne Dochter we'n; dat lett sik ja nich verbargen, dat se sik nich schickt hett, as he weg we'n is. De König lett foorts sin Dochter vör sik kamen; so draa he ehr denn to Gesicht kriggt, dreiht he sik af. He snackt nich mit ehr, man lett foorts twee vun sin true Deeners ropen un gifft se Order, se schoe'n ehr in en Waag setten un ehr deep rin in't wille Holt fahren, 'nem anners nie nich en Minsch henkümmt; dar schoe'n se ehr foorts um'e Eck bringen un em ehr Hart, ehr lütte Finger un ehr Tüüg vull Blootplackens bringen as Bewies, dat se sin Order utföhrt hebben.

De Königsdochter weet gar nich, wat dat allens bedüden schall. Ehr Vadder will nich mit ehr snacken, un se weet doch nich, dat se jichens wat daan hett, blots, dat se sik süük un schiet topass föhlen deit. Un nu nehmen de König sin Deeners ehr un fahren weg mit ehr, deep rin in't wille Holt. Dar holen se an, seggen, se schall utstiegen, un vertellen ehr nu, se hebben Order un murksen ehr af un bringen ehr Vadder ehr Hart, ehr lütte Finger un ehr Tüüg vull Blootplackens. Do fangt de Prinzessin an un beden för sik, se schoe'n ehr doch an't Leven laten; se will uck verspreken, dat se sik nie nich wedder in ehr Vadder sin Riek wiesen will. De Deeners deit de stackels Königsdochter leed, un se woe'n ehr ja allto geern dat Leven laten, wenn se dar man blots nich se's eegne Leven bi up't Spill setten. Do warrn se en lütte Hirschkalv wies, dat hett en Been braken un hett darum nich mit sin Mudder mitgahn kunnt. Dat nehmen se un maken dat doot, snieden dat Hart rut un bespeuten de Prinzessin ehr Kleed mit dat Bloot. Dat mutt de Prinzessin denn uttrecken, un ehr eene lütte Finger mutt se sik uck afnehmen laten; man dat deit se geern, wenn se man ehr Leven beholen kann.

De Deeners fahren na Huus na de König mit de Bewiesen, de se hebben; man de Prinzessin blifft bi un gahn deeper un deeper rin in't Holt. Dat is en gresig grote Holt, dat scheed't de König sin Riek vun anner Länner, un se blifft bi un gahn, dat se na de anner Siet kümmt. Man all de wille Deerten in't Holt sünd in Flocks um ehr rum; dar sünd Hirschen un Hasen, Wülf un Vöss un all de wille Deerten, de in't Holt lopen un leven. Alltosamen dücht se, se hebben en Andeel an ehr. Se doon ehr nix, man se wimmeln um ehr rum, 'nem se geiht, un se kann meist nich vörankamen för se; un se is düchtig bang', dat se ehr toletzt doch dootmaken; denn se schrien un hulen un bölken un jiffeln um ehr rum up alle Sieden. Se süht to un kamen afste' so gau as't geiht; man as dat Avend ward, do kann se nich mehr, ünner en Boom sackt se um vör Mattigkeit. Do sammelt se denn ehr letzte Knoev för un klarrn rup up'e Boom, darmit se doch de Nacht oever Ruh hett vör de wille Deerten.

As de Königsdochter rupkamen is up'e Boom un hett sik dar en gude Lager funnen, do fallt se in en deepe un söte Slaap un slöppt, bet de Sünn upgeiht. Do ward se waak. Se bevert ja woll vör Küll, man se föhlt sik doch wunnerbar frisch un utruht, un se föhlt sik so licht un frie; un as se an sik dalkickt, do ward se wies, ehr Ungestalt is ganz weg, un se is wedder jüst so small as do, ehrer se süük wurrn is. Dat is ja fein, un se denkt dar nu blots noch an un kamen so gau as moeglich rut ut dat dare Holt. Se rutscht denn dal vun'e Boom un löppt ümmer vörföötsch liekut gegen Middag, do kann se de Buterkant vun't Holt sehn un apene Land butenvör.

Man as ehr Blick nu so oever dat frömde Land geiht, do geiht ehr dat eerst richtig up, wo unglücklich un verlaten se doch is. Se smitt sik dal an'e Grund brickt in Tranen ut un wringt de Hänne un klaagt Gott in'e Himmel ehr Noot.

Do hört se en Stimm achter sik, de röppt: „Hier bün ik, lütt Mudder! Tööf doch un nimm mi mit!" Se kickt sik um na all Sieden; man se kann nix wies warrn as en lütte swatte Hund, de kümmt achter ehr ranlapen un jiffelt un wackelt mit'e Steert. De is dat uck, de rapen hett, un de kümmt nu anspringen un wackelt mit'e Steert un springt an ehr hooch un seggt „Mudder" to ehr un seggt, he is ehr Soehn, de hett se de Nacht baren. „Du musst mi Wunner nennen", seggt 'n, „un nu scha'st du nich mehr trurig we'n un weenen, lütt Mudder! Kumm du man mit mi! Ik will al för si sorgen, dat du nix fehlen deist!"

Dat is ja nu würklich en Wunner, un de Königsdochter begrippt dar gar nix vun: De dare Hund schall ehr Soehn we'n? Man hülplos as se is, föhlt se sik doch upmuntert, wenn se 'n süht un hört, un se lett 'n raden un geiht mit, 'nem 'n hengeiht.

Denn löppt Wunner vöran, en lütte Stück wedder in't Holt rin, na en feine Stä, 'nem hoge Böme Schatten geven un en Born ploetert, un dar is en frie un feine Utsicht wied oever dat frömde Land, 'nem de Sünn schient un de Vageln singen. Um se nich Lust hebben kunn un wahnen dar, fraagt Wunner sin Mudder. Ja, man in wat se denn wahnen schall, fraagt de Prinzessin. Dat schall se foorts wies warrn, seggt Wunner, un denn suust he rum un wackelt mit'e Steert un kleit mit'e Poten un bitt Twiegen af mit'e Tähns, un nich lang', do hett he en feine lütte Hütt graavt un buut, halv in'e Barg rin un halv butenvör. Denn kleit he en Hupp dröge Bläder un Gras tohopen un seggt: „Legg di nu man dal un ruh di dar ut, lütt Mudder! Ik bün bald wedder dar."

Dat Land, 'nem een vun'e Barg in't Holt oever rutkieken kann, hört nich to dat, 'nem de Prinzessin ehr Vadder König oever is; man dicht bi dat Holt an'e dare Kant liggt en frömde Königshoff, un dar wahnt en anner König sin Soehn, de is Naver to de Prinzessin ehr Vadder; denn dat grote Holt, 'nem se dörkamen is, dat is de Grenz twüschen se's Länner.

Na de dare Königssoehn sin Slott löppt nu de lütte swatte Hund, un all Porten un Dören springen vör 'n up, so draa as 'n mit sin lütte Poten dar an klei'n deit. Un he löppt rin na de Huushöllersch vun't Slott un seggt, he heet Wunner, un se koenen em doch sachs en paar Bettdeken un Kissens för sin Mudder geven, se liggt buten in't Holt un freert. Do kriggt de Oolsch en paar ole Plünnen faat un smitt em de hen. Se's Plünnen, seggt he, de koenen se beholen, un denn he rup na de Prinz sin Slaapkamer un nimmt dat beste Bett-Tüüg, wat dar in'e Prinz sin eegne Bett is, un denn löppt he dar in't Holt mit, hen na de Prinzessin. All kieken se em na un koenen sik dar nich nugg oever wunnern, dat de lütte Hund dat allens drägen kann. „Nu maak man din Bett, lütt Mudder!" seggt Wunner, „un denn musst du wat to eten hebben. Ik kaam foorts wedder."

Denn löppt de lütte swatte Hund wedder na de Königssoehn sin Slott un liek rin na de Koek. „Ik heet Wunner", seggt 'n. „I hebben sachs nich en beten to eten för min Mudder, de liggt buten in't Holt un hett Hunger." Do smitt de Kock em en paar Knaken hen.

Se's Knaken koenen se sülven beholen, dat weer ja Sünne un nehmen se de weg, seggt Wunner, un denn he rup up'e Koekendisch un snappt sik de Prinz sin Braa, de steiht dar up en Sülverfatt, un denn löppt he mit Fatt un Braa liek rut in't Holt na de Prinzessin. „Ik kaam foorts wedder", seggt Wunner, un denn he wedder afste' na de Königssoehn sin Slott.

Dar löppt he denn rin in'e Wienkeller un seggt to de Mundschenk: „Ik heet Wunner. I hebben sachs nich en beten to drinken för min Mudder, de liggt buten in't Holt un hett Dörst." Do steiht dar en Slatt sure Melk in en Pottschör, de is för de Katt, un dar wiest de Mundschenk up, de kann he nehmen. Se's sure Melk koenen se sülven beholen, seggt he, un denn he rup na de Saal un up'e Prinz sin Disch un snappt sik de Prinz sin sülverne Krus mit Beer un sin Goldhoorn mit Wien, un denn löppt he dar rut mit na de Prinzessin in't Holt. Dar levt se nu still en Tiedlang un kümmt sik richtig wedder. Wenn se wat fehlen deit, denn haalt Wunner dat baven up'e Königssoehn sin Slott.

Nu hebben wi vun twee Königrieken snacken hört, man dar is noch en drütte we'n up'e dare Kant vun'e Welt. Dat hett up'e anner Siet vun'e Königssoehn sin Land legen. Dar regeert en ole König, de hett dree Deerns. De sünd all nich mehr so ganz jung, un de eene is grimmiger[1] un arriger[2] as de anner. Se woe'n geern heiraden, un se's Vadder will se uck geern ünner de Huuv hebben; aver dat schoe'n ja tominnst Prinzen we'n, 'nem se mit verheiraad't warrn. Man dar kümmt keeneen un hollt um se an, un de Jahren

---

[1] grimmig = hässlich (dän. grim)
[2] arrig = eigensinnig, unverträglich

vergahn, un se warrn vun Dag to Dag grimmiger un grimmiger un arriger un arriger.

Nu dröppt sik dat sodennig, dat de dare Prinz, 'nem Wunner all de feine Saken bi halen deit, de is en junge Mann un is nich verheirad't, un sin Riek is vel lütter as de ole König, sin Naver sin. Do schickt de ole König hen na em, um he nich Lust harr un heiraden een vun sin Deerns; he kann sik utsöken, wat för een he hebben will. Man de Prinz lett bestellen, he will oeverhaupt keen vun se hebben oder kriegen. Do is dat Kalv ja bannig in't Oog slaan, un de ole König laavt em, he will em dat torüggbetahlen. Un he stellt sin Suldaten up un erklärt de Prinz de Krieg, un dat kümmt to en Slacht, 'nem de König winnen deit, un de Prinz ward fangen nahmen un inspunnt. He ward in'e Keller ünner en Toorn sett, un dar sitt he denn en paar Daag. Denn kümmt dar Bott vun'e König, un se seggen to em, de König lett em bestellen, he hett ja eegens verdeent un warrn uphängt för de Spiet un Spee, de he em andaan hett; man de König will em gnädig we'n un em sin Leven un Frieheit un sin Arvriek anbeeden ünner de Bedingen, dat he sik nu een vun sin Deerns as Bruut un Fruu utsöken deit. Man de Prinz seggt heel bestimmt, dat deit he nich. Hett he dat nich friewillig doon wullt, seggt he, denn so will he dat nu al gar nich, wo se em darto dwingen woe'n. Do ward de inspunnte Prinz to'n Dood verordeelt, un de Dag ward fastsett, wannehr he hängen schall.

As nu de Prinz dar alleen un eensam in sin Kaschott sitten deit un en Barg trurige Gedanken hett, do kümmt dar en swatte Hund bi em an. De is man lütt, un de hett dar en Spreck oder en Lock funnen, 'nem 'n ringahn kann; un de dare Hund is nu keen anner as Wunner. He snackt un fraagt, um de Prinz nich geern will rut ut sin Kaschott. Ja, seggt de Prinz, dat kann een ja woll sehn. Ja, seggt Wunner, wenn he sin Mudder heiraden will, denn so *kann* un *will* he em friesetten. „Din Mudder?" seggt de Prinz, „wat is dat för een, un wodennig süht se ut?" – „Ik heet Wunner", seggt de Hund, „un sodennig kann se uck heeten, denn wi sünd vun't sülve Bloot." Nee, danke, seggt de Prinz, en Hund heiraden, dat deit he um nix in'e Welt; jüst so wenig, as he een vun'e ole, arrige Prinzessinnen nehmen will.

Foorts is Wunner weg. Man de Dag, ehrer de Prinz uphängt warrn schall, kümmt he wedder hen na em in sin Kaschott-Toorn un fraagt, um he sik dat nu oeverleggt hett, um he will sin Mudder heiraden un darmit sin Leven un Frieheit un Arvland winnen. Anners weet he ja, dat is de neegste Dag ut mit em. Ja, seggt de Prinz, eendoont wokeen dat is, wenn dat man blots en Fruunsminsch weer, un keen vun de dree ole, arrige Prinzessinnen, denn so wull he ehr heiraden för Leven un Frieheit un Arvland. Man en Tiff, dar kann keen Red vun we'n. Ja, wenn he sin Mudder heiraden will, seggt Wunner, denn mutt he tosehn un kriegen ehr Bruutkleeder neiht – un he kann se man tosnieden laten na sin Stuvendeern. As de Prinz dat hört, do seggt he nich mehr nee, denn so mutt dat ja doch tominnst en Minsch we'n. Man em dücht doch, dat is gediegen, dat de Hund nu darvun snacken kann un neihn Bruutkleeder. Dar kann he doch nich för sorgen, dar, 'nem he sitten deit.

De Dag darna schall he denn ja uphängt warrn. Do warrn Suldaten na dat Kaschott schickt, de halen em un bringen em na de Richtstä', dar is de Galgen up- richt't un de Froon steiht un luert. As de Prinz na de

Galgen rupföhrt ward, do kümmt doch richtig Wunner anlapen as jichens en anner lütte Hund, mang de Wach se's Beens dör un vörut rup up'e Richtplatz; man dar nimmt de Hund dat Woort un seggt: entweder se laten foorts de Prinz frie un bringen em wedder na Huus in sin Riek, oder he will se all torieten un tosplieten. „Denn he schall min Mudder heiraden", seggt Wunner.

Man dar is keeneen, de na em hören will. Se lachen blots oever de näswiese Köter, un de Froon will em vun't Schafott dalsparken. Man se kriegen wat anners to weeten. Wunner geiht up se dal un ritt un splitt se alltosamen ut'neen; un nich lang', do liggen Froon un Suldaten, un de leege König mit, doot rund um'e Galgen; un Wunner geiht mit de Prinz na Huus in de sin Riek, liek vörbi an sin eegne Slott un rut in't Holt na de Hütt in'e Barg, 'nem de Prinzessin wahnt.

De Prinz is ja heel wunnerlich tomoot, as he achter de Hund rangeiht, de vörweg lopen deit un mit'e Steert wackelt. Man as he na de Hütt kümmt un süht de smucke, junge Prinzessin, do fallt em en Steen vun't Hart, un he nimmt ehr mit Freuden as sin Bruut an, un na dree Daag schall de Hochtied we'n.

Do seggt Wunner to de Prinz, he kann nu sülven bestimmen, wokeen he to Hochtied inladen will, um dat vel sünd oder wenig, man een eenzige Gast will he geern sülven inladen. Dat dörv he denn uck; un de Gast, de he inladen will, dat is keen anner as de Naverkönig, de Prinzessin ehr Vadder. Denn seggt Wunner wieder to de Prinz, wenn nu de Hochtiedsdag kamen deit un se schoe'n to Disch, denn will he kamen un ünner de Disch sitten as jichens en anner lütte Hund, un he will sik dicht bi de frömde Gast holen, de he sülven inladen hett. Elkeen Mal, wenn de wat to eten nehmen will, eendoont, wat dat Fleesch is oder Kook, denn will he ruplangen un snappen em dat weg. En Tiedlang ward he sik dat beeden laten un wat anners nehmen; man toletzt ward he doch dull warrn un hoochkamen vun'e Disch un fragen, um se em vernarrholen woe'n. Denn schall de Prinz seggen, dat deit em leed, dat een em in sin Huus up'e Slips pedd't, un is dat uck man sin Hund. Un so geern he 'n uck hett, so gifft he em doch Verlööv un maken 'n doot mit sin Swert, wenn 'n em to näswies ward. – „Nu heff ik di seggt, wodennig dat togahn schall; un segg mi nu to, dat du allens nipp un nau sodennig maken wullt!" Dat verspricht de Prinz. Un he kriggt dat nu hild un laden Gäste in un stellen to to't Fest.

De Hochtiedsdag kümmt, un dat gifft en grote Sta-hoi[1]. Gäste sünd dar en Barg, un de Naverkönig, de Wunner inladen hett, de kümmt uck. De Bruut is smuck, as se dar an't Enne vun'e Disch sitt mit ehr gollne Kroon up'e Kopp. Man ehr Vadder kennt ehr nich. He meent ja, se is lang doot un weg. De lütte swatte Hund kümmt denn anlapen un sett sik ünner de Disch, liek bi de ole König sin Fööt; un ümmer, wenn de sik wat to eten nimmt, dat mag Fleesch oder Kook we'n, denn is de Hund dar un snappt em dat ut'e Hand oder vun'e Teller.

En Tiedlang lett de König sik nix marken un nimmt sik wat Nües un versöcht un wahren dat vör de Hund; man de blifft bi un snappt em dat weg, un he

---

[1] Stahoi = Aufsehen (dän. ståhej)

kriggt meist nix in'e Mund. Do platzt de König to-
letzt de Kraag, he springt up vun'e Disch un seggt,
he will keen Püjatz we'n bi se's Hochtied, un se heb-
ben sachs de Hund dar hensett, dat 'n em vernarr-
holen schall. In feine Hüser hört sik dat nich un la-
den Hünne to Disch.

Do seggt de Brüdigam so, as Wunner em dat bi-
bröcht hett: Dat deit em leed, dat de Hund so näs-
wies is gegen sin vörnehmste Gast. Un so geern he
de Hund uck hett, de König dörv 'n doch strafen, so
as he dat will. De König is noch ümmer splitterndull,
un he kriggt sin Swert rut un klöövt de Hund de
Kopp up. Do löppt mit dat Bloot all de Hexenkraam
ut 'n rut, un statts en Hund steiht dar upmal en
smucke lütte Jung. Un de Jung seggt to de ole König:
„Hier bün ik, Opa! Nimm mi nu up'e Arm un dräg mi
hen na min Mudder, de sitt dar an't Enne vun'e
Disch, dat se sik to ehr Soehn freuen kann!"

De ole König verfehrt sig düchtig un weet nich, wat
he darvun holen schall; man he deit, wat dat Kind
em seggt hett, nimmt dat up'e Arm un bringt dat hen
na de Bruut; un do versteiht he, dat is sin eegne
Dochter, de he hett dootmaakt hebben wullt. Man de
Bruut schüttkoppt un seggt, nee, dat is nich ehr
Kind. Sodennig süht ehr Soehn doch nich ut. Man de
lütte Wunner fallt ehr um'e Hals un seggt, doch,
sodennig süht he nu ut, un sodennig blifft he uck bi
un sehn ut, wenn se em man annehmen will. Un
denn vertellt de Jung allens: Wodennig dat togahn
is, un wodennig de leege Steefmudder, de eerst Kin-
nerfruu we'n is un denn de Naverkönig sin Königin
wurrn is, achter allens steken deit.

Do ward de Hochtied fiert mit Lust un Freud. Man dar geiht stracks Bott roever na de Naverkönig sin Hoff, un de leege Königin un ehr Dochter warrn to'n Düvel jaagt, ehrer de König na Huus kümmt. Un keen Minsch hett naher wat vun se hört oder seh'n; se sünd sachs upfreten vun'e wille Deerten in't Holt.

De Twillingsbröder

Buten an'e Kant vun'e See hett mal en lütte Hoff
legen, dar hebben en paar eenfache Lüüd wahnt. Se
sünd al bi Jahren we'n un hebben keen Kinner hatt.
Dat hett se man wat power gahn; de Borm is mager
we'n un hett nich vel afsmeten, un so hebben se dat
meiste to't Leven vun'e See halen musst. De Mann is
denn uck ümmer rutfahrt to fischen, wenn dat Wed-
der dar passlich to we'n is. Un do kümmt dar mal en
heele Jahr lang nich een Dag, de dar guut to is un
fahren rut. Ümmerto is dar Storm un uplannige
Wind, un keen Minsch kann rut up See un fischen.
Bet Pingstsünndagmorrn, do hett de Wind dreiht un
dat Wedder sleit um to en richtig feine Fischwedder.

Do will de Mann denn uck rut up See. Man de Fruu
will dar nix vun weeten, se seggt, dat bringt keen
Glück un fischen an so'n hoge Fierdag oder arbeiden
anners wat. Man de Mann seggt, se hebben dat so
knapp, he mutt de Schangs wahrnehmen, wenn 'n
sik beeden deit. Dat is nu en heele Jahr nich so'n
Seewedder we'n as vundaag. Un he pullt rut in sin
Boot mit Nett, Rood un Angel.

Man wonem he uck fischen un wodennig he sik an-
stellen mag, he fangt un fangt nix bet toletzt hooch
an'e Dag, do treckt he een enkelte Fisch rut. Dat is
en gediegene, grote un grimmige een, sowat hett he
noch nie nich sehn. Do weet he nich, wat he darmit
anstellen schall, un so smitt he 'n wedder t'rügg in'e
See un fischt wieder. Man he fangt wedder nix, eerst
na en ganze Tied: Do treckt he desülve Fisch dat
tweete Mal rut, man he kielt 'n uck dütmal gau wed-
der na de See rin. He fischt ja wieder, man fangen
deit he ümmer noch nix; bet he toletzt dat drütte

Mal desülve gediegene, grote un grimmige Fisch rut-
treckt. He kriggt 'n rin in'e Boot un maakt 'n los
vun'e Angel, dat he 'n wedder t'rüggsmieten kann,
un denn will he dat för dütmal mit dat Fischen nala-
ten. Sin Fruu hett ja doch woll recht hatt: Dar is
keen Glück bi an so'n hoochhillige Dag.

Man do fangt de Fisch mitmal an un snackt un
seggt, he schall 'n nich so minnachtig ankieken, 'n is
beter, as he meent. He schall 'n mit na Huus neh-
men, seggt de Fisch, he kann dar en Barg bi rutkrie-
gen. Woso dat denn? will de Mann weeten. Ja, seggt
de Fisch, he schall man mal uppassen. Wenn he na
Huus kümmt, denn schall he 'n upsnieden. All dat
Ingedööm schall he rutnehmen un up'e Misspaal
smieten. Denn schall he de Schuppen afschrapen un
nipp uppassen, dat dar uck nich een vun wegkamen
deit. Denn schall he 'n de Kopp afsnieden un ünner
en Sockelsteen vun sin Huus ingraven. Dat Rügg-
stück schall he kaken un sin Fruu to eten geven,
man he sülven dörv dar nix vun anröhren, un na
negen Maanden kriggt he denn vun ehr twee Soehns.

Wat denn vun'e Fischrump noch na is, dat schall he
upwahren, bet de Jungs soeven Jahr oold sünd.
Denn schall he dat in dree Stücken snieden, un dat
Buukstück schall he sin Fahlentoet geven, dat Na-
velstück schall he sin junge Tiff geven, un de Steert
schall he rupleggen in'e hoge Boom bi sin Huus, 'nem
en Haafk sin Nest hett. Denn kriggt sin Toet twee
Fahlen, sin Tiff kriggt twee Welpen un de Haafk
kriggt twee Jungen. De schall he all grootfuddern un
uptrecken.

Wenn sin Jungs denn föfftein Jahr oold sünd, denn
schall he ünner de Sockelsteen nagraven, 'nem he de

Fisch sin Kopp henleggt hett. Denn ward he dat wieswarrn, ut de Kevenbeens sünd twee Swerter un ut de Ohrenbeens twee Messen wurrn. Elkeen vun sin Soehns schall he denn en Swert un en Mess geven un en Perd, en Hund un en Haafk, de hett he ja paarwies uptrocken. Un de Fisch sin Schuppen, de he upwahrt hett, de sünd denn to Goldstücken wurrn, de schall he sin Soehns to lieke Deele geven. Denn sünd se up't allerbeste utrüst't: De Tieren warrn se mal gude Deenste doon; de Swerter, wat mit de haut ward, mutt fallen, un an'e Messen kann 'n ümmer sehn, wenn de, de dat tohören deit, wat passeert oder he is in Levensgefahr, denn so warrn se rustig, un anners sünd se blank.

De Mann sülven, seggt de Fisch, de ward vun de Dag an keen Mangel un keen Noot mehr lieden, un he bruukt uck nich mehr rutfahrn to fischen, denn sin Land bringt em sovel in, dar kann he en rieke Mann vun warrn. Un denn hett he uck nugg achter de Hand, dat he eerst de Jungs un denn de Tieren fein uptrecken kann. Un nu schall he sik dat allens fein marken, wat 'n seggt hett, seggt de Fisch, un allens up en Prick so maken, anners ward em dat gresig leeg gahn.

Denn seggt de Fisch nix mehr, denn is 'n doot. De Mann süht to un kamen na Huus mit sin Boot, un so draa as he an Land kamen is, geiht he rin in sin Huus un maakt allens nipp un nau so, as de Fisch dat seggt hett. He snitt 'n up, smitt dat Ingedööm up sin Misspaal, schraapt all de Schuppen af un wahrt se up, snitt 'n de Kopp af un graavt 'n in ünner de Sockelsteen un kaakt dat Rüggstück un gifft dat sin Fruu to eten. Wat denn noch na is vun'e Fisch, wahrt he up in Soltlaak.

Negen Maanden darna kriggt sin Fruu twee Jungs. De warrn gau groot un diehen so fein, se sünd de flinkste, stärkste, düchtigste un smuckste Jungs, de 'n sik man denken kann. Se's lange Haar schemert as Gold, un se sehn sik so liek as een Waterdrüpp de anner. Se sünd ümmer tohopen, wenn se lehr'n un wenn se spelen, un se verdrägen sik so fein, se hebben nie nich uck man de lüttste Striet. Un se's Vadder un Mudder – de sitten middewiel würklich recht guut in'e Wull – de hebben blots idel Freud an se.

As de Jungs soeven Jahr oold sünd, do ward de Mann dar an denken, wat de Fisch em heeten hett. He kriggt de Rump vun de Fisch, de he upwahrt hett, ut de Soltlaak un snitt 'n in dree Stücken. Dat Buukstück gifft he sin junge, swatte Fahlentoet, dat Navelstück gifft he sin junge, gele Tiff, un dat Steertstück hängt he rup in'e grote Boom vör sin Hoff, 'nem en Haafk sin Nest in hett. Un de Haafkmudder kümmt uck foorts dalflagen un haalt de Fischsteert rup in't Nest. De swatte Toet kriggt na de rechte Tied twee smucke, swatte Hingstfahlen, un de grote gele Tiff kriggt twee smucke Hunnenwelpen, un dat duert nich lang', do sünd dar uck twee Jungen in't Haafknest, de fangt de Mann in un maakt se tamm un richt't se af, denn to de Tied hebben se Haafken för de Vageljagd bruukt. Un de twee Fahlen, de twee Welpen un de twee Haafken sehn sik paarwies so liek, kannst keen Ünnerscheed an finnen.

As de Jungs föfftein Jahr oold sünd, do geiht de Mann rut un graavt ünner de Sockelsteen na, un do finnt he dar richtig twee blanke Swerter un twee scharpe Messen. Un as he bi de Fischschuppen nakickt, de he upwahrt hett, do sünd dar luder blanke

Goldstücken ut wurrn. De verdeelt de Mann to lieke Deele mang de beide Bröder un gifft elkeen vun se en Swert un en Mess un vertellt se uck, wat dat mit de dare Wapen up sik hett. Denn gifft he elkeen vun se en Perd, en Hund un en Haafk; de dare Deerten sehn sik jüst so liek as de beide Jungs sülven. Toom, Sadel un feine Tüüg gifft he se uck, allens vun lieke Aart, un seggt, se sünd nu münnig un se'e eegne Herren un koenen doon, wat se woe'n: Se koenen to Huus blieven oder ruttrecken in'e Welt un se's Glück versöken.

De Bröder woe'n rut in'e wiede Welt, un dat foorts. Se koenen dat gar nich aftöven un kamen rut, sehn sik dar buten um un probeern, wat se för'n Keerls sünd. Do seggen se Vadder un Mudder adjüs, binnen sik de Swerter um, steken de Messen in se's Lievreemens un stiegen denn elk up sin swatte Hingst. Se's lange Haar fallt se oever de Schullern un schemert as idel Gold. Elk vun se hett en Haafk up sin Arm sitten, un se's grote, gele Hünne springen vör se her. Sodennig rieden se mit'nanner rut in'e wiede Welt.

En paar Daag trecken se mit'nanner, un 'nem se langkamen, blieven de Lüüd all stahn un kieken na de twee smucke Ridders un se's Deerten, so smuck as se sünd un so liek as se sik doch sehn! Vör allen dat letzte maakt de Lüüd oeverall nieschierig, un dat ward de beide Jungkeerls up'e Duer lästig. Dat passt se uck gar nich, dat se nix in'e Weg kümmt, 'nem se se's Moot un se's Knoev an bewiesen koenen. Un as se do in't Holt an en Stä' kamen, 'nem de Weg sik deelt, do warrn se sik eenig, se woe'n nich mehr ümmerto tosamen rieden, se woe'n elk för sik se's Weg trecken. Man ehrer se ut'nanner gahn, trecken se se's Messen rut un steken de in en Linnenboom, de steiht dar jüst, un se maken af, se woe'n elkeen Jahr na de dare Boom henkamen un nakieken, wat dar uck nich een vun rustig wurrn is, dat se weeten, um de anner is in Gefahr. Denn seggen se sik fründlich adjüs, un Jan, de vun de Twillings toeerst up'e Welt kamen is un sodennig de öllste is, de seggt, he will na rechts to rieden, un de anner, Jürn, schall man na links rieden. Un sodennig rieden se elk sin eegne Weg wieder, un de Deerten, de kennen ja se's Herr, un elk blifft bi sin.

Laat uns nu mit Jan gahn, de öllere Broder. He ritt vun een Stadt na de anner un treckt vun Land to Land, bet he mal een Avend na en Königsstadt kümmt, dar geiht he denn rin in en Harbarg. De liggt liek oever vun'e König sin Slott, un as Jan de anner Morrn upsteiht un ut't Finster kickt, do süht he, dat Slott is vun baven bet nedden swatt verhängt. Do röppt he de Kröger un fraagt em, wat dat to bedüden hett. Och, seggt de Kröger, he mutt ja woll vun wied weg herkamen, dat he nix weeten deit vun'e grote Truer, de se all faat hett vun wegen de König sin eenzige Dochter, en söte Prinzessin vun sösstein Jahr. De König hett ehr mal en gresige Seeries toseggen musst, anners harr de dat heele Land toschannen maakt. Un jüst vundaag is de Dag, dat dat Beest ehr kriegen schall. Bi en Stunnstied fahrn se mit ehr rut na de Strand, un darum is dat Slott un de heele Stadt swatt verhängt, un all de Lüüd sünd trurig un weenen um de söte junge Prinzessin. De König hett uck toseggt, de ehr vör dat Undeert retten kann, de schall ehr to Fruu hebben un, wenn he sülven mal doot is, dat heele Riek arven, denn he hett anners keen Kinner, blots de eene Dochter. Dar is uck en Hoffmann, Ridder Root heet he, de hett woll seggt, he will de Prinzessin retten oder sin Leven för ehr laten. Man to de dare Ridder hett keeneen rechte Tovertruen, un sodennig ward de Seeries ehr sachs in sin Gewalt kriegen.

Dat duert man en Stunnstied, do fahrt en dichte Waag ut'e Slottspoort rut. De is heel un deel swatt oevertrocken un hett söss swatte Perde vörspannt, un Kutscher un Deeners hebben uck all swatte Tüüg an. De Waag fahrt dal na de Strand, un dar sitt de Prinzessin in, ganz in Witt. Blangen de Waag ritt de Ridder Root in Panzer un allens, mit Helm un Schild un Swert un Spitt. All de Lüüd in'e Stadt sünd up'e Straat un weenen un jammern, as se vörbifahren deit. Dar is keeneen, de dar an glooven deit, dat Ridder Root de stackels Prinzessin helpen kann.

Se fahrn mit ehr rut ut'e Stadt, dör en grote Holt un dal an'e Seekant ünner dat hoge Över. Dat is de Stä', de de Ries fastleggt hett. So draa as se de Prinzessin dar ut'e Waag rutsett hebben, fahren Kutscher un Deeners afste', wat dat Tüüg man holen will. Se sünd ja bang', de Seeries kümmt achter se ran. Un knapp sünd se weg, do süht uck Ridder Root – de bevert as Espenloof –, do süht de uck to un kamen weg vun'e Prinzessin un rup in't Holt. Dar binnt he sin Perd fast an en Boom un klarrt dar denn sülven rup, dat he sehn kann, wenn de Seeries kümmt un haalt de Prinzessin. He denkt, wenn de Ries man eerst de Prinzessin nahmen hett, denn so kann he ja t'rüggrieden un vertellen, wo degern he för ehr streden un sik haut hett. Dar is ja anners keeneen dar, de dat Gegendeel bewiesen kann. Un för sin gude Will un sin Moot, de he bewiest hett, do mutt he ja doch natürlich bi dat Volk un de König noch en dickere Steen in't Brett hebben un de Neegste darto we'n un arven dat Riek.

Jan süht vun sin Finster de Prinzessin ehr Kutsch. Un nich lang' darna sett he sik up sin swatte Hingst un ritt afste' mit sin Haafk, sin Hund un sin gude Swert. He nimmt en anner Weg ut'e Stadt, man he kümmt bald an de Straat, de na de Strand dalgeiht. Do geiht dat denn in vulle Galopp, un nich lang', do kümmt he hen na de Prinzessin, de sitt dar alleen un verlaten an'e gröne Anbarg un töövt, dat de Seeries kamen schall. He jumpt vun't Perd, geiht hen un seggt ehr gu'n Dag, man he deit so, as wenn he gar nich weet, warum se dar is. He fraagt ehr blots, warum se dar sitten deit un weent un so trurig is. Do vertellt se em, wat dar los is, un seggt toletzt noch, Ridder Root, de hett toseggt, he will ehr retten, wenn he kann, man de is uck utneiht un – un – dar kümmt de Ries uck al, schriet se, un darmit fallt se in Amidaam.

Foorts hört een do en Susen un Brusen vun'e See her, un en gresig grote swatte Well mit en witte Schuumkant wöltert sik an Land. In de dare Well is de Seeries in. De hett nich weniger as negen Köppe, un de bölken all to lieker Tied un ropen: „Wokeen steiht dar bi min Leevste?" – „Se is min un nich din!" antert Jan un sitt uck all up't Perd. „Dar woe'n wi uns um rüffeln un karnüffeln!" bölkt de Seeries. „Ja", seggt de Ridder, „dar woe'n wi um rieden un strieden." He treckt sin Swert un röppt: „Up em, Haafk, Hund un Hingst!" Do gahn se up'e Ries dal, un se bemöten sik liek an'e Kant vun't Water, un de Haafk hackt de Ries in de Ogen, de Hund bitt em in'e negen Halsen, dat Perd bitt un sparkt all, wat 'n man kann. Wieldes roegt Jan sin Swert un haut dreemal to, do

57

fleegen dree vun de Ries sin Köppe af, un de Hund slept se denn an Land.

He schall man afluern bet de anner Dag, jault de Ries, he mutt eerst en beten na Huus un sammeln nüe Knoev. Un denn geiht he mit sin söss Köppe wedder to Waters, un de Schuum up'e Wellen farvt sik root achter em, so dull as he blödden deit. Do ritt Jan de dree afhaute Köppe de Snuten up un snitt de Tungen rut, de wickelt he in de Prinzessin ehr Snuuvdook un stickt se in'e Binnertasch. Denn wischt he sin Swert af in't Gras, sett sik up sin feine Perd un ritt mit Hund un Haafk desülve Weg t'rügg, de he kamen is. Man he ritt dör en anner Stadtdoor rin, as wat na de Seekant to liggt, denn dar steiht ja all dat Volk un luert, un sodennig kümmt he wedder na sin Harbarg, ahn dat em een sehn hett.

So lang' as de beiden sik haut hebben, hett de Prinzessin in Amidaam legen, un Ridder Root hett baven up sin Boom seten un bibbert un bevert. He hett de Seeries kamen sehn, man de Stä', 'nem se sik haut hebben, dar hett he nich henkieken kunnt. Blots dat Susen un Brusen, dat Bölken un Wrinschen, dat Hulen un Tulen, dat Schrien un Ropen, dat hett he hört. He hett uck hört, wat de Ries toletzt seggt hett vun wegen, dat dat de neegste Dag wiedergeiht. Denn hett he sehn, wodennig he wedder to Waters gahn is, un dat de Schuum vun de Wellen heel root wurrn is vun sin Bloot. Do klarrt he drievens dal vun'e Boom un geiht hen na de Prinzessin un bespeutet ehr mit Water, dat se wedder to sik kümmt. Man denn seggt he to ehr, he hett sik mit dat Undeert haut un hett 'n dree Köppe afhaut. Nee, seggt de Prinzessin, sodennig is dat nich we'n, dar is kort vörher en anner Ridder na ehr henkamen, un se is dar fast vun oevertüügt, dat *de* sik mit dat Undeert haut hett. Do seggt Ridder Root, wenn se em nich toseggen un dar en Eed up doon will, dat se to allens, wat he vertellt, ja seggen will, denn so will he ehr foorts afmurksen. Do kann se ja nich anners, do mutt se ja doon, wat he verlangen is.

He sett ehr denn vör sik up sin Perd un binnt een Kopp vun dat Undeert an'e Steert un twee an'e Mähn, un sodennig rieden se in'e Stadt rin un de Hauptstraat hooch, un all de Lüüd sünd rein tumpig vör Freud. Se ropen Hurrah för de Prinzessin un Hurrah för Ridder Root, un se lopen achter se ran rup na't Slott, 'nem de König rutkümmt un se in'e Mööt geiht. Un dar vertellt Ridder Root lang un breet, wodennig he sik mit de Seeries haut un em dree vun sin Köppe afhaut hett. Man de Ries kümmt morrn wedder, seggt he, un darför mutt de Prinzessin nochmal rut an'e Strand; man he will woll mit un ehr dat Leven retten. De Prinzessin seggt dar nix to. Se seggt blots, wat wahr is, se hett in Amidaam legen, so lang' as se sik haut hebben. Se seggt uck nix vun en anner Ridder, dörv se ja nich vun wegen de Eed, de se dar up daan hett.

Ridder Root, de denkt bi sik, de dare drieste Ridder, wokeen dat uck we'n mag, de sik vundaag so guut holen hett gegen de Ries, de kann ja morrn licht sin Leven verleern. Hett he dat vörher schafft un bringen de Ries um'e Eck, um so beter: Denn is *em* de Prinzessin un dat Königriek wiss, denkt Ridder Root. Man geiht dat anners rum un de Seeries winnt un slept af mit de Prinzessin, denn is he doch tominnst de Neegste to un arven dat Riek, so driest, as he sik wiest hett. Denn he ward sin Fell al to wahren weeten.

De neegste Vörmiddag schall de Prinzessin wedder rutfahrt warrn an'e Strand. Man nu meenen se all, dar is Haap för ehr; se vertruen up Ridder Root, so fein as de sik de eerste Dag holen hett. Vundaag fahrt se rut in en sülverne Waag mit söss Grauschimmels vör, un Kutscher un Deeners in Grau. Sülven is se in Witt, jüst so as de Dag darvör. Un blangen de Waag ritt jüst so de Ridder Root in Panzer un allens, mit Helm un Schild un Swert un Spitt. All de Lüüd in'e Stadt sünd up'e Straat, man se weenen un jammern nich mehr, se ropen Hurrah för de Prinzessin un Hurrah för Ridder Root un wünschen se vel Glück.

As de Togg wedder an'e Stä' vun güstern anlangt is, fahrt de Waag wedder weg, man nu schall 'n dicht bi in't Holt töven. Man de Kutscher un de Deeners sünd ümmer noch gresig bang', un sodennig fahren se foorts bet an't anner Enne vun't Holt. Un knapp sünd se weg, do neiht uck Ridder Root ut. He will de Ries upluern, seggt he, un süht to un kamen na sin Verstek, dar binnt he sin Perd an un klarrt wedder rup up'e Boom.

As Jan hett de Prinzessin rutfahren sehn, klabastert he rup up sin Perd un kümmt in Null Komma nix up'e sülve Weg as güstern an'e Stä', 'nem de Prinzessin alleen ünner de Anbarg vun't Holt sitten deit. He jumpt vun't Perd un geiht hen un snackt mit ehr. As se em wies ward, freut se sik un is sik nu heel wiss, dat is *he* we'n un nich Ridder Root, de sik güstern mit de Ries haut hett. Se schaamt sik in ehr Hart, dat se sik vun Ridder Root dar hett to dwingen laten un vertellen nix vun em. Man se kann uck nich begriepen, warum he ehr in Stick un in Ridder Root sin Gewalt laten hett.

Se koenen nich vel mit'nanner snacken, do hörn se datsülve Susen un Brusen as güstern un sehn wo sik en grote swatte Well mit witte Schuum an Land wöltert. Se hörn en wille Bölken ut en Barg Kehlen: „Wokeen steiht dar bi min Leevste?" Dat is de Seeries, de is wedder fein to Kräften kamen: För de dree afhaute Köppe sünd em dree nüen wussen. Man Jan lett sik nich bang' maken. „Se is min un nich din!" antert he un sitt uck all up't Perd. „Dar woe'n wi uns um rüffeln un karnüffeln!" snüfft de Seeries. „Ja", seggt Jan, „dar woe'n wi um rieden un strieden", un hett sin Swert al ut'e Scheed. „Up em, Haafk, Hund un Hingst!" röppt he, un denn man wedder dal up de Seeries. Se rasseln jüst dar tosamen, 'nem Water un Land sik bemöten. Un nu geiht dat för dull los: De Haafk hackt, de Hund bitt, de Hingst bitt un sparkt, un Jan haut Slag um Slag, bet söss vun de negen Köppe af sünd un vun de Hund an Land trocken warrn.

Do hett de Ries de Snuut vull för de Dag, man he will sik doch noch nich verlaren geven. He schall man bet morrn afluern, jault he, nu mutt he na Huus un frische Knoev sammeln, un dat denn wedder dal in'e deepe See, un achter em steiht blödigrode Schuum up'e Wellen.

Jan snitt de Tungen ut de söss Köppe rut un leggt se to de dree, de he al in de Prinzessin ehr Snuuvdook upwahrt hett. Denn wischt he sin Swert af in't Gras, fleutet na sin Haafk un sin Hund un dreiht sik um na sin Perd. Man vundaag is de Prinzessin nich in Amidaam fullen, se hett de Ogen fein upholen un hett sik de dulle Hauerie vun Anfang bet Enne ankeken, un ehrer Jan wedder up't Perd kamen kann, is se bi em, fallt em um'e Hals un gifft em en Söten un dankt em mit Tranen in ehr smucke Ogen. Jan gifft ehr en Söten wedder, man denn jumpt he up sin Perd, winkt ehr noch mit de Hand „adjüs", un foorts is he ehr mit Haafk un Hund ut'e Ogen, un jüst as de Dag vörher kümmt he wedder na sin Harbarg, ahn dat em een wies ward.

Man as Ridder Root de Seeries utneihn süht rut in'e See mit dat Löft, he will de neegste Dag wedderkamen, do klarrt he dal vun sin Boom un kümmt rut ut sin Verstek. He denn foorts hen na de Prinzessin un ehr dat Mess up'e Bost sett. Um se will oever em reine Mund holen un blots ja seggen to dat, wat he vertellt, fraagt he, oder um se foorts will ehr Leven laten. Do kann se ja nich anners, do mutt se ja doon, wat he verlangt. Man se vertruut dar uck up, dat Jan de neegste Dag sachs wedderkümmt un denn wiss de Wahrheit an'e Dag bringt. Denn sammelt Ridder Root de afhaute Köppe tosamen un ritt gau hen un haalt de sülverne Kutsch, de Prinzessin stiggt in, un denn trecken se in'e Stadt in.

De söss Riesenköppe hängen an'e Kutschbuck, dree up elker Siet, un Ridder Root ritt vöran in Panzer un allens un puustet sik up un deit sik so dick as he man kann, un all dat Volks löppt mit Hurrah achter se her na't Slott, 'nem de König se in'e Mööt kümmt. He fallt sin Dochter un uck Ridder Root um'e Hals un blarrt vör Freud. He kriggt ja richtig to hören, se moeten noch en drütte Mal rut. Man wo de Ridder sik de twee Daag al so degern holen hett un he sin Näs nu noch höger driggt as vörher, do twiefelt nich de König un nich anners een dar an, dat he dat uck bi't drütte un letzte Mal schafft un retten de Prinzessin. All dat swatte Tüüg ward noch desülve Avend vun dat Slott un all de Hüser afreten, un dar is Hopphei un Fest un Freud up't Slott un uck in de heele Stadt.

De neegste Vörmiddag fahrt de Prinzessin wedder ut'e Stadt rut. Man nu is dat keen Truertog mehr, dat süht al mehr na en Triumphtog ut. Se fahrt in en gollne Kutsch mit söss Perde vör mit scharlacken Deken, un dar sünd Vörrieders, de hebben jüst so as de Kutscher un de Deeners en rode Livree mit gollne Snören vörn un achtern an. Man de Prinzessin is wedder in Witt, jüst so as de Daag vörher. En anner Klöör will se nich. Un dat Volk juchheit un röppt Hurrah för de Prinzessin un Hurrah för Ridder Root, un se wünschen se Glück up'e Weg.

Dat geiht nu jüst so as de Dag vörher. As se de Prinzessin an'e Strand afsett hebben, fahrt de Kutscher mit Deeners un Vörrieders en arige Stück in't Holt rin, man doch nich so wied weg as an'e Vördag. Ridder Root blifft bi sin Knep: He weet woll, he kann de Prinzessin nu nix mehr up'e Mau binnen; he seggt blots, he will guut up ehr uppassen, un dat deit he uck up sin Aart un Wies, denn he süht to un kamen in sin ole Verstek un rup up'e Boom.

Wenn dat vundaag wedder guut geiht, denkt Ridder Root bi sik, un de frömde Ridder winnt, denn so will he blots seggen, de anner is dar eerst bi kamen, as he sülven de Ries al dootmaakt harr. Un dat warrn em de König un all de annern gloven. Un wenn de Prinzessin vellicht seggen will, dat is de anner we'n un nich he, de all de dree Daag wunnen hett, denn gloovt ehr dat ja keeneen, denn so harr se ja de beide Daag vörher lagen, as he vertellt hett, he hett de Ries oeverwunnen, un se hett dar „Ja" to seggt. Wat se vundaag seggt, dat wurrn se denn darmit verklaren, dat se in'e frömde Keerl verleevt oder vun em behext is, un darum will se em nu achterher sodennig to Ehren bringen. Un denn ward de frömde Ridder sachs uphängt oder verbrennt. Man wenn de Ries un de Ridder sik gegensiedig um'e Eck bringen un de Prinzessin ward darbi rett't, denn ward he ehr bestimmt kriegen. Un kümmt dat so, dat de Ries de Frömde un de Prinzessin weghaalt, denn so is he, Ridder Root, dar ja de Neegste to un arven dat Riek.

Wieldes Ridder Root sodennig spickelert, is Jan up'e sülve Umweg as de Daag vörher mit Haafk un Hund rutkamen na de Prinzessin. Man vundaag is he en beten later as anners, oder de Ries hett sik mehr strevt; denn jüst, as he rutkümmt an'e Strand, 'nem de Prinzessin nedden an de Anbarg sitt un se jüst upstahn is un em mit ehr Sleuer in'e Mööt winkt – do wöltert sik uck al de Riesenwell mit Susen un Brusen ut de Deepde an Land, un de Ries mit, un de is vundaag noch duller in Raasch as vörher. All sin negen Köppe hett he wedderkregen, un he is guut to Knoev kamen. Jan rasselt an'e Kant vun't Water mit em tohopen, un dat is en lange un tage Kamp, un de duert gresig lang'. Man dat Enne vun't Leed is doch, all de Ries sin negen Köppe moeten dal vör dat scharpe Swert, un do is he doot. Sin Rump blifft dar an'e Seekant liggen as Fudder för de Vageln ünner de Heven.

So draa as de Kamp vörbi is un de Sieg is wunnen, kümmt de Prinzessin drievens na ehr Retter henlapen. Nu is he aver uck heel möö' un matt, un se bringt em na de gröne Anbarg. He leggt sin Kopp in ehr Schoot un fallt in deepe Slaap. Sin swatte Hingst geiht ruhig up'e Wisch rum un fritt Gras, sin Haafk is up en Boom rupflagen un slöppt mit de Kopp ünner de Flünk. Man sin grote gele Hund löppt in't Holt rin un leggt sik in't weeke Moss, jüst ünner de Boom, 'nem Ridder Root rupkrabbelt is.

De hett ja sehn, wodennig de Seeries mit Susen un Brusen ut de Deep un na de Strandkant kamen is, 'nem de Prinzessin seten hett, man ehr hett he nich sehn kunnt. He hett blots de gresige Larm hört, dat Bölken un Wrinschen, dat Hulen un Tulen, dat Zischen un Krieschen, denn dat is en gruliche Gekriesch, wat de Ries elkeen Mal vun sik geven hett, wenn em een vun sin Köppe afhaut wurrn is. Toletzt is dat heel still wurrn, man he hett de Seeries nich wedder na de Deep afdükern sehn as de Daag vörher. Un sodennig sitt he nu up sin Telgen un bibbert un bevert, denn dat kann ja licht angahn, dat de Ries wunnen hett un is nu bi un freten de Prinzessin up. Un denn kunn em dat ja vellicht in'e Kopp kamen un kamen in't Holt rin un freten em achterher. Ridder Root denkt dar jüst an un rutschen liesen vun'e Boom dal un seh'n to un sliekern sik heemlich weg, do hört he in'e Büsche wat breken un knacken. He meent al, nu is dat ut mit em, un dar fehlt nich fehl, un he huult för dull los. Man denn lett he dat Schrien doch na, he maakt sik leever so lütt, as he man kann un hollt de Aten an, un kole Sweet rönnt em ut alle Löcker. Do ward he wies wat dat is, wat dar in't Holt breken un knacken deit – dat is nich de Ries, dat is en grote, gele Hund, de brickt sik en Weg dör de Büsche un kümmt hen un leggt sik jüst ünner de Boom dal, 'nem he up sitten deit. Oha, denkt he, dat is een vun de Ries sin See-Hünne – man de hett em noch nich in'e Näs kregen. Un he hollt sik nu musenstill un is natt vun kole Sweet för luder Angst.

Wieldes liggt Jan un slöppt mit sin Kopp up de Prinzessin ehr Schoot, un se mag em nich upwecken, denn na so'n harte Kamp hett he de Ruh sachs nödig. Man se treckt en gollne Ring vun ehr Finger un knüttet em de in'e Haar. Un denn blifft se ganz ruhig sitten un kickt up de smucke junge Mann, bet he waak ward. Se meent ja nu nich anners, as dat he ehr nu na Huus up't Slott bringt un de Ridder Root mit all sin Heldendaten toschannen maakt. Man so draa as he de Ogen upmaakt, seggt he foorts to ehr, he kann nich mit ehr gahn. He mutt foorts afste' un finnen sin Broder, denn dar is jüst een Jahr rum, dat se ut'nanner gahn sünd. Man se schall sin Bruut we'n, seggt he, un een Jahr lang up em töven, denn kümmt he wedder un klaart allens up.

Denn snitt he ut all negen Köppe de Tungen rut un deit se to de anner negen, de he al hett. Un denn fleutet he na sin Haafk un sin Hund, klabastert up sin Perd un ritt afste'.

As de Hund weg is un rundum is ümmer noch allens still, do wischt Ridder Root sik de Sweet vun'e Vörkopp, truut sik upletzt dal vun'e Boom un sliekert sik dör't Holt, bet he vun'e Anbarg de heele Strand sehn kann. Dar liggt nu de Seeries up'e Buuk so lang as he is, de Rump an Land un de Beens in't Water, un all sin negen Köppe liggen liggen spreedt um 'n rum an'e Seekant. De Prinzessin ward he uck wies, de is so frisch un lebennig un sitt dar ganz alleen. Wokeen dat uck we'n is, de sik mit de Seeries haut un em um'e Eck bröcht hett – nu is he weg. Nu kriggt Ridder Root wedder Moot, un gau dwingt he – as de Daag vörher – de Prinzessin, dat se em toseggt, dat se reine Mund holen will un ja seggen, wenn he seggt, he hett de Ries afmurkst un ehr rett'. Un dat versprickt se uck foorts, denn de Rechte is ja nu weg, un do kann ehr dat gar nix nütten, wenn se wat anners vertellt, as wat Ridder Root will. Un se gloovt dar ja uck fast an, dat de Rechte al wedderkamen ward un denn allens an't Licht bringt.

Denn kriggt Ridder Root de gollne Kutsch haalt mit Kutscher, Deeners un Vörrieders. He kriggt all de negen Köppe upsammelt un lett se rundum an'e Kutsch bummeln. De Prinzessin sett sik rin, un Ridder Root ritt blangenher un pustet sik stolt up, un sodennig trecken se in'e Stadt in. Dar sünd se al en beten bang' wurrn, dat dat so lang' duert hett, un all de Lüüd in de Stadt sünd an't Stadtdoor tohopenlapen. Man as se upletzt kamen un de Prinzessin sitt in'e Waag un grötet un nickt un smielt na alle Sieden, do hett de Freud vun'e Lüüd keen Enne. Se ropen Hurrah un streuen Blomen för de Prinzessin un uck för Ridder Root. As se na't Slott kamen sünd un Ridder Root hett de heele Geschicht vertellt vun de gresige Seeries, de he nu um'e Eck bröcht un darmit de Prinzessin un dat heele Land rett' hett, do ward he noch desülve Avend mit de Prinzessin verspraken un as Arvprinz vun't Riek utrapen. Un se drinken up dat Bruutpaar, un in Stadt un Land warrn Freudenfüern anfengt in't heele Königriek. De Prinzessin seggt nix; se stellt blots een Bedingen, dat de Hochtied töven mutt bet to de Jahrsdag darna. Dat is de König recht, un do mutt Ridder Root sik dar uck mit affinnen.

Jan ritt wieldes mit sin Haafk un sin Hund wedder t'rügg na de Krüüzweg, 'nem he sik vör Jahr un Dag vun sin jüngere Twillingsbroder Jürn scheed't hett. He kümmt hen na de Linnenboom und finnt de beide Messen un süht, Jürn sin Mess is noch jüst so blank as sin eegne: He is also an't Leven, un dat geiht em guut. He süht uck, sin Broder is dar we'n un hett na sin Broder sin Mess sehn; un dat kann noch nich lang' her we'n, denn de Karv, de he in'e Bork ünner dat Mess sneden hett, is noch heel frisch. Do ritt he up de Weg, de Jürn domals, as se sik scheed't hebben, nahmen hett, wieder un kümmt vun een Stadt in'e anner un vun een Land in't anner, man narms kann he wat sehn oder hören vun sin Twillingsbroder. Sodennig vergeiht dar meist en heele Jahr, un he mutt sik nu streven, dat he to afmaakte Tied bi de Prinzessin is.

Jüst an'e Jahrsdag vun sin Sieg oever de Ries kümmt he dar an. As he in't Door rin un dör de Straten rieden deit, süht he, all de Hüser sünd rutputzt as to en Fest, un as he bi sin ole Harbarg liek oever vun dat Slott ankümmt, do is de jüst so upviolt as all de anner Hüser, un dat Slott is heel un deel mit rode Scharlack oevertrocken, mit Frangen un Troddeln vun blanke Gold.

He treckt nu in sin ole Harbarg rin un kriggt uck sin ole Stuuv wedder. Un he fraagt de Kröger, wat dar denn vundaag los is in'e Stadt. He hett en Barg Rieken un Länner sehn, seggt he, man keen Stä' is he henkamen, 'nem ümmer sowat Wichtiges los we'n is. As he vör en Jahr dat letzte Mal dar we'n is, seggt he, do weern all de Hüser swatt tohängt, un dat geev en Kamp mit en Seeries. Nu is allens mit Root, Gold un Blomen rutputzt, seggt he, wat dar denn nu wedder los is? De Kröger vertellt em denn lang un breet, wat dar allens passeert is, sörre he toletzt dar we'n is. Un vundaag schall Ridder Root nu ennelk Hochtied maken mit de König sin eenzige Dochter, de he ut de Klauen vun de Seeries rett' hett.

68

Denn moeten se ja man en Buddel Wien up dat Woll vun dat Bruutpaar leer maken, seggt Jan. Un de Kröger kriggt en Buddel ut'e Keller haalt un schenkt Jan un sik darvun in. De Wien smeckt em nich, seggt Jan, as he probeert hett, an'e König sin Tafel drinken se vundaag sachs wat Beteres. Ja, seggt de Kröger, dat will he woll gloven, wenn 'n dar man uck vun drinken kunn. Dat schall bald wat warrn, seggt Jan. He fleutet na sin Haafk, un de sett sik up sin Schuller. Jan flustert 'n wat to, un denn flüggt 'n ut't Finster rut un roever na't Slott, liek rin na de Riddersaal, 'nem se all an'e Hochtiedstafel sitten. Dar sett 'n sik up de Prinzessin ehr Schuller. Se kennt 'n uck foorts wedder, un se striechelt un eit 'n. Denn upmal snappt de Haafk sik de Wienkann, de steiht dar vör de Prinzessin, un flüggt darmit ut't Finster rut un roever na de Harbarg, 'nem Jan mit de Kröger sitten deit. Do schenkt Jan för se beid in, un se drinken up dat Woll vun dat Bruutpaar mit de König sin eegne Wien. Un de Kröger mutt ingestahn, so'n feine Wien hett he all sin Levdag noch nich drunken.

De Wien stiggt em rein to Kopp, un he seggt, wenn se man uck wat vun dat Backels harrn, wat vundaag up'e König sin Tafel steiht. Dat schull sachs fein to de dare Wien passen. Na, seggt Jan, dat koenen se ja gau hebben, un he röppt sin Hund un flustert 'n wat to. Do springt de foorts ut'e Dör un roever na dat Slott. De Wach will 'n vör't Door un uck vör de Treppen t'rüggholen, un de Lakaien un Kamerjunkers woe'n 'n in de Vörsaalen upholen, man de Hund smitt se all oeverkopp, un löppt lieksterweg rin in'e Riddersaal un leggt sin Kopp bi de Prinzessin up'e Schoot.

Do jumpt de Brüdigam hooch vun sin Sessel, as harr em en Waus[1] staken, un röppt, huh, dar is de See-Hund. Man de Prinzessin lacht em wat ut, klappt de Hund – se kennt 'n ja wedder – un fraagt, um he dat en See-Hund nömen deit, dat is doch en ganze feine Hund. Un he is doch uck woll nich bang vör en See-Hund, wo he doch de Seeries mit de negen Köppe lütt kregen hett. Do lachen se all an'e Tafel, un Ridder Root sett sik wedder dal; man he schuult schalu hen na de Hund, he kennt 'n ja uck wedder vun domals, as he baven up'e Boom seten hett. Mitmal snappt sik de Hund en sülverne Korf mit Backels, de steiht dar jüst vör dat Bruutpaar, un neiht darmit ut, rut ut'e Dör, de Trepp dal un liek roever na de Harbarg, 'nem sin Herr un de Kröger sitten un drinken.

Nu weet de Prinzessin, ehr wahre un rechte Levensretter is neeg bi; man dat duert noch, ehrer se em to seh'n kriggt. Dat is nu so inricht't, dat na dat Eten an'e Namiddag all Lüüd up't Slott kamen koenen, de dar Lust to hebben, un koenen dat Bruutpaar gu'n Dag seggen, un in een vun de Saalen, 'nem se dörkamen, dar steiht en Reeg Lanzen upplantet, achtein in ganzen, un up elkeen Spitt sitt een vun de Ries sin Köppe, de Ridder Root an'e Strand upsammelt hett.

Do geiht Jan mit sin Kröger uck roever na't Slott. As se nu in de Saal kamen, 'nem all de Riesenköppe utstellt sünd, do geiht Jan hen un sparrt een Kopp na de anner dat Muul up un fraagt heel luut, wonem denn woll de Tungen sünd. Do warrn de Lüüd dat wies un lopen hen un kieken na: Nee, dar sünd keen

---

[1] Waus = Wespe

Tungen in, dat stimmt. Do kümmt Ridder Root dar jüst oever to un seggt, dar sünd noch nie nich Tungen in'e Köppe in we'n – Riesen hebben keen Tungen, seggt he. Denn is dat aver doch gediegen, seggt Jan, dat de Tungenwuddeln dar in sünd. Un dar sünd de Tungen, seggt he, un de passen darto. Un he kriggt de Prinzessin ehr Snuuvdook rut, 'nem de Tungen in inwickelt sünd. Un nu mag elkeen för sik sülven en Ordeel finnen, wokeen de Ries de Köppe afhaut hett, de, de em de Tungen rutsneden hett, oder de, de de Köppe herbröcht hett un seggt, dar sünd nie nich Tungen in we'n.

Do gifft dat en grote Stahoi. All de Lüüd lopen tohopen un sehn, wo nipp un nau elkeen Tung in ehr Kopp passen deit. Upletzt kümmt dar uck de König oever to mit sin Dochter, de Bruut. So draa as se Jan wies ward, fallt se em um'e Hals un röppt, dat is de, de ehr dat Leven rett' un sik do all dree Daag mit de Seeries haut hett. Un denn vertellt se allens: Wodennig Ridder Root elkeen Mal utneiht is, so draa as dar Gefahr kamen is, un eerst wedderkamen is, wenn de Gefahr vörbi we'n is; un wodennig he ehr drauht hett, he wull ehr afmurksen, wenn se nich Ja seggen wull to all sin Loegen. Man de dare frömde Ridder, seggt se, mit sin Haafk, sin Hund un sin Perd, de is dat we'n, de sik mit de Ries haut un em dootmaakt hett. Un ehr Snuuvdook is dat, seggt se, 'nem de Tungen in inwickelt we'n sünd, ehr Naam steiht dar up mit en Kroon darbi. Un as he an'e drütte Dag de Ries all negen Köppe afhaut harr, seggt se, do hett se em en gollne Ring in'e Haar knütt' – un dar is de Ring! röppt se un wiest de König foorts, wonem 'n sitten deit.

Do is dar keeneen mehr, de noch an ehr Wöör twie-
feln deit, un Ridder Root mutt allens ingestahn. Do
lett de König em foorts in Keden leggen un schickt
en paar Deeners mit em rut to Holts, he schall se de
Boom wiesen, 'nem he bi de Hauerie mit de Ries up
seten hett. Man heemlich hebben se Order kregen, se
schoe'n em foorts an de dare Boom uphängen, un dat
ward uck an desülvige Avend maakt. Darum hören
wi in düsse Geschicht vun Ridder Root nix mehr.

Man up't Slott ward nu eerst richtig Hochtied fiert,
nu is de rechte Brüdiam ja dar. Un de ole König hett
de Näs vull vun't Regeren, he dankt foorts af un lett
Jan as König vun't Land utropen. Dar freuen se sik
allerwegens oever, un de junge Ehelüüd sünd glück-
lich mit'nanner. – Man darmit is de Geschicht noch
lang' nich to Enne.

Foorts na de Hochtied reist dat Königspaar weg ut
dat Slott un dör't heele Land, vun Stadt to Stadt. De
nüe König mutt ja Land un Lüüd kennen lehren. Dat
duert en ganze Tied. As se wedder t'rüggkamen sünd
na se's Königsstadt, do passeert dat foorts in de eers-
te Nacht, dat dar en Hahn vör dat Slaapkamerfins-
ter vun dat junge Königspaar sitt un in een Törn
kreiht, se koenen dar beid keen Oog vör tokriegen.
De junge König Jan steiht up, geiht an't Finster un
jaagt de Hahn weg, ümmer un ümmer wedder; man
foorts is 'n wedder dar. Un sodennig geiht dat de
heele Nacht. Un de neegste Nacht is dat jüst so: De
Hahn sitt vör't Finster un kreiht un kreiht un will
sik nich wegjagen laten. Denn, de drütte Nacht, as
dat junge Paar to Bett gahn is, do geiht dat wedder
vun Frischen los: De Hahn kreiht luder un duller as
de Malen vörher liek vör dat Finster.

Do seggt Jan, dat kann keen gewöhnliche Hahn we'n. Dar mutt wat achter steken. Vellicht is sin Broder in Gefahr un lett em up de Aart ropen. He mutt rut na de dare Hahn, seggt he, un sehn, wodennig dat tosamenhängt. Un do seggt he sin Königin Adjüs, binnt sik sin Swert um, röppt sin Haafk un sin Hund un sett sik up sin swatte Hingst un ritt afste'. Ümmerto hört he de Hahn vör sik, de flüggt vun Boom to Boom un kreiht, un de König ritt achter 'n ran. Sodennig kümmt he in en Holt togang', wat an de Strand längs liggen deit, un he ritt in't Holt rum, ümmer achter de Hahn ran, bet he rutkümmt an'e Strand, jüst an de Platz, 'nem do de Kamp gegen de Seeries we'n is. Man he kennt de Stä' nich wedder, un he kann uck vun de Strand vör sik gar nix sehn, liekers dat all Morrn warrn will, as he dar rutkümmt; dat is oeverall so dick vun Daak, dat dat nichmal to sehn is, um he hett Land oder Water vör sik.

Foorts as he dar ankümmt, is de Hahn mitmal weg un lett sik keen Stä' mehr hören. Nu is he ja jüst so klook un will tosehn un finnen wedder na Huus. Do hört he dicht bi jichens wat rumpusseln, un he ritt dar hen. Un do ward he dar en grimmige Oolsch wies, de geiht dar mit en Sack up'e Rügg un kleit mit ehr Stock in'e Sand. He fraagt ehr, wokeen se is un wat se dar so fröh an'e Moorn vörhett. Och, seggt se, se is man en stackels ole, arme Fruu ahn Kinner. Se geiht dar man un söcht wecke Knaken tosamen, seggt se, man nu kann se knapp sik sülven noch slepen, un ehr Sack al gar nich. Un wenn he en echte un rechte Ridder is, seggt se, denn helpt he en ole Fruu un lett sin Perd ehr Sack hendrägen na ehr Huus. Wonem se denn to Huus is, fraagt König Jan.

Och, dat is heel dicht bi, seggt de Oolsch, se will man vörut gahn un em de Weg wiesen, wenn he ehr mit ehr Sack helpen will.

Do jumpt de König dal vun sin Perd un leggt dar de Sack up. De is gar nich licht un böhren un stinkt na all de rotte Knaken, de dar in sünd. De Oolsch geiht vörut un dat liek in'e See rin. Se haut mit ehr Stock in't Water un mummelt: „Vörn en Brügg un achtern nix", un sodennig is dar dröge Land, man uck blots dar, 'nem se gahn: dat Perd, dat de König an't Koppstück trecken deit, un de Hund, de liek achter em löppt. Vörn un achtern un up elker Siet is deepe Water. Man de Daak is so dick, een kann knapp de Hand vör Ogen sehn, un sodennig gahn de König un sin Deerten achter de Oolsch ran un weeten nich, wonem de Weg lopen deit.

Se gahn ümmer wieder un dat nimmt gar keen Enne. Se hett dat doch recht wied na Huus hen, meent Jan, de König. Ja, seggt se, man nu sünd se uck glieks dar. Un dat duert würklich nich mehr lang, do kamen se an en grote Barg, de liggt merrn in'e See. De Oolsch kloppt dar up mit ehr Stock. Do deit de Barg sik up, un do kamen se in en grote Stuuv vun Steen, dar brennt merrn up'e Del en grote Füer.

Jan leggt de Sack dal un kickt sik um. Dat is ja en gefährliche Füer dar, seggt he, um se dar Minschen braden deit. Och wat, nee! seggt de Oolsch, man so'n ole Fell as se kann al en beten Wärmde bruken. Denn nimmt se en Haar vun ehr Kopp un seggt to Jan, he schall doch dat dare Haar up sin Perd leggen, denn steiht dat still, anners stampt 'n ehr ja de ganze Stuvendel twei, seggt se. De König deit dat, un würklich steiht dat Perd still; man he hört nich, wo de Oolsch darbi mummelt: „Haar, warr to isern Bänner un hol fast!" Denn nimmt se noch en Haar vun ehr Kopp un seggt to König Jan, he schall dat doch up sin Hund leggen, de kickt ehr so falsch an, un se is bang, de kunn ehr bieten. Uck dat deit Jan, un foorts leggt de Hund sik dal un blifft ruhig liggen. Wedder hett he nich hört, wat se jüst so as vörher mummelt hett. Denn nimmt de Oolsch dat drütte Mal en Haar vun ehr Kopp un seggt to de König, he schall dat doch up sin Haafk smieten, dat de nich rumfleegen deit un maakt ehr Kükens bang'. Jan deit uck dat, un se mummelt ehr Sproek, un de Haafk blifft ruhig sitten. Denn seggt se noch, se woe'n man uck en Haar up dat Blanke an sin Siet leggen un dat darmit todecken, denn dat blennt ehr un deit ehr ole Ogen weh, un darmit smitt se en Haar up'e Grep vun Jan sin Swert un mummelt wedder datsülve as vörher.

Jan denkt, de Oolsch is nich richtig klook, man he is nich bang' vör ehr. Nu will he sik dar en beten umkieken an de dare gediegene Stä'.

Do kümmt de Oolsch tohööcht un is so hooch as en Huus un ward heel giftig utsehn. Nu schall he dar för betahlt kriegen, bölkt se, dat he ehr feine Jung um'e Eck bröcht hett. Nacht för Nacht mutt se gahn un an'e Strand sin Knaken upsammeln, bet se se all tohopen hett, denn kann se em vellicht wedder lebennig maken.

Do ward de König wies, bi wokeen he to Gast is. He langt na sin Swert un röppt so as fröher: „Up em, Haafk, Hund un Hingst!" Nee, seggt de Hex höhnsch, de Haar sünd iserne Bänner wurrn, un darför koenen sin Deerten nich frie kamen. Nu markt König Jan, dat Swert lett sik nich trecken, un de Deerten röhren sik nich vun'e Plack. Denn tickt de Hexenoolsch de König an mit ehr Stock, un he fallt um un is doot as en Steen. Denn stött se em dal in en deepe Lock ünner de Del; man de Deerten lett se, 'nem se sünd.

Up't Slott töövt un luert de junge Königin nu de eerste Dag un de tweete Dag, man ehr Mann kümmt nich wedder. Dar gahn Wuchen, dar gahn Maanden, man de junge König is un blifft weg. Na all Sieden warrn Lüüd utschickt för un söken em; man keeneen hett em sehn. Do sitt de Königin denn in ehr Slott un truert, man se denkt ümmerto, ehr junge Held un König schall eens Daags gesund un munter wedderkamen.

Wieldes all düt in'e Gang' is, is Jürn, de jüngere vun de Twillings (de is wied in'e Welt rumtrocken un hett en Barg belevt, dat allens hier to vertellen weer vel to wiedlöftig), de is so, as se dat afmaakt hebben, na de Linn an'e Krüüzweg kamen. Dat is noch keen heele Jahr her, dat he dat letzte Mal dar we'n is un hett sin Broder sin Mess blank funnen, un do hett he dar as Teeken en Karv ünner sneden. Nu süht he, sin Broder is uck hier we'n un hett sin Teeken in'e Boom sneden. Do treckt he sin Broder sin Mess ut'e Boom rut un süht, dat is meist heel un deel verrust't un süht ut, as harr een dat in Bloot düppt. Blots een lüerlütte Plack is noch blank.

He nimmt nu foorts desülve Weg, de sin Broder Jan domals trocken is, as se ut'nanner gahn sünd; un he ritt so gau, as he man kann, vun Stadt to Stadt un vun Land to Land, bet he in dat Land kümmt, 'nem sin Broder Jan König wurrn is. As he een Dag hen to Avend up sin swatte Hingst na de Königsstadt vun't Land rinrieden deit, mit lange, gollne Haar, sin Haafk up'e Arm un achter sik de grote gele Hund, do markt he foorts, all de Lüüd up'e Straat blieven stahn un winken em to un kieken em achterna. Un Lüüd, de em ut se's Hüser rut wies warrn, maken dat Finster up un winken na em as Gröten. He weet ja, he un sin Broder sehn sik liek as twee Waterdrüppen, un se's Deerten uck, un he markt foorts, se kennen sin Broder hier guut un moegen em geern lieden, denn he sülven is ja noch nie nich an düsse Kant vun'e Welt we'n. He gröt't denn torügg un ritt wieder, bet he na dat Slott kümmt. Do ward de Wach vör em rutrapen un de Hoffmeister kümmt anstaakt mit sin Stock mit'e Goldknoop un ritt Dör un Door vör em up. Darna lett dat so, dat sin Broder hier to Huus is. So ritt he denn na't Slottsdoor rin, un foorts kamen de Stallmeister un sin Knechten ansprungen, nehmen em dat Perd af un stellen dat in'e Stall. Un de Lakaien up'e Treppen bücken sik vör em un maken em een Dör na de anner up, bet he na de smucke junge Königin kamen deit. De ward luut upschrien vör Freud, jumpt tohööcht un fallt em um'e Hals. Denn fangt se an un fraagt, wonem he denn so lang' we'n is. Dar sünd ja nu al dree Maanden vergahn, sörre he so in'e Nacht wegreden is achter de dare Hahn ran, de ümmer vör se's Finster kreiht hett. Um he 'n denn uck faatkregen hett, will se weeten. Un um 'n hett Naricht bröcht vun sin Twillingsbroder. Un um he em hett glücklich, gesund un an't Leven funnen. Un sodennig noch mehr Fragen, un he schall up allens antern. Denn eit se sin Haafk un klappt sin Hund un fraagt na sin Perd un seggt, se hett sin Deerten meist so leev as em, de hebben em ja hulpen un retten ehr ut'e Klauen vun de Seeries mit de ne- gen Köppe.

Hier kriggt he tominnst so vel to weeten, as he bruukt, man he gifft sik nich to erkennen. He seggt blots, he is gresig möö' un bruukt Ruh. Morrn schall se Bescheed kriegen up all ehr Fragen. Vunavend is dat to vel un vertellen dat all. He is wied rumkamen un hett en Barg belevt. Sin Broder is risch un ge- sund, un he sülven freut sik, dat se dat uck is. Se nödigt em, he schall doch en beten Avendbroot eten, un denn bringt se em in'e königliche Slaapkamer. He geiht foorts to Bett, man ehrer he sik dalleggt, treckt he sin scharpe Swert ut'e Scheed un leggt dat in'e Midd vun't Bett. Denn dreiht he sik um un deit so, as wenn he foorts inslöppt, so möö' un matt, as he is.

De Königin leggt sik uck dal, man se kann nich sla- pen. Se dankt Gott för de grote Freud, dat ehr leeve Herr un Ehmann (as se ja meent) wedder t'rügg- kamen is vun sin lange un wiss uck gefährliche Fahrt, de he maakt hett,. Se freut sik to ehr Glück, un se freut sik al up'e Morrn, wenn ehr Mann sik utruht hett, denn will he ehr ja allens bet in't Lütts- te vertellen, wat he in de lange Tied belevt un daan hett, as se vör Lengen na em meist vergahn is. Do hört se en Hahn vör't Finster kreihen. Dat is be- stimmt desülve, de se al vör en Viddeljahr plaagt un ehr Mann bi Nacht rutlockt hett. Se freut sik man, dat he nu so fast un ahn Sorgen slapen deit.

Man de, de se för ehr Mann holen deit, de slöppt ganz un gar nich. He liggt un lustert. Un as he en beten legen hett un hett de Hahn kreihen hört, do jumpt he ut dat Bett rut, treckt sik gau an, stickt sin Swert in'e Scheed un binnt sik dat um. Och, röppt de

Königin, he will doch woll nich wedder achter de dare Hahn ran, de mutt em doch al vertellt hebben, wat 'n to seggen hett. Man he seggt, he schall un mutt rut na 'n, un se schall man nich bang' we'n, he kümmt bald wedder. Denn löppt he ut'e Dör un dal in'e Stall, springt up sin Perd un ritt mit Haafk un Hund rut in'e Nacht.

De Hahn blifft bi un kreiht, man flüggt ümmerto wieder, un he ritt achterran, jüst desülve Weg, de sin Broder Jan reden is, un he kümmt uck dör dat Holt un dal an'e Strand, jüst as dat Morrn warrn will. Do is de Hahn mit'nmal weg, un in de dicke Daak bemött he desülve Oolsch, de geiht dar mit ehr Sack un wöhlt in'e Sand rum. Kort vertellt, em geiht dat jüst so as sin Broder Jan: Se seggt, he schall doch sin Perd ehr Sack drägen laten, un he deit dat. Un dat geiht rut oever de See, 'nem se vörut geiht un mummelt: „Vörn en Brügg un achtern nix!" Un sodennig kamen se an'e Barg in'e See un dar rin, in de Stuuv vun Steen, 'nem merrn up'e Del en grote Füer brennt.

Do seggt he, as sin Broder Jan, dat is ja en gresige Füer dar. Um se dar Minschen braden deit, fraagt he. Och wat, nee! seggt de Oolsch, man so'n ole Fell as se kann al en beten Wärmde bruken. Denn nimmt se Haar vun ehr Kopp un seggt to Jürn, he schall se doch up sin Perd, sin Hund, sin Haafk un sin blanke Swert leggen. Man he smitt dat Haar elkeen Mal in't Füer.

Do kümmt de Oolsch mitmal tohööcht, un een kann sehn, wat dat för'n gresige Hex is, un denn grient se un schriet mit heesche Stimm, nu hett se em mit fungen, un he mutt nu dal na sin Broder, de hett ehr

ehr smucke Jung dootmaakt. Elkeen Nacht mutt se an'e Strand gahn un söken un sammeln sin Knaken, seggt se, bet se se all tohopen hett, denn kann se em vellicht wedder lebennig maken. Man Jürn treckt sin Swert un röppt sin Deerten: „Up em, Hund, Haafk un Hingst!" Nee, röppt de Hexenoolsch, de Haar sünd to isern Bänner wurrn, darum koenen sin Deerten em nich helpen. O doch, dat koenen se, röppt Jürn, denn de Haar sünd verbrennt. Un darmit geiht he up ehr los un swenkt sin blanke Swert un lett ehr dat um'e Ohren susen.

Do ward de Oolsch bang' un leggt sik up't Bidden un Bedeln, he schall ehr doch man an't Leven laten. Se schall em foorts sin Broder weddergeven, so lebennig as fröher, seggt Jürn. Un de Oolsch haalt em foorts hooch ut dat Lock ünner de Del; se bespeutet em mit en paar Drüppen ut en Buddel mit Levenswater, un do is he wedder lebennig un kennt un begrötet foorts sin Broder. Se schall uck Jan sin Deerten un sin Swert losmaken, seggt Jürn. Un dat is uck gau daan. Se schall se oever de See t'rüggbringen, seggt Jürn denn, un se schall vörangahn. Do kriegen se denn to sehn, wodennig se ehr Brügg buut, se geiht vöran, sleit mit ehr Stock in't Water un mummelt. „Vörn en Brügg un achtern nix!" Un de beide Bröder rieden up't faste Land. Jürn hollt sik dicht achter de Hex. Un so dra se all glücklich wedder an Land sünd, haut he ehr mit een Slag de Kopp dal un lett ehr dar an'e Seekant liggen.

Nu rieden de Bröder tosamen dör dat Holt un hebben sik vel to vertellen, wat se in all de Tied, de se ut'nanner we'n sünd, belevt hebben. Do mutt Jürn ja uck vertellen, wodennig he sin Broder Jan funnen hett, un wodennig se em in't Slott upnahmen hebben un em för de verswunnene König holen hebben, un dat he in König Jan sin Bett blangen sin Königin de Nacht legen hett. Man as he dat vertellt, do dreiht de König dör, kriggt sin Swert rut un jaagt sin Broder Jürn dat dör't Liev, dat de foorts doot vun't Perd sackt.

Denn gifft Jan sin Perd de Sparen un jaagt afste' oever Stock un Steen, he weet sülven nich 'nem hen, un sin Hund löppt achter em ran un huult, man de Haafk up sin Schuller snackt mitmal un seggt, he schall na Huus rieden. Do lett he sin Perd de Toegel schöten, un lett dat sülven de Weg torügg na sin Slott finnen. As se ankamen, springt he vun't Perd un gifft dat de Knecht. Denn geiht he langsam de Treppen hooch un rin na sin Fruu. Se freut sik un löppt em in'e Mööt; man he kickt ehr nich an un antert uck nich up ehr Fragen. Do markt se, dar mutt en Unglück passert we'n oder he is krank wurrn, un se bringt em in'e Slaapkamer, un dar smitt he sik up't Bett, seggt aver keen Woort.

Do seggt se to em, een Deel schall he ehr aver doch seggen: Warum he annerletzt in de Nacht sin blanke, scharpe Swert merrn in't Bett leggt hett. Um he ehr dar hett mit dootmaken wullt, seggt se. Harr he dat man daan, denn so musse se em nu nich in de dare Tostand sehn, seggt se. Do geiht em en Licht up, wo truu sin Broder Jürn gegen em we'n is un hett em denn uck noch dat Leven rett' – un dar hett he nu so'n Lohn vör kregen! Nu springt König Jan up un nimmt sin Königin in'e Arms, man seggen deit he keen Woort. He neiht rut ut'e Dör, dal na sin Perd in'e Stall un ritt mit Hund un Haafk wedder weg.

He ritt liek rut in't Holt na de Stä', 'nem he dat Gresige daan hett, dar liggt sin Broder Jürn koolt un doot in sin Bloot an'e Grund. Sin Hund liggt bi sin Kopp un dat Perd steiht bi sin Fööt, man de Haafk is weg. Do springt de König dal vun sin Perd un smitt sik oever de Liek un weent helle Tranen un huult un jammert. Denn springt he wedder up un treckt sin Swert. He will sik dar in smieten un achter sin Broder ran in'e Dood. Do suust dar wat dör de Luft un Jürn sin Haafk kümmt anflagen un hett en lütte Buddel in'e Snavel. Dar is Levenswater in, dat hett 'n buten ut'e Hexenbarg haalt, un denn snackt 'n un seggt: „Speut em an! Speut em an!" De König Jan kriggt de Buddel faat un gütt 'n ut oever sin Broder sin Liek. Un foorts springt de Dode up un is wedder jüst so frisch un lebennig as vörher.

Nu nimmt König Jan sin Broder in'e Arms un seggt, he schall em dat doch man nich nadrägen, dat he so argdenkern we'n is un so'n dulle Kopp hatt hett. Jürn vergifft em dat uck, un de beide Twillingsbröder Jan un Jürn rieden nu tosamen t'rügg na't Slott. De Königin kriggt nu allens nipp un nau to weeten, un do ward se wedder vergnöögt. Se is ja de, de dat Riek tosteiht, un do seggt se, Jan schall doch man mit sin Broder Jürn deelen, denn so koenen se ümmer tohopen blieven. Un dar geiht Jan alltogeern up in. Jürn heirad't denn en Prinzessin ut en anner Königriek. Un denn schicken se Bescheed na se's ole Vadder un Mudder un laten de na sik herhalen, un de verleven denn de Rest vun se's Daag bi se's Soehns in Pracht un Freuden. De twee Bröder sünd denn beide König, un se hebben se's Land ahn Stried regeert. Se's Fruuns, de Königinnen, de hebben sik uck guut verdragen, un se's Kinner, de hebben sik so

leev hatt, as wenn se alltosamen Bröder un Süstern
weern.

Un darmit is düt Märken to Enne.

He hett dat achter de Ohren

Dar is mal en ganz steenole Mann we'n. He hett nich blots al lang' levt hatt, man he is uck to sin Tied en düchtige Keerl we'n, denn he hett nich weniger as soeven Stieg[1] Jungs hatt, un denn noch soeven Stück darto.

As de dare soeven Stieg un soeven Soehns nu ranwussen sünd, do woe'n se alltohopen heiraden, un do gahn se hen na se's Vadder un fragen em, wodennig se sik darbi hebben moeten. Och, seggt de Ole, dat versteiht he sachs beter as se, se schoe'n em man maken laten, he will al för elk vun se en Fruu finnen. Se schoe'n em man sin ole Krack vun Perd upsadeln, seggt he, denn will he foorts afste' rieden un för se frien.

Man he mutt wied rumrieden, ehrer he toletzt en Mann utfinnig maakt, de soeven Stieg Deerns hett un noch soeven upto, de all noch nich versorgt sünd. Mit de lett sik dat maken, un do ritt he hen na em. En Knecht nimmt em dat Perd af un he sülven geiht rin na de Mann un gifft sik in Snack mit em, un bi dat kümmt he dar uck up to spreken, he is eegentlich kamen, he will för all sin Soehns um all sin Döchter anholen.

Se warrn sik denn eenig, de junge Lüüd schoe'n all bi de Soehns se's ole Vadder wahnen, un de anner schall de Hochtied för all soeven Stieg un soeven Paare utrichten. As sodennig allens in'e Reeg is, seggt de frömde Mann to de Knecht, he schall em nu man sin Perd wedder upsadeln un henbringen. Um sin Krack hett wat to freten kregen, fraagt he, he

---

[1] 1 Stieg = 20 Stück

hett en wiede Weg na Huus un he mag ünnerwegens nich anholen un geven 'n wat. Ja, seggt de Knecht, kregen hett 'n al wat, soeven Föder Heu hett 'n wegneiht. Um 'n uck hett wat to supen kregen, fraagt de Ole wieder. Nee, seggt de Knecht, dat hett 'n nich. Na, seggt de Ole, denn kann he 'n ja noch supen laten, wenn se an'e See langkamen, dat lohnt ja nich un luern dar nu noch up.

Denn ritt he vun'e Hoff dal un kümmt uck bald an'e See, man de is wat lütt, nich mehr as soeven Mielen[1] rundum. De Ole ritt dar rin mit sin Krack, un de süppt de heele See leddig, denn lang hett 'n stahn musst un is dar bannig dörstig bi wurrn. Man as dat Water in'e See nu bi lütten so sied ward, dat de Fisch dar nich mehr in swümmen koenen un se in'e Mudd liggen un dootgahn moeten, do kamen dar foorts en Barg grote Vageln an un rümen düchtig up mang de Fisch. As de Mann up dat Perd na baven kickt – he will mal sehn, wonem de Vageln mit de Fisch henfleegen –, do lett de eene Vagel wat fallen, un dat fallt em liek in't Oog. He grippt dar foorts na, man he kriggt un kriggt dat nich rut. Do mutt he denn so gau as't geiht na Huus rieden un ümmerto de eene Hand vör dat Oog holen, dat deit so gresig weh un brennt un steiht vull Water.

So draa as he na Huus kümmt, vertellt he sin Soehns, he hett Glück hatt un för se all en Bruut funnen, man ünnerwegens hett he Mallör hatt, em is wat in't Oog fullen, un se schoe'n em nu helpen un kriegen dat rut. Do söken se un kieken un kieken, man se koenen un koenen nix finnen. Do seggt de öllste Soehn – dat is uck de klökste vun se we'n – de

---

[1] 1 dänische Meile = 6,277 km

seggt, se moeten man se's Schep in't Oog setten un
dar in rumseilen un tosehn, wat se dat amenn nich
doch noch finnen koenen. Dat doon se denn uck un
seilen dar soeven heele Daag in rum, un upletzt fin-
nen se uck, wat se söken. Un wat is dat? En Graden
vun'e Fisch, de hett de Vagel verlaren. Se kriegen
dat Dings mit en lange Bootshaak faat un trecken
dat denn rut ut dat Oog.

Denn moeten se sik umkieken na en Discher, de se
soeven Stieg Bettsteden un soeven darto för de junge
Paare maken kann. Un dat dröppt sik so fein mit de
dare Fischgraden, as de Discher 'n t'rechtsaagt un
afhoevelt hett, langt dat jüst för un maken dar de
Stiepers för all de Betten vun.

As de nu ferdig un praat sünd, will de Ole mal mid-
dags en Mütz vull Slaap in een so'n Bett nehmen un
sett sin rote Slaapmütz up un leggt sik dal. He is al
meist an't Innicken, do kümmt Reinke Voss rinsle-
ken un geiht bi un knaueln an een vun de dare Bett-
stiepers, un em dücht, de smeckt nich na Vagel un
nich na Fisch. Man dar ward de Ole so vergrellt
oever, he nimmt sin rode Slaapmütz un kielt 'n hen
na Reinke. Un dar verfehrt de sik sodennig oever, he
springt up un verstickt sik gau in'e Ole sin Baart.

De Ole grippt foorts to, as Reinke in sin Baart rin-
krüppt, man he kriggt em nich faat, un naher is em
dat eenfach nich moeglich un finnen rut, wonem de
Voss afbleven is. Do röppt he denn all sin Soehns
ran, se schoe'n kamen un em helpen un kriegen
Reinke faat. Do seggt de öllste – he is ja de klökste –,
dat is sachs dat beste, wenn elkeen vun se sin gude
Leh in'e Hand nimmt. Dat kost't ja de Baart wecke
Haar, man anners kriegen se Meister Reinke sachs

nie nich faat. Do halen se denn se's Leh'n un wu-
rachen soeven Daag up los, un elkeen vun se meiht
soeven Schwadd up'e Dag. Un denn finnen se upletzt
uck de Voss in sin Verstek: He hett sik achter de Ole
sin rechte Ohr verkrapen. Dar hett he sik heel kom-
modig un bequem inmeed't un oeverto noch soeven
Welpen kregen, ehrer se em faat kregen hebben.

Un as dat denn uck weder in'e Reeg is, do trecken se
hen un maken alltohopen Hochtied. Un de Hochtied
is grootaardig un oever de Maten prachtvull we'n, un
de hett nich weniger as soeven Stieg Daag duert un
noch soeven upto.

Ridder Grönhoot

Dar is mal en Mann we'n un en Fruu, dat sünd arme Lüüd we'n; se hebben keen Kinner hatt; man liekers hebben se dat swaar hatt un slaan sik dör, vör allen, as se wat öller wurrn sünd. Do kümmt dat een Dag mal so, dat se keen Broot in't Huus hebben. Do seggt de Fruu to ehr Mann, se moeten doch sehn un kriegen wat to eten, so lang' as se up düsse Eerde leven moeten; un wat to eten is ja nödiger as wat antotrecken; darför schall he to Stadt gahn un sehn un kriegen dat dare Stück Linnen verköfft, wat se sülven maakt hett. Se harr eegentlich dacht, se schullen dar beid en Hemd vun kriegen; man dat mutt nu töven bet de Tieden beter sünd.

De Mann nimmt denn dat dare Stück Linnen, un he maakt sik laat an'e Avend up'e Weg. De neegste Morrn is dar Markt in'e Stadt, un dar will he denn tiedig in'e Gang' we'n un sehn un kriegen dat verköfft. Sin Weg geiht dör en grote Holt, dar is en Born merrn in. As he henkümmt na de dare Born, do sitt dar en ole Mann mit en lange, witte Baart. He bütt de Mann mit dat Linnen gu'n Avend un fraagt, wonem he to de Tied noch up dal schall. De arme Mann vertellt em denn allens: vun all de Armoot to Huus, 'nem se keen Stück Broot hebben, un vun'e Markt, 'nem he dat dare Stück Linnen verkopen schall, darmit he un sin Fruu nich doothungern moeten.

Do seggt de Ole, he bruukt nich wiederlopen, he kann em man sin Linnen verkopen; he gifft em dar hunnert Daler för. Un he will noch mehr för em doon, dat he nie nich mehr Noot lieden mutt, wenn he em blots dat toseggen will, wat sin Fruu ünner ehr Schörtenband drägen deit. Dat seggt de Mann em geern to; denn he denkt an nix anners as an dat lütte Sloetelbund, wat sin Fruu an ehr Schörtenband drägen deit; un dat koenen se guut missen, wenn se dar man för to Wollstand kamen koenen. Do seggt de Ole, vundaag bi söss Maanden schall he to desülve Tied wedder dar we'n mit dat, wat he em toseggt hett. He un sin Fruu schoe'n nümmer mehr Noot lieden. He mutt blots sin Schapp upmaken, denn so finnt he dar ümmer so vel Geld in, as he sik wünschen deit. Do geiht de arme Mann na Huus na sin Fruu; se is jüst upstahn, un se wunnert sik ja bannig, dat he al wedder dar is. He seggt to ehr, he hett dat Linnen ünnerwegens guut verköfft kregen un hett dar hunnert Daler för kregen, un dat is ja en Barg Geld. Mehr seggt he för dütmal nich; un se freut sik ja un geiht to Dörps un köfft in, darmit se wat to leven hebben. So draa as dat in't Dörp bekannt ward, de arme Lüüd hebben Geld un kopen för, do kümmt de eene na de anner, 'nem se Geld vun lehnt hebben un de nu gau sehn will un kriegen dar wat vun wedder, so lang' as dar noch wat vun na is. Un de Mann betahl frie weg allens, wat he schüllig is. He mutt ja blots in't Schapp langen, denn hett he ümmer, wat he bruukt.

Man nu ward de Fruu unruhig, denn se kann ja insehn, de hunnert Daler langen nich alltowied; un se kann uck marken, ehr Mann maakt sik gar keen Sorgen um Geld un Geldutgeven, un uck dat he sik mit wat rumslept, wo he ehr nix vun vertellt hett. Do geiht se em to Liev un will reine Bescheed hebben. Do ward de Mann denn bichten un vertellt vun de Ole bi de Born un wat he em toseggt hett.

Denn hett he se ewig unglücklich maakt, seggt de Fruu, denn dat sünd nich ehr Sloeteln, de he hebben will; dat is dat Lebennige ünner ehr Schörtenband, wat he toseggt hett; un he weet nichmal wokeen. Do ward de Mann heel leeg tomoot; man he entschülligt sik darmit, se sünd ja beid all wat öllerhaftig un hebben keen Kinner, hebben uck nie nich wecken hatt, un do is em dat nie nich infullen un denken an sowat. Se hett recht, dat is dat, wat de Ole hebben will un wat he em so unverwahrens bi söss Maanden toseggt hett. Man dat lett sik ja nich mehr ännern; se moeten holen, wat toseggt is; se hebben ja nahmen, wat se darför kregen hebben. All dat Geld, wat se utgeven hebben, koenen se unmoeglich ranschaffen, uck wenn de Hannel vellicht t'rügggahn kunn.

De Fruu mutt still swiegen, wat se uck denken mag, un binnen söss Maanden bringt se en Soehn to Welt, en feine, grote Jung is dat. Un nu kümmt de Dag, de de Ole fastsett hett. Do nimmt de Mann sin lütte Soehn un geiht mit em to Holts; un as he an de Born kümmt, do sitt dar de ole Mann mit sin witte Baart. „Willkamen!" seggt he, „du hest din Woort holen, so as ik min." He schall nich bang we'n, seggt he, he is keen Troll un keen Düvel; he will blots dat Beste för sin Kind. Se woe'n em sachs nich geern hergeven, seggt he, un he will em nu uck noch gar nich hebben. Man de Dag, wenn he tein ward, denn mutt he wedder dar we'n mit em. Bet darhen schall he em up't Beste uptrecken un ünnerrichten laten; denn he will en grote Mann vun em maken. Do nimmt de Ole de Jung in sin Hänne, un foorts maakt he em to en junge Pinnswien[1], un denn to en lütte Hirschkalv, un denn to en Falkenküken, un denn wedder to en Minschenkind, un denn dükert he de Jung ünner in'e

---

[1] Pinnswien = Igel (dän. pindsvin)

Born un seggt, nu is he döfft. Grönhoot heet he; un nu mutt de Mann em toseggen, dat he nich up en anner Aart döfft ward. Blots ünner de Bedingen dörven se em noch de tein Jahr beholen.

Dat verspprickt de Mann, un he freut sik, dat he de Jung mit t'rüggkriggt; un noch mehr freut sin Fruu sik to un kriegen ehr Soehn wedder. Denn kopen se sik en feine Hoff, denn se hebben ja so vel Geld, as se hebben woe'n, un dar leven se mit se's Soehn, em hebben se leever as allens up'e Welt. He wasst gau ran, ward groot un stark, anstellig un plietsch. As he fiev Jahr oolt is, hett he all de Böker lest, de se in't Huus hebben, un sin Vadder un Mudder koenen em nix mehr bibringen. Do stellen se de klöökste Schoolmeisters an för em, un he lehrt allens, wat de weeten un koenen, ehrer he noch sin tein Jahr vull hett.

An'e afmaakte Dag, as he tein ward, geiht de Vadder denn mit em rut na de Born in't Holt, un dar sitt de Ole mit sin witte Baart un luert up se. De Vadder will nu geern mit em hanneln, dat se se's Soehn noch en beten beholen dörven, wo se so vel Freud an em hebben. Man de Ole seggt, dat lett sik nich maken. Se schoe'n sik freun to de Tied, de se se's laat barene Soehn hatt hebben, de se so vel Glück bröcht hett. Nu koenen se em nich mehr wieder vöran bringen, un darum moeten se em gahn laten.

Do mutt de Vadder alleen na Huus gahn mit all sin Truer. Man de ole Mann maakt Grönhoot foorts to en Pinnswien mit een gollne un een sülverne Prick un sett em rut in't Holt. Un sodennig mutt he heele fiev Jahr rumlopen. As de dare Tied oeverstahn is, kümmt he na de Ole bi de Born un fraagt, um he nu nich wedder dörv en Minsch warrn. Nee, seggt he, dat geiht noch nich, he mutt gedüllig we'n. Man he schall wat anners warrn, dat he sin Kopp aarig wat höger drägen kann. Un do maakt he em to en Hirsch mit een Tack vun Gold un een vun Sülver; un sodennig mutt he nu fiev vulle Jahr in't Holt rumlopen. As de Tied rum is, kümmt he wedder na de Ole bi de Born un fraagt, um he wedder dörv en Minsch warrn. Man de Ole seggt nee, dat geiht noch nich. He mutt noch fiev Jahr en Deert we'n, man höger rup schall he nu kamen un wieder kieken as jichens vörher. Un do maakt he em to en Falk mit een Fedder vun Gold un een vun Sülver; un do flüggt he rut in't Holt un blifft dar as Falk fiev vulle Jahr.

As uck de dare fiev Jahr en Enne hebben, do kümmt he wedder na de Ole bi de Born un fraagt, um he nu denn wedder dörv en Minsch warrn. Ja, seggt de Ole, nu is de Tied dar: „Tre' nu vör, Ridder Grönhoot!" Un do steiht he dar as de smuckste Mann, de 't jichens geven hett. „De Macht hest du un de behollst du", seggt de Ole, „wenn du dat sülven wullt, kannst du di to elkeen vun de Deerten maken, in de se's Balg du de letzte Jahren levt hest, un de du dragen hest, ehrer du döfft wurrn büst; un du kannst di ümmer wedder to en Minsch maken, wenn du dar Lust to hest. All din Verwandten un Frünnen ut de Kinnertied sünd nu doot un vergahn; darum is dar för di nix mehr to söken in din fröhere Tohuus", seggt he. „Du hest gröttere Saken vör di un mehr Glück, as du dat sülven weetst. Du musst nu an en Königshoff trecken un dar in Deenst gahn. Du musst heel nedden anfangen un di as Stallknecht verdingen. Dar ward al för sorgt, dat du wiederkümmst. Man du musst di darvör wahren un deenen en Stä', 'nem Ridder Root up'e Hoff is; denn dat is de gröttste Hallunk un

Lump, de up'e Welt rumlöppt. Wes ümmer ehrlich un truu! Kümmst du in Gefahr, denn so roop mi man, denn stah ik di bi."

Ridder Grönhoot maakt sik denn up'e Weg; un in't eerste Slott, 'nem he henkümmt, geiht he rin un fraagt, um dar en König wahnen deit. He kriggt Bescheed, en König wahnt dar nich, man en Prinz un sin Süster holen sik dar up. Do fraagt he, um he dar kann Deenst kriegen as Stallknecht. He mutt en beten töven, bet he Bescheed kriggt: He kann Deenst doon in de ünnerste Stall. Dar hett he nix anners to passen as de öllste un eenfachste Kracken. Man he nimmt de Deenst an un deit darbi allens, wat he kann.

Nu dröppt sik dat so doesig, dat Ridder Root dar up'e Hoff is, he is de Prinz sin Stallmeister un rechte Hand. He hett de Upsicht up'e boeverste Stall, 'nem de beste un feinste Perde stahn. Un he kann un kann dat nich verstahn, dat et de magere Deerten in'e ünnerste Stall vun Dag to Dag ümmer beter geiht, sörre dat de dare nüe Stallknecht tokamen is. Se warrn glatt un schier, un dat duert nich lang', do nehmen sik de usselige Kracken beter ut as de Staatsperde in Ridder Root sin eegne Stall. Un denn is de dare Grönhoot so smuck vun Gesicht un Figur, dat se sik dar all oever wunnern; un elkeen Mal, wenn he sin Perde börnen deit, lett he se in'e Hoff allerlei Kapriolen un Kunststücken maken. De Prinzessin steiht un kickt sik dat an vun ehr Toornstuuv, 'nem se wahnen deit; un do kriggt Leev to em ehr Hart faat.

All düt antosehn is mehr, as Ridder Root afkann, vör allen dat letzte, dar is he ja plietsch nugg to un mar-

ken dat; denn he is dar sülven up ut un warrn de
Prinz sin Swager un kriegen sin rieke un smucke
Süster to Fruu. Do denkt he sik denn wat ut, woden-
nig he vellicht kann de anner an'e Kant kriegen. Een
Dag seggt Ridder Root to de Prinz, dat is en gedie-
gene Knecht, de se dar för de ünnerste Stall kregen
hebben. He mutt bi en Hexenmeister lehrt hebben,
dat he mehr kann un weet as anner Minschen. Man
he will uck hooch rut, wied oever sin Stand, denn he
hett en Oog up'e Prinzessin smeten, dat hett he woll
markt. Un keeneen weet ja, wat he mit sin Hexen-
künsten utrichten kann. Un denn hett he seggt,
wenn he will, denn kann he sachs de Prinz de
smuckste Prinzessin verschaffen, de dat up'e Welt
gifft. Man dat will he nich, hett he seggt.

As de Prinz dat hört, ward he dar rein dull na un
kriegen de dare Prinzessin to Fruu. He lett Ridder
Grönhoot na sik henkamen un seggt, he weet, wo he
vun pucht hett, wat he kann, wenn he man will. Un
nu schall he de Prinz de smuckste Prinzessin vun'e
Welt beschaffen, oder he schall an'e Galgen upbum-
melt warrn. Dat helpt nich, dat he de Prinz beden
deit un laten em tofreden, un em versekert, he hett
nie nich sowat seggt, un he weet uck gar nich, wo-
nem de dare smucke Prinzessin to finnen is. De
Prinz gloovt an dat, wat Ridder Root seggt hett, un
he blifft darbi: Grönhoot schall to sin Woort stahn un
em de dare Prinzessin verschaffen, oder he schall
uphängt warrn. Do fraagt Ridder Grönhoot um dree
Daag Respiet. Kann he sik bet denn nich oeverneh-
men, wat de Prinz vun em verlangen is, denn so will
he kamen un sin Hals in'e Sner steken. De Respiet
ward em togestahn.

As he bi de Prinz rutkümmt, is he heel un deel ver-
twiefelt. Schall sin Leven nu so'n trurige Enne neh-
men, wo hett he denn all de Jahren för leden un stre-
den? Man he hett ja uck nich up'e Ole hört, as he en
Stä' in Deenst gahn is, 'nem Ridder Root up'e Hoff is.
Dar kümmt sin Unglück vun her, dat he nich up-
passt hett un hett sik umhört vun wegen Ridder
Root, ehrer he de Deenst annahmen hett. Nu kann
he ja nich Hülp vun sin ole Plegvadder verlangt
we'n, wo he nich up em hört hett. As he en beten mit
so'n trurige Gedanken rumgahn is, do fallt em in, he
will doch eerstmal sin Freiheit geneeten; un do
maakt he sik to en Falk mit een gollne un een sül-
verne Fedder un flüggt hooch in'e Luft. As he nu dar
baven so frie un frank rumsuust, do föhlt he en dulle
Verlangen un breken sin Woort un fleegen foorts
weg, wied weg, 'nem keen Prinz un keen Ridder Root
jichens henkamen un em finnen koenen. Man as he
dar so flüggt, do hört he en Stimm, de kennt he guut,
un de seggt: „Wonem hen, Ridder Grönhoot?" un as
he dalkickt, do is he oever dat Holt mit de Born, un
dar sitt de Ole mit sin witte Baart. Do sleit de Falk
dal bi de Ole sin Fööt, maakt sik to en Minsch un
klaagt all sin Noot: vun Ridder Root un vun de Prinz
sin Order un un sin eegne Verspreken un laten sik
an'e Galgen bummeln, wenn he nich binnen dree
Daag sik oevernehmen kann, wat se vun em verlan-
gen sünd. „Man wat schall ik nu maken, Vadder?
Dat is ja rein unmoeglich!"

Dat is gar nich unmoeglich, seggt de Ole, wenn he
man uppassen will un doon, wat he em seggen deit,
un nich mehr eegenköppsch we'n will oder vergeten,
wat he em seggt hett. Morrn schall he de Prinz dar
en Proov vun geven, 'nem he kumpabel to is. He

schall man doon, wat he, de Ole, seggt, denn so will he dar wull för sorgen, dat he nich as en Doeskopp darsteiht. Denn seggt de Ole em Bescheed um'e neegste Dag un sett dar noch to, wenn de Prinz sik dar nich vun bewegen lett un geven sin Ansinnen up un beholen em leever bi sik to Huus, denn so schall Grönhoot de neegste Avend dar wedder na em henkamen. Denn so will he em seggen, wat he nödig hett.

Licht un vergnöögt flüggt Ridder Grönhoot t'rügg na't Slott, geiht to Bett un slöppt de Nacht sööt un ruhig. De anner Morrn seggt he, so as de Ole em dat lehrt hett, to een vun'e annern Stallknechten, he schall em en Gefallen doon un mit em na de Prinz ringahn; un wenn se vör em stahn, schall he to Grönhoot seggen, so wahr as he to en Sempkoorn warrn un in sin rechte Hand liggen kann, so wahr kann he uck de Prinzessin ut't frömde Land halen. Wat dat denn schall, fraagt de Stallknecht, se maken sik ja all beid to Püjatzen. Man Ridder Grönhoot seggt bloots, dar schall he sik man nich um quälen. Dar ward keeneen to Püjatz bi; he schall em man de Gefallen doon. Do lett de Knecht sik besnacken, un se gahn tosamen rin na de Prinz.

Do seggt de Knecht denn, as he dat lehrt hett: „So wahr as du, Grönhoot, to en Sempkoorn warrn un in min rechte Hand liggen kannst, so wahr kannst du uck de Prinzessin ut't frömde Land halen." Un foorts ward Ridder Grönhoot to en Sempkoorn un liggt in'e Knecht sin Hand. En Ogenblick later steiht he wedder as Minsch blangen se. Do seggt de Prinz, nu hett he ja bewiest, dat he de Prinzessin halen kann, wenn he so'n Kunststück maken kann; un nu schall he ehr uck halen. Ridder Grönhoot is gar nich fröhlich to de dare Bescheed, man he seggt denn to, de neegste Dag will he de Prinz Bescheed geven, wat he to de Reis nödig hett.

Desülve Avend flüggt he wedder rut na de Ole in't Holt un kriggt dar vulle Bescheed, wat he doon schall: De neegste Dag schall he na de Prinz gahn un en Schipp verlangen mit Kost för soeven Jahr, un denn mutt he uck en Bild vun'e Prinz mithebben. Wenn dat klaar is, schall he alleen an Boord gahn; man he mutt nipp uppassen, dat Ridder Root nich mit up't Schipp is. Denn so schall he Seils setten un utlopen vör Takel un Tau, nich dat Roor bruken; de Ole will dat Schip al för em stüern. He schall biblieven un seilen, bet he en Slott in Sicht kriggt mit dree gollne Toorns. Denn schall he de Seils striken un Anker smieten un as Falk an Land fleegen, denn dar wahnt de Prinzessin, na de he hen schall. Denn schall he rupgahn up'e Slottswall as en Pinnswien. De de Prinzessin ward em denn wies un ward em mit na Huus nehmen, un denn schall he ehr vertellen, warum he dar is. De neegste Dag schall he up'e Wall gahn as en Hirsch; de Prinzessin ward em denn mit na Huus nehmen, un denn koenen se dat genauer besnacken. Wenn denn allens klappt hett un klaar is, schall he de Prinzessin heemlich rut na't Schipp bringen, dat Ankertau kappen, Seils setten un dat wedder lopen laten vör Takel un Tau, bet he na de Prinz sin Slott kümmt un em sin Bruut bringt.

Ridder Grönhoot bedankt sik bi sin Plegvadder un seggt em to, he will sik nipp un nau an sin Vörschriften holen. De neegste Dag geiht he na de Prinz un verlangt en Schipp mit Kost för soeven Jahr un denn de Prinz sin Bild. Un dar warrn foorts Anstalten maakt un kriegen dat torecht. So draa as dat Schipp ferdig is, uptakelt un beladen, as dat we'n schall, do geiht Ridder Grönhoot alleen an Boord mit de Prinz sin Bild, smitt los, sett Seils un stickt in See un lett dat denn lopen vör Wind un Wellen, wieldes de Ole dat Schipp stüert, ahn dat een dat seh'n kann.

He hett een oder twee Jahr seilt, do kriggt he upletzt dat Slott in Sicht mit de dree Goldtoorns. Do lett he sin Anker fallen un haalt de Seils in. Denn maakt he sik to en Falk mit een Fedder vun Gold un een vun Sülver un flüggt an Land bi dat Slott. Dar maakt he sik to en Pinnswien mit een Prick vun Gold un een vun Sülver un geiht up'e Wall, de dar um dat Slott löppt. Do kümmt de Prinzessin mit ehr Vadder dar angahn, un se is so smuck as de Sünn. Se ward ja dat Pinnswien wies. Nie nich hett se bet darhen en Pinnswien mit so'n Pricken sehn. Un do fraagt se ehr Vadder, um se dat mit na Huus nehmen dörv. He will sin Dochter geern en Freud maken un gifft ehr Verlööv. Do nimmt se dat Pinnswien in ehr Schört un driggt dat na Huus na't Slott un sett dat in ehr Kamer. Dat is hen to Avend, un se geiht foorts up ehr Kamer un will denn dat Pinnswien wat to freten geven un darmit spelen. Man do fangt dat an un snackt un seggt to ehr, he is eegens en Minsch, un he is dar henkamen, wiel dat dar en Königssoehn is, wied weg in en frömde Land, de hett ehr leev un hollt um ehr an un will ehr to Fruu hebben, wenn se mit sin utschickte Baad na em na Huus kamen will. Dat, dücht de Prinzessin, hört sik intressant an; se levt dar ja inspunnt un kriggt nie nich anner Lüüd to Gesicht as ehr Vadder un ehr Hoffdamen, un dar hett se bilütten de Näs vull vun. Man dat dar nu en Königssoehn wied weg in en frömde Land sitten deit, de ehr leev hett un ehr heiraden will, dat dücht ehr

98

gewaltig intressant. Man se mutt ja weeten, wodennig he utsehn deit, seggt se, um se em uck leev hebben kann. Do kümmt Ridder Grönhoot vördag mit de Prinz sin Bild, dat hett he ja bi sik; un so draa as de Königsdochter dat to sehn kriggt, do mag se de Prinz uck lieden. Man se seggt doch, dat kümmt so up'n Stutz, se mutt een Dag hebben un bedenken sik. Do maakt Ridder Grönhoot sik to en Falk un flüggt wedder rut na't Schipp.

De neegste Morrn fraagt de König na dat dare gediegene Pinnswien. He will sik dat nu an'e hellichte Dag mal richtig ankieken. Man de Prinzessin seggt, dat is ehr wegkamen. Do schimpt he ehr ut, dat se dar nich beter up uppasst hett. Man avends geiht he doch wedder mit ehr rut up'e Wall för un snappen frische Luft. Do löppt dar en Hirsch mit een Goldtack un een Sülvertack. De Prinzessin fraagt denn de König, um se versöken dörv un fangen 'n un nehmen 'n mit na Huus. Och, wat dat denn al helpt, seggt de König, wenn se 'n uck fungen kriggt. Wenn se nich mal beter hett up dat Pinnswien uppassen kunnt, denn kann se de uck nich wahren. Man se bedelt so dull, un do kriggt se doch Verlööv un versöken dat. Do löppt se rin un haalt ehr Schört vull Gassenkoorns, un dar lockt se de Hirsch mit achter sik na de Slottspoort rin, ballert de gau achter sik to un bringt denn de Hirsch na ehr Kamer un binnt 'n dar an. Dat is ja man blots so to'n Schien, denn se weet ja guut, wokeen dat is. Un so draa as se kann, kümmt se denn wedder na ehr Kamer, binnt de Hirsch los un kümmt in Snack mit 'n.

Ridder Grönhoot fraagt, um se nu mit sik in't Reine is un mit em kamen will; un dar seggt se „Ja" to. Man se mutt doch een Dag hebben un packen ehr

Saken un Kraamstücken tosamen, de se mithebben will; un dat, dücht Ridder Grönhoot, is nich mehr as recht. Do maken se denn af, de neegste Avend schall dar en Boot vun't Schipp nedden ünner de Wall liggen; de Prinzessin schall dar blots för sorgen, dat se dar henwitschen kann un keeneen dat marken deit; denn schall se vör vulle Seils na ehr Leevste henbröcht warn. As dat afmaakt is, flüggt Ridder Grönhoot as Falk ut't Finster rut na't Schipp.

De neegste Morrn fraagt de König foorts na de Hirsch. De Prinzessin seggt, de is ehr uck wegkamen, jüst so as dat Pinnswien; un dat is ja uck nich lagen. Man de König ward arig vergrellt un schimpt ehr ut för ehr Dusseligkeit. Avends liggt Ridder Grönhoot mit dat Biboot vun't Schipp nedden ünner de Wall. De Prinzessin kümmt dar heel un gesund dal mit ehr feine Saken. Se pullen rut na't Schipp, kappen dat Ankertau un setten Seils; un nu geiht dat piel na Huus na de Prinz sin Land.

Ridder Grönhoot un de Prinzessin stahn an'e Vördersteven, un he wiest ehr de Prinz sin Slott, 'nem se nu wahnen schall, dat kann man wied vörut al sehn. Do ward he upmal vun twee starke Arms faatkregen un oever Boord kielt. Dat is Ridder Root, de is doch vun to Huus mitkamen un hett sik de ganze lange Tied in en heemliche Verslag nedden in'e Lastruum verstaken, un nu schüfft he sik in vulle Panzer mang em un de Prinzessin as so'n grote Graap ut Stahl, kriggt em faat, ehrer he sik dat versüht, un smitt Ridder Grönhoot rut in'e wille See.

Dat duert nich lang', do sünd se an Land, un Ridder Root süht to un bringen de Prinzessin vun Boord un rup na de Prinz. Un dar nimmt he dat Woort un seggt, dar is de Prinzessin, de hett he wunnen un em bröcht. Dat is man guut we'n seggt he, dat he mitfahrt is, denn de dare Grönhoot, dat is en falsche Deener we'n, de hett em un de Prinzessin anschieten wullt un hett ehr för sik beholen wullt. Man he, Ridder Root, is em to klook we'n; he hett em in'e Prinzessin ehr Land blieven laten un hett ehr heel un gesund na Huus na sin Herr bröcht. För de dare düchtige Daat un de Truu, de he bewiest hett, ward Ridder Root denn upböhrt to en Graaf un ward nu de Boeverste in't Land, foorts achter de Prinz sülven.

Man de Prinzessin, de smuckste up'e Welt, de hett een grote Mangel, as dat schient: Se is un blifft stumm. Se snackt keen Woort un deit, as wenn se nix hören oder verstahn kann. Ehr is dat foorts klaar, eendoont, wat se uck seggen mag, gloovt ward doch dat, wat Ridder Root seggt, tominnst vun'e Prinz. Darum swiggt se still, un se vertruut dar uck ümmer up, dat de true Ridder Grönhoot noch an't Leven is un kümmt un klaart de Saak up.

De Prinz is ja bannig bedröövt, as he markt, de smucke Prinzessin is doof un stumm, oder deit tominnst so. He gifft Order, se schall na sin Süster bröcht warrn un sik nachts bi ehr upholen. He denkt, wenn se man blots so deit, as wenn se stumm is, denn ward sin Süster ehr sachs to snacken kriegen; un sodennig mutt dat ja doch we'n, wo Ridder Root doch vertellt hett, he hett mit ehr snackt un ehr besnackt, dat se mit em na de Brüdigam kümmt, de al up ehr luert.

As de beide Prinzessinnen nu avends alleen tosamen sünd, do fallt de Prinz sin Süster de frömde Prinzessin um'e Hals, gifft ehr en Söten un seggt, wenn se man blots mit ehr snacken will un ehr vertellen, wat se up'n Harten hett, denn will se woll reine Mund holen, liekervel, wat se ehr anvertruut. Man dat helpt nich. De smucke Prinzessin is un blifft stumm.

Do lett de Prinz sin Raat tohopenropen un leggt 'n de Saak vör: De frömde Prinzessin, de toseggt hett un warrn sin Bruut, de is nu stumm, liekers se vörher hett snacken kunnt; dar kann wat nich richtig we'n; se mutt vertuuscht we'n oder verhext. Un de Raat ordeelt, se mutt en Troll we'n oder en Hex, un darum mutt se verbrennt warrn. Dat Ordeel ward de Prinzessin mitdeelt, man een kann nich marken, dat ehr dat wat utmaakt.

Wieldes all düt an'e Königshoff ansteiht, do is Ridder Grönhoot noch an't Leven, liekers he in'e brusen Bülgen smeten un up'e Grund vun'e See sackt is. Denn jüst in de Ogenblick, as he in't Water fullen is, do is dar en Meerwief we'n. Se is achter dat Schipp ran swummen un hett sik meist blind gluupt na de smucke Ridder, de dar an Boord is. Un do kriggt se em faat in ehr Arms un bringt em na ehr Slott deep ünnen in'e See, un se seggt to em, se hett em leev un will em to ehr Mann hebben, un he schall dar all Daag glücklich mit ehr in de smucke Saalen leven.

Man Ridder Grönhoot geiht un is trurig un will gar nich hören up dat, wat dat Meerwief seggt. He denkt an'e Eerde baven mit all dat gröne Holt un de Heven dar oever mit Sünn un Maand un all de klare Steerns. Man an meisten denkt he an de Tied, as he Perde to Waters reden hett an'e Prinz sin Hoff un de bliede Ogen sehn hett, de em vun'e Toornstuuv achterna keken hebben. De dare Prinzessin hett he ja nich vergeten, uck nich wegen de, de de smuckste up'e Welt is, man de sin Herr sin Bruut is un de he sülven för em funnen un wunnen hett.

Een Morrn kümmt dat Meerwief al ganz fröh hen na em un seggt: „Na, Ridder Grönhoot, vundaag schall en smucke Prinzessin verbrennt warrn um di. Dat is de, de du in dat frömde Land för de Prinz, din Herr, haalt hest. Se hett sik stumm stellt, sörre du oever Boord gahn büst, un darum schall se nu verbrennt warrn." Do fraagt Ridder Grönhoot, um se em nich will frie geven, man blots för en Stunnstied, dat he henkamen kann un sehn dat. He versprickt un swört, he will na ehr t'rüggkamen, wenn de Stunn um is. Se weet, he hollt sin Woort, un wo se doch geern sin Leev winnen will, do gifft se na un bringt em an Land.

Do maakt Ridder Grönhoot sik to en Pinnswien mit een Prick vun Gold un een vun Sülver, un he kümmt hen na't Füer un stellt sin Pricken up un smitt dat ut'nanner na all Sieden, un de Prinzessin ward nich een Haar ansengelt. De Prinz steiht darbi un is heel verbaast un seggt, dat is doch en gediegene Pinn-swien. Wokeen dar en Prick vun harr! Do maakt de stumme Prinzessin de Mund up un seggt: „Woll de, de hett!"

Nu hett se ja wiest, se kann snacken, un Ridder Root hett Recht hatt; aver se will man nich. Do ward se wedder na't Slott bröcht, un de Avend ward se na de Prinz sin Süster bröcht, de schall nu wedder versö-ken, um se ehr dar nich doch to kriegen kann un laten dat na un maken se wat vör. Denn kann ja noch allens guut warrn. De Prinz sin Süster snackt denn up ehr in un seggt, se schall doch nich sik sül-

ven un se all so unglücklich maken mit ehr Stuur-
kopp. Se versprickt in Vörut allens, wat de frömde
Smucke vun ehr verlangen is, wenn se blots de Mund
upmaken will un sik ehr anvertruun. Do ward de
frömde Prinzessin snacken un seggt, wenn de anner
datsülve Löft doon will, as se sülven dat daan hett,
denn so will se sik ehr anvertruun. Dat seggt de
Prinz sin Süster ehr to. Un do vertellt de frömde
Prinzessin ehr, wodennig dat allens togahn is: Wo-
dennig Ridder Grönhoot truu sin Herr sin Warf ut-
föhrt hett un ehr vun wied her ut ehr Land hierher
bröcht hett, un wodennig de Hallunk vun Ridder
Root em in'e See smeten hett. Do hett se sik sülven
laavt, se will stumm we'n, bet se Ridder Grönhoot
weddersehn deit, wenn he denn noch an't Leven is.
Un nu hett se em sehn, denn he is dat we'n, de as
Pinnswien de dare Dag de Brennhupen ut'nanner-
smeten un ehr dat Leven rett't hett.

As de Prinz sin Süster dat hört, do seggt se, se will
doon, wat se toseggt hett. Se deit nu datsülve Löft, se
will stumm we'n, bet Ridder Grönhoot sik sehn lett.
He schall sachs kamen un klaren allens up. Un denn
vertruut se de frömde Prinzessin an, dat se Ridder
Grönhoot heemlich leev hett, un he hett ehr Hart al
wunnen, foorts as se em as ringe Deener sehn hett.

De neegste Morrn sünd beide Prinzessinnen stumm,
un keeneen kann een vun se darto kriegen un sna-
cken en Woort. Do ward de Raat wedder tohopen-
rapen. All sünd se bannig verfehrt: Dat Leege grippt
um sik. De Troll, de in't Land kamen is, fangt nu an
un verhext annern mit. Dat Leege mutt mit de Wud-
del utreten warrn, ehrer dat wieder um sik griepen
deit; un de Raat ordeelt denn, beide Prinzessinnen
moeten dootmaakt warrn, so gau as dat geiht. We-

cken woe'n, se schoe'n terreten warrn, elk vun veer
wille Perde; annern meenen, se schoe'n doottrünnelt
warrn in Tunnen mit spitze Nageln in; man toletzt
warrn se sik eenig, dat Ordeel schall gellen, wat Rid-
der Root spreken deit. Un de seggt, se schoe'n to
Asch verbrennt warrn. Do ward dar buten up't Feld
en grote Bunk Brennholt sammelt. Wenn dat denn
richtig fein brennen deit, denn schoe'n de beide Prin-
zessinnen up't Füer smeten warrn.

Ridder Grönhoot geiht wieldes in dat Meerwief ehr
Slott up'e Grund vun'e See rum. He hett ehr noch
nich sin Woort geven wullt; man ehr dücht doch, he
is nich mehr so trurig, un se denkt, mit de Tied ward
he al sin Gedanken vun de Eerde un wat darto hören
deit afwennen un för ümmer ehr eegen warrn. Do
seggt se een Morrn to em: „Na, Ridder Grönhoot,
vundaag schoe'n twee Prinzessinnen wegen di ver-
brennt warrn." Do seggt he, se schall em doch Ver-
lööv geven un seh'n dat un gahn weg vun ehr, man
blots för een Stunn. He versprickt un swört, he will
wedder bi ehr we'n, wenn de Stunn um is. Dat Meer-
wief meent, dat is an besten, wenn se em darin na-
geven deit; denn se will ja so geern sin Gunst win-
nen. Do swümmt se mit em na't Land un sett em
an'e Strand.

Dar maakt Ridder Grönhoot sik to en Hirsch mit een
Tack vun Gold un een vun Sülver, un denn kümmt
he ansprungen, 'nem dat Füer anfengt is, jaagt dar
liek rin un smitt dat ut'neen mit Tacken un Hoven,
dat Füer un de Funken susen een Miel um rum; man
nich een Haar ward ansengelt an de beide Prinzes-
sinnen. Do röppt de Prinz, dat is doch en gediegene
Hirsch. Wokeen een vun de sin Tacken harr! Un de
beiden Prinzessinnen seggen: „Woll de, de hett!"

Süh, se koenen ja all beid noch woll so fein snacken; se woe'n man nich. Do warrn se de Dag wedder na't Slott torüggbröcht. Un dar kriegen se dree Nachten Respiet för un sehn, um se sik heel un deel kamen koenen vun de dare Hexenkraam un allens utspreken, wat se mit se's Stummwe'n verheemlichen. Man intwüschen warrn Anstalten maakt för't Verbrennen. En hoge Brennhupen ward buten up't Feld upstapelt, en hoge Bredertuun ward buten um buut, un de drütte Morrn, as de Prinzessinnen biblieven un sünd stumm, do ward dar en Krink vun Suldaten um'e Brennhupen upstellt, un de twee Prinzessinnen warrn in'e Krink rinbröcht, de Hupen ward anfengt, un wenn dat düchtig in'e Gangen kamen is, denn schoe'n se dar rupsmeten warrn.

De dare Morrn seggt dat Meerwif wedder: „Na, Ridder Grönhoot, vundaag ward dat sachs eernst mit de beiden Prinzessinnen, de wegen di verbrennt warrn schoe'n." Man dat helpt nich, seggt se, wenn he ehr wedder um beden deit un kamen hen un sehn dat; denn dat is he doch sachs we'n, de dat de annern Malen verpurrt hett. Se hett de Näs nu vull vun de dare Eerdprinzessinnen. De schoe'n man ruhig verbrennt warrn. Um se denn nich vel smucker is as de, fraagt se. Ja, seggt Ridder Grönhoot, dat is se woll, un he verlangt uck gar nich, dat se em vundaag an Land setten schall; man se kann em doch man tokieken laten, wenn se verbrennt warrn. Se schall em man blots oever de Waterspeegel böhren, dat he dat Füer sehn kann.

So fründlich hett he noch nie nich mit ehr snackt, un do kann se dar nich gegen an. Do swümmt se mit de Ridder rut un hollt em sodennig, dat he de Kopp oever Water hett. Um he wat sehn kann, fraagt se.

Nee, seggt de Ridder, he kann keen Füer sehn, se mutt em höger rup böhren. Do böhrt se em so hooch, dat he de Arms oever Water hett. Nu kan he dat doch woll sehn, seggt se. Nee, noch nich, seggt de Ridder, he mutt höger rup. Do böhrt dat Meerwief em so hooch, dat sin Fööt even un even de Waterspeegel beröhren. Nu kann he dat doch woll sehn, seggt se. „Ja, un denn adjüs!" seggt Ridder Grönhoot, un maakt sik foorts to en Falk mit een Fedder vun Gold un een vun Sülver un flüggt dat Meerwief ut'e Hänne. Se kriggt blots noch een Steertfedder faat, un de behollt se in'e Hand, man he swingt sik hooch rup in'e Heven, oever Water un Land, oever Bredertuun un Suldaten, liek dal in'e Brennhupen, jüst as de Prinzessinnen dar rupsmeten warrn; un he sleit mit sin Flünken un smitt dat vuneen na all Sieden, dat Füer un Funken oever de Prinz sin heele Riek fleegen.

Do ropen beide Prinzessinnen up eenmal: „Tre' vör, Ridder Grönhoot!" Un do steiht he dar as Minsch, un de beide Prinzessinnen fallen em um'e Hals un geven em Sötens.

Nu hebben se beide se's Spraak wedder, un de smucke Prinzessin ut dat frömde Land vertellt nu allens vun vörn bet achtern: Wodennig Ridder Grönhoot truu sin Herr sin Warf utricht't hett un för em in'e Gestalt vun de dree Deerten um ehr anholen hett un ehr denn up't Schipp bröcht hett, bet se de Prinz sin Slott up Sicht kregen hebben. Man wodennig de tücksche Ridder Root em denn anscheten un in'e See smeten hett.

As de Prinz dat allens to hören kriggt, do ward he trurig un schaamt sik, dat he Ridder Root gloovt hett un gruusam to sin Bruut un to sin Süster we'n is. Un he seggt, Ridder Grönhoot schall dat Ordeel spreken oever de dare falsche Hallunk. Do ordeelt he, Ridder Root schall sülven up de dare Brennhupen verbrennt warrn, de he för de beide unschüllige Prinzessinnen t'rechtmaakt hett. Un all Hänne helpen mit un kriegen dat Brennholt wedder tohopenstapelt un anfengt, un de falsche Ridder Root ward heel un deel to Asch verbrennt.

Denn fiern se dubbelte Hochtied: De Prinz kriggt sin smucke Prinzessin un Ridder Grönhoot de Prinz sin Süster. Un de Hochtied duert dree Jahr un dree Daag, un all sünd se vergnöögt, Groot un Lütt.

De Königssoehn un de Ries

Dar is mal en König we'n in Engelland, de hett in sin Riek en grote Wooldmoor hatt, dat hett dar heel wööst un güst legen, un dar is nich Weg un nich Steg dörgahn. Keeneen hett sik dar rinwaagt, denn dar is vertellt wurrn, allens Lebennige, liekerveel um Minsch oder Deert, allens is dar binnen ümmer foorts för ümmer verswunnen. Un de Lüüd hebben dar dat Wille Moor to seggt.

Man de König will dat dare Wille Moor doch mal nau ünnersöcht hebben, un do lett he all sin Suldaten sik um dat Moor upstellen, un denn gahn se dar vun alle Sieden rin. Merrn in't Moor finnen se en grote Ries, de liggt dar un slöppt. Se kriegen em guut un seker bunnen, ehrer he waak ward, un sodennig bringen se em na de König sin Hoff. Dat is en wunnerliche Keerl un kieken an: He is heel un deel maakt as en Minsch, blots arig wat grötter un vull Haar vun Kopp bet na de Fööt, un he hett uck man een Oog, dat sitt em merrn vör de Kopp.

De König freut sik bannig oever de Fang, de he maakt hett. He is dar oevertüügt vun, de Ries hett en Barg Gold un Sülver in sin Moor verstaken, un dar will he bannig geern sin Fingern in hebben. Man ut de Ries is keen Woort ruttokriegen. Do lett de König em in en grote ieserne Buur setten, un de lett he inmuern in en faste Toorn ut Kampsteen. Elkeen Dag kriggt he dör de ieserne Trallen wat to eten un to drinken rinschaven, man de Sloeteln to de Toorn, de verwahrt de König sülven.

Do kümmt dat mal so, dat de König afste' mutt un mutt en Naverkönig – do gifft dat noch en Barg Königs in Engelland – de mutt he helpen un verdeffendeern sin Land. De Sloeteln to de Toorn gifft he sin Fruu in Verwahr'n un seggt, se schall dar jo guut up uppassen, un he deit dar en Eed up, de de Ries utkniepen lett, eendoont wokeen dat is, de schall dat mit sin Leven betahlen. Un do seggt de Königin em uck to, se will de Sloeteln nie nich, nich bi Dag un nich bi Nacht, ut de Fingern laten oder geven. Un denn treckt de König in'e Krieg.

De dare König un sin Fruu hebben blots een Kind hatt, en smucke, plietsche Jung, de is do soeven Jahr oold. Een Dag löppt he in'e Slottshoff rum un spelt Ball mit sin gollne Appel. Un mal smitt he 'n so tüffelig, dat 'n liek dör de Trallen dör na de Toorn rinflüggt, na de Ries. Do löppt de Jung hen un seggt to de Ries, he schall em doch sin Ball wedder rutsmieten. Man de Ries seggt nee, he kriggt sin Appel nich wedder, denn mutt he al sülven rinkamen un 'n halen. Un he vertellt em uck foorts, wodennig he dat anstellen mutt un luxen sin Mudder, de Königin, de Sloeteln af.

Do löppt de lütte Prinz gau rin na de Königin, leggt ehr sin Kopp up'e Schoot un seggt, dat jökt em so up'e Kopp, se schall doch mal nakieken, wat dat is. Se kickt würklich na un seggt denn, dar is nix. Man wieldes hett de Prinz ehr verstahlen de Sloeteln ut'e Tasch fingereert un geiht dar rut mit na de Toorn, maakt de buterste Dör up un seggt to de Ries, he schall em nu sin gollne Appel geven. Nee, seggt de Ries, he mutt uck noch de neegste Dör upmaken. De Jung deit dat un seggt denn, he will sin gollne Appel hebben. Man de Ries seggt, nu mutt he uck noch de binnerste Dör upmaken, un as de Prinz dat denn daan hett, do kriggt he uck sin gollne Appel wedder. To lieker Tied springt de Ries rut ut sin Buur, man he gifft de Königssoehn en lütte Fleut un seggt, wenn he jichens mal in Noot oder Gefahr kümmt, denn so schall he dar man rinpuusten un em ropen, un denn will he em bistahn. Un darmit löppt de Ries wedder hen na't Wille Moor.

Do stiggt de Prinz dat Bloot to Kopp un dat oeverlöppt em heel hitt, as he süht, wo de Ries weglopen deit, denn he weet ja, wat sin Vadder seggt hett, wat mit de passeern schall, de de Ries utkniepen lett. He slütt all de Dören wedder to un löppt wedder na de Königin, leggt ehr sin Kopp up'e Schoot un seggt, dar bitt em wat, se schall doch mal nakieken, wat dat is. Och, seggt se, dat is bestimmt nich wahr, man se kickt doch na up sin Kopp, un wieldes fummelt de Prinz ehr de Sloeteln wedder heemlich in'e Tasch.

As de Lüüd de anner Dag kamen un woe'n de Ries wat to eten geven, do is de weg, un keeneen kann begriepen, wodennig he dör de to'e Dören kamen is. De Königin, as se dat to hören kriggt, de kriggt ja en gewaltige Schreck. Man se hett foorts so'n Ahnen, wodennig dat togahn is, aver se seggt nix, nich to ehr Soehn un nich to anners een, se töövt geruhig, bet de König t'rüggkümmt ut'e Krieg.

As de König to weeten kriggt, sin Ries is weg, do ward he rein as dull un seggt, wo he en Eed up daan hett, dat mutt holen warrn, un de Königin hett de Sloeteln in Verwahr'n hatt, un nu schall se sik dar för verdeffendeern, wat passeert is, se mutt dat weeten, wokeen de Ries rutlaten hett. Man de Königin seggt, se hett dat nich daan un se hett uck nie nich de Sloeteln ut'e Hand geven, un mehr weet se nich. Do verordeelt de König ehr to'n Dood un se ward rutbröcht na de Richtplatz. Man do mellt de Prinz sik to Woort un seggt, sin Mudder is unschüllig, *he* hett ehr de Sloeteln heemlich ut'e Tasch nahmen un se jüst so t'rüggbröcht, un *he* hett de Ries sin Toorn upmaakt för un kriegen sin gollne Appel wedder. Do is de Königin ja rett', man nu schall dat de Prinz an'e Kraag gahn, so as de König dat swaren hett. Aver de Vadder will sin eenzige Kind nich so liekto afmurksen laten. He seggt, se schoe'n de Prinz na dat Wille Moor bringen un dar rinjagen, denn dar binnen mutt he ja för wiss umkamen, un sodennig blifft de König sin Eed bestahn.

Do ward de Königssoehn rutbröcht na't Wille Moor, un se seggen noch to em, wenn he sik jichens mal butenvör sehn lett – wenn he denn oeverhaupt wedder rutkamen kann – denn so kost't em dat sin Leven. Do blifft em ja nix na as seh'n to un kamen wieder un wannern in dat Moor rin. He mutt blots ümmer seh'n un hebben dröge Grund ünner de Fööt un wahren sik vör Mudd un Maggeratsch. Un so geiht he denn vörföötsch up los un wuracht sik rin in't Wille Moor. Dat reckt na all Sieden oever Mielen un is heel oeverwussen vun Holt un Buschwark.

Dat is al hen to Avend, as se de Prinz rinjagen, un he is noch nich wied rinkamen, do ward dat düüster. Do will he up en Boom klarrn un dar de Nacht tobringen un up'e neegste Dag töven. Do blifft he upmal hängen an en Telgen, un as he nakieken deit, wat dar Schuld an is, do is dat de lütte Fleut, de he vun'e Ries kregen hett. Dar hett he vörher gar nich an dacht, man nu kümmt he foorts bi un puust't dar rin so dull, as he kann, un denn röppt he ut vulle Hals na de Ries. Foorts steiht de uck al vör em un kickt em fründlich an mit sin eene Oog merrn vör de Kopp. He schall sik man up sin Rügg setten, seggt he, un de Bengel, nich fuul, sett sik up sin Schullern, lett em de Fööt um'e Hals hängen un hollt sik an'e dichte Haar fast. Do löppt de Ries mit em deeper rin in't Wille Moor, un upmal sackt he mit em liek dal in'e Grund. Dar nedden wahnt he, un dat süht vun binnen heel un deel ut as en Slott. De Prinz kriggt guut to eten un en feine Bett un slöppt de heele Nacht sööt un ruhig.

De neegste Morrn kümmt de Ries rin na de Königssoehn un seggt to em:

„Hier scha'st du we'n, hier scha'st du wahnen,
un soeven Jahr in de Lehr hier gahn",

un darna, seggt he, denn kann he up eegne Fuust ruttrecken in'e wiede Welt.

Denn nimmt he de Jung mit rut in sin Stall un wiest em all sin Perde, brunen un swatten un witten, un he geiht mit em rut vör't Slott un um rum, un dar sünd Gaarns un Wischen, un uck en Fechtplatz un en Riedbahn. Un denn lehrt he de Jung elkeen Dag Rieden un Strieden to Perd, Hau'n un Steken, Schöten un Swümmen un Spittsmieten un Umgahn mit'e Lanz.

Sodennig vergahn soeven Jahr, un do is de Königssoehn veertein Jahr oold. Man he kann driest för achtein dörgahn, so groot un stark is he. Do seggt de Ries to em, nu schall he sin Haar in de dare Soot waschen. Un as he dat daan hett, do glinstert dat as idel Gold. Denn gifft de Ries em eenfache Tüüg un seggt to em, dat schall he antrecken un denn buten in'e wiede Welt sin Glück versöken. Noch an'e sülve Avend nimmt de Ries em up'e Rügg un löppt de heele Nacht mit em. De Jung kann nich klookkriegen, geiht dat oever Land oder oever Water, man gau

geiht dat, un wied sünd se kamen, ehrer dat Dag
ward. Do sett de Ries em dal up'e Eerde un seggt em
adjüs. Dicht bi is en grote Königsslott, seggt he, dar
schall he man hengahn un dar annehmen, wat
Deenst he kriegen kann. Man he schall dar nie nich
vun snacken, wokeen he is oder wonem he herkamen
deit, seggt he, un so lang' as he man in ringe Deens-
ten steiht, schall he ümmerto sin Mütz uphebben,
dat keeneen sin gollne Haar to sehn kriggt. Wat he
anners to doon hett, dat ward he sachs sülven rut-
finnen, seggt de Ries. Man allens, wat de Ries hett
an Wapen un Perde, dat kann he kriegen, so draa as
he dat will, un he kann em dat t'rüggschicken, wenn
he dat nich mehr bruken deit. Un he schall man nich
blööd[1] we'n un ümmer driest seggen, wat he hebben
will.

Knapp hett de Ries ferdig snackt, do is he uck al weg
un de Jung geiht hen na dat Königsslott, un dar
fraagt he, um he kann en Deenst kriegen. Ja, se koe-
nen em bruken as Gaarnerjung, he kann in'e König
sin Gaarn graven un wüden un planten un göten hel-
pen. Dat is em ganz recht, un he geiht na de Gaar-
ner, dat he sik bi em mellen un vörstellen kann. De
blafft em foorts an, he schall de Mütz afnehmen,
wenn he mit em snackt. He mutt 'n leever upbeho-
len, seggt de Königssoehn, he hett so'n Schinn up'e
Kopp. I gitt, röppt de Gaarner, denn so will he em
nich in sin Huus hebben, he mutt buten in de
Schüün slapen. Dar is de Königssoehn uck tofreden
mit.

De Gaarnerjung passt sin Deenst, un all moeten se
sik dar oever wunnern, wo fein he elkeen Arbeit fer-

---

[1] blööd = bescheiden (nicht: blöde!)

114

dig kriggt un wodennig em allens so fein glückt. Man wenn he de Spaa in'e Eerde stickt, denn wünscht he sik, dat Stück, wat he umgraven schall, schall ferdig we'n – un denn is dat uck foorts umgraavt. Un wenn he en Pinn in'e Eerde steken deit, denn wünscht he, de schall wassen. Un ümmer geiht dat sodennig, dat allens, wat he avends inplanten deit, de neegste Dag in vulle Blööt steiht. Dat mag de Gaarner lieden, un he is guut tofreden mit de dare Hülpsmaat.

Een Morrn geiht unse Gaarnerjung – he hett as ümmer buten in'e Schüün legen un slapen – fröh morrns buten na de Soot un wascht sik, un he nimmt uck de Mütz af un kämmt sin lange gollne Haar. Do kümmt dat so, dat de König sin jüngste Dochter – he hett dar dree vun, un all sünd se bannig smucke junge Prinzessinnen – de is vundaag bannig fröh upstahn, un nu steiht se an dat Finster, wat na Gaarn rutgeiht. Un do süht se dat merrn mang de Böme glemen un glinstern, un eerst meent se, dat is de Sünn, de dar upgeiht. Man as se neeger tokickt, do süht se, dat is de Gaarnerjung sin lange Haar, dat schient as idel Gold. Dat markt se sik. Man so faken se dalkümmt in'e Gaarn, ümmer hett de Bengel de Mütz up, un de nimmt he uck nich af, nich vör ehr, nich vör anners een ut de König sin Familie un al gar nich vör de Gaarner oder anners een. Man vun de Morrn an kann se nich mehr de Ogen vun em laten, un se kann nich anners, ehr dücht he is de smuckste Jungkeerl, de se jichens sehn hett. Un se is sik heel wiss, dat he sachs nich de is, för de he sik utgeven deit. Ehr beide Süstern brüden un triezen ehr ümmer darmit, se hett en Oog up'e schinnige Gaarnerjung smeten, denn se kann gar nich nalaten un kieken em an, wenn se an em vörbigahn. Ja, eenmal, as se mit ehr Vadder un ehr Süstern to Middagstied in'e Gaarn spazeern geiht, un de Gaarnerjung liggt dar up en Rasenbank un slöppt, do kann se sik nich helpen, se mutt hengahn na em un de Mütz en beten lüften. Ehr Süstern lachen ehr ut, un ehr Vadder schimpt ehr ut, dat se so'n gewöhnliche Minsch anfaten deit. Man dar quält se sik nich en Spier um, se hett ja en Schemer vun sin gollne Haar sehn.

Sodennig vergeiht dar en Tied, do nimmt de König sik vör, he will sin dree Deerns an de driesteste Ridders verheiraden, de in't Turneer de Pries winnen. An dree Daag schoe'n se rieden un strieden, un de, de elkeen Dag winnt un all de anner Ridders oever kann, de schall ut de Hand vun de Prinzessin, för de an de Dag streden ward, en gollne Appel kriegen un ehr Brüdigam we'n.

An'e eerste Dag schall dat um de König sin Öllste Dochter gahn, un dar sünd en Barg Prinzen un Ridders ut Binnenland un Butenland herkamen. Do geiht de Gaarnerjung rut in't Holt un wünscht sik sin brune Hingst ut de Ries sin Stall un darto Wehr un Wapen un Riedtüüg ut blanke Stahl. Un foorts is allens dar, wat he sik wünschen deit. He denn man to Perd un henjaagt, 'nem dat Turneer is. Un dar strieden se mit Lanzen un se rieden un steken, un mennig en Ridder ward „Grasrieder", un annern verleern se's Leven oder se's sunne Knaken. Man de Stahlridder up'e brune Hingst, de oeverwinnt se all, un he kriggt de Prinzessin ehr gollne Appel, un denn ritt he weg: keeneen süht, wonem he afblifft. Man de gollne Appel, de smitt he en fein rutputzte Ridder hen, en Hartog sin Soehn, de steiht buten vör un hett sin Fell gar nich riskeert.

De neegste Dag schoe'n se um de tweete Prinzessin rieden. Un dar sünd nich weniger Prinzen un Ridders ut vele Länner kamen un woe'n de Pries hebben as de Dag vörher. Do geiht de Gaarnerjung wedder rut in't Holt un wünscht sik sin swatte Hingst ut de Ries sin Stall un darto Wehr un Wapen un Riedtüüg vun blanke Sülver. Denn ritt he hen un haut sik mit de annern, bet he se all ünner kriggt un uck de tweete gollne Appel wunnen hett. De gifft he an en Graaf sin Soehn, de hett he vörher ut'e Sadel smeten, un denn ritt he weg in't Holt un kümmt t'rügg in sin ole Plünnen.

De drütte Dag geiht dat um de jüngste Prinzessin. Se is de smuckste vun de dree Deerns, un de Ridders un Prinzen rieten sik nich weniger um ehr as vörher um ehr Süstern. Düsse Dag wünscht sik de Gaarnerjung sin witte Hingst ut de Ries sin Stall un darto Wehr un Wapen un Riedtüüg vun idel Gold. Un de Dag lett he sin gollne Haar ünner de Helm rutkieken un oever de Schullern fallen, un sodennig ritt he hen na de Riedbahn, 'nem dat Turneer is. Un all, de em sehn, dücht, he süht ehrer ut na en Engel as na en Minsch. Un he ritt un stickt, un keeneen kann sik holen gegen em. Un do kriggt he denn de gollne Appel ut de Prinzessin ehr Hand. Un de gifft he nich weg, he hollt 'n fast in'e Hand un galoppeert wedder weg, un keeneen weet, wonem he afblifft. Aver he ritt man blots rin in't Holt, wünscht sik t'rügg in sin ole Plünnen un verstickt sin gollne Haar ünner sin ruge Mütz.

Nu warrn de uprapen, de de Priesen an de dree Daag wunnen hebben. De Hartog sin fein rutputzte Soehn un de oeverwunnene Grafensoehn kamen heel grootsnutig an mit se's gollne Appeln, un de warrn denn elkeen mit sin Prinzessin verspraken. Man de gollne Ridder mellt sik nich, un keeneen weet, wonem he afbleven is. De beide öllste Prinzessinnen, de freuen sik ja to se's Brüdigams, un se maken Narr na de jüngste. Ehr will keeneen hebben, seggen se, man dat is ja wahr, uzen se, se hett ja uck al ehr Leevste, de schinnige Gaarnerjung, se woe'n em man foorts halen laten. Un se laten em würklich halen, un he kümmt in sin ole Plünnen mit sin ruge Mütz up'e Kopp. Man in'e Hand hett he de Prinzessin ehr Appel.

Do jumpt de König hooch un geiht up em dal un fraagt, wonem he de funnen hett, de hört em ja nich. Man de Gaarnerjung seggt, doch, de hett he up'e Turneerplatz wunnen, un de Prinzessin is sin. Do geiht de jüngste Prinzessin hen na em, gifft em de Hand un seggt, de, de ehr Appel hett, de is uck ehr rechte Brüdigam. De König dücht ja, dat is en Sünn un Schann, he is dar fast vun oevertüügt, de gollne Ridder hett sin Appel verlaren un söcht dar nu na, darum is he nich kamen, man he ward sachs noch kamen, un denn kümmt de heele Geschicht an'e Dag. De beide öllere Süstern dücht, dat is en grote Spaaß, dat se's jüngste Süster sik sodennig to en Püjatz maakt, un se weeten gar nich, wat se noch allens upstellen schoe'n för un spijöken un spektakeln oever ehr un ehr simple Brüdigam. Man de jüngste Prinzessin lett sik dat nich ankamen, se hett de Gaarnerjung in'e gollne Ridder wedderkennt, un so is se still vergnöögt, un se quält sik dar gar nich um, dat de König em wedder daljaagt in'e Gaarn, wieldes de annern to Disch gahn un dat Verloevnis vun de beide öllste Prinzessinnen fiern.

De Dag vergeiht, man dar kümmt keen gollne Ridder
un mellt sik. Darför is de König richtig schiet topass.
Man de Süstern triezen de jüngste Prinzessin un
seggen, ehr Ridder will ehr nich hebben un mag ehr
nich lieden, darum hett he sin Appel wegsmeten un
lett sik nich mehr sehn. Man se hett ja ehr schinnige
Gaarnerjung, seggen se. Ja, seggt se, de hett se, un
de is uck guut nugg för ehr.

As se vun'e Tafel upstahn, löppt de jüngste Prinzes-
sin dal in'e Gaarn na ehr Gaarnerjung. Do nimmt he
de Mütz af vör ehr, sin gollne Haar fallt oever sin
Schullern, un denn gifft he ehr en Söten up Hand un
Mund un vertellt ehr nu, wokeen he is: He is jüst so
en Königskind as se sülven, seggt he, un se bruukt
sik wegen em nich schamen. He vertellt ehr uck, he
is dat we'n, de all dree gollne Appeln wunnen hett,
man de eerste beiden hett he wegschenkt, denn he
hett keen vun de König sin beide öllste Deerns heb-
ben wullt, man blots ehr, de em so truu we'n is un so
vel vun em holen hett. Un dat schall nich mehr lang'
wahrn, seggt he, denn sitt he uck in Ehren an de
König sin Tafel.

De neegste Dag schoe'n de beide vörnehme Brüdi-
gams rutrieden up Jagd. Do kamen de beide öllste
Prinzessinnen – de woe'n wedder se's Spaaß hebben
– un do seggen se, de drütte Brüdigam mutt uck mit.
Do ward de Gaarnerjung haalt un sodennig to Jagd
utstaffeert, as dat de beide veniensche Prinzessinnen
an besten dücht. He kriggt en lütte griese Esel un
rieden up, un statts en Flint kriggt en holt'ne, twee-
tinnige Missfork ut'e Kohstall, un sodennig mutt he
mit de beide feine Junkers vun'e Hoff rieden. Un de
Prinzessinnen woe'n sik meist dootlachen, as se de
dare Uptog sehn.

De dree Jägers sünd noch nich wied weg vun't Slott, do deelt sik de Weg: Rechts is en feine Gegend mit feine, hoge Holt, un links is en grote, wöste Moor mit ole, verkrüppelte, siede Schrupp[1]. De beide Herren rieden na rechts, un de Gaarnerjung hollt sik up sin Esel na links in't Moor. Un as he dar henkümmt, wünscht he sik sin feine Bagen ut de Ries sin Slott her, un darto wünscht he sik en Barg Hirschen un Hasen, Vöss un Wildswiens. Un nich lang', do hett he sovel Wild schaten, as sin Esel man drägen kann. Denn ritt he wedder na de Stä', 'nem de Weg sik deelt. Hen to Avend kamen de beide Herrn bannig bedrüppelt anreden un laten de Ohren hängen, se hebben nich mal een Haas drapen. As se all dat Wild up'e Esel liggen sehn, do snacken se de Gaarnerjung guut to, he schall se dat doch man verkopen. Dat will he uck geern – man för dat Wild will he se's gollne Appeln hebben, anners kriegen se nix. Dar moeten se denn up ingahn. Se deelen sik dat Wild un rieden dar stolt mit up'e Hoff. Un achter se kümmt de Gaarnerjung anjuckelt up sin lütte, griese Esel mit sin holt'ne Missfork up'e Nack. Do lachen de Prinzessinnen sik wedder en Kringel an'e Buuk.

De neegste Dag schoe'n de beide Herrn wedder up'e Jagd, un de Gaarnerjung mutt as güstern wedder mitrieden up sin lütte, griese Esel un mit de tweetinnige Missfork. De Herrn nehmen desülve Weg as dat eerste Mal un luern dar up betere Glück, un de Gaarnerjung büggt wedder rin na't Moor. Un dat geiht jüst so as güstern: As de Herrn hen to Avend na de Stä' kamen, 'nem de Weg' sik drapen, do kamen se mit leddige Hänne, un de Gaarnerjung steiht

---

[1] Schrupp = Kratt

dar mit so vel Wild, as sin Esel man slepen kann. Do verhanneln se wedder mit em, se woe'n em dat afkopen. Man vundaag will he nix verkopen, blots för en Reem ut se's Huut. He will se de man achtern rum rutsnieden, seggt he, 'nem dat keeneen sehn kann. Do hebben se ja keen grote Utwahl, un se woe'n doch as drieste un düchtige Ridders gellen, up Jagd un in't Turneer, un do gahn se up'e Hannel in. Do kriggt de Gaarnerjung en ole, rustige Mess ut'e Tasch, un dat brennt verdeuvelt, as he elk vun se dar en Reem mit ut'e Rügg snieden deit. Man se kamen liekers heel stramm un stolt up'e König sin Hoff anreden, un dat bringt se Dank un Ehr in, dat se sik up'e Jagd so plietsch anstellt hebben. Man de Gaarnerjung kümmt achter se hertüffelt, stütt' sik up sin Missfork un treckt sin Esel an't Koppstück achter sik ran.

De neegste Dag schall dat an'e Hoff en grote Fest geven. Man noch in'e Nacht kümmt dar Bescheed, dar is Unfreden in't Land. En grote Slarrs Piraten is an Land gahn un verwöstet Stadt un Land mit Böten un Brennen. Do trecken all de König sin Ridders un Kriegslüüd afste' gegen de Fiend, un de beide vörnehme Brüdigams moeten natürlich uck mit. Do sett de Gaarnerjung sik up'e lütte, griese Esel, nimmt sin holt'ne, tweetinnige Missfork un ritt sodennig mit se afste'. De Weg geiht oever en Torfmoor, un do rieden de beide Herrn upmal sodennig up em dal, dat se em in en Muddlock blangen de Weg rindrängeln. Dar blifft de Esel mit all veer Beens in steken un kann nich vör un nich torügg: Jo duller 'n spaddelt un trampt, jo deeper sackt 'n in. Do seggt de Gaarnerjung to de beiden, se schoe'n em doch ruthelpen, man de weer dat ja an leevsten, wenn he foorts dalsacken dä bet an'e Grund, denn so kann ja de Geschicht vun de gollne Appeln un de Reems ut se's Huut nie nich rutkamen. Un do rieden se weg un laten em in't Torfmoor sitten.

So draa se en Stück weg sünd, wünscht he sik up dröge Land un denn wünscht he sik de witte Hingst un Wehr un Wapen un Riedtüüg ut idel Gold, jüst as do, as he för de drütte Prinzessin reden is. Denn jaagt he all, wat dat Tüüg hollt, dar hen, 'nem de Slacht slaan ward. Do kamen de König sin Lüüd jüst böös in'e Kniep; de annern sünd bi un kiegen Boeverwater, un en ganze Deel vun de König sin Ridders hebben al umdreiht, un de beide feine Brüdigams sünd de eersten, de utneiht sünd. Man de gollne Ridder ritt vör an'e Spitz un haut düchtig up'e Fiend in, un dar gifft he de König sin Lüüd wedder nüe Kraasch mit. Do wennt sik dat Glück, un de Fiend mutt utneihn up sin Schep un hett sin halve Lüüd verlaren.

All sünd se sik eenig, blots de frömde Ridder is dat to verdanken, dat se wunnen hebben, un he mutt mit se t'rügg na de König sin Hoff. Un foorts kamen de Hartog sin Soehn un de Graaf sin Soehn un gröten de Prinz, denn se koenen ja foorts sehn, dat is en Prinz. Se bedanken sik, dat he se so fein hulpen hett un seggen, se luern up em an'e König sin Hoff; se kennen em ja wedder vun't Turneer, un nu schall he se's Swager warrn. De jüngste Prinzessin, de he ja wunnen hett, is en feine Deern, seggen se, wenn uck nich so klook un plietsch as ehr beide öllere Süstern. Se is en beten doesig, seggen se, un hett sik al so half un half mit so'n schinnige Gaarnerjung verspraken, de hett de Appel funnen, de he ja woll verlaren hebben mutt. Man wenn se nu de Prinz to sehn kriggt, meenen se, denn so is dat dar ja sachs vörbi mit. Un se meenen ja uck, de Gaarnerjung liggt lang' nedden up'e Grund vun't Torfmoor. De Königssoehn lett se snacken un kümmt mit se na de König sin Hoff, 'nem de König sülven em in'e Mööt kümmt. Se hebben em al mellt vun'e Slacht un vun'e gollne Prinz vun't Turneer, de dat Heer to Hülp kamen is un wunnen hett. Un de König bringt sin jüngste Dochter an sin Hand un verlaavt ehr mit de Prinz.

Nu gifft dat en grote Fest, un de Prinz kriggt de Ehrenplatz an'e Tafel liek oever vun'e König un all wiesen em de gröttste Ehr. Bi de Mahltied haalt de Prinz denn de gollne Appel rut, de he vun de jüngste Prinzessin na dat Turneer kregen hett. Denn kriggt he de gollne Appel rut, 'nem he an sin Vadder sin Hoff mit spelt hett un 'nem sin Naam mit en Kroon up steiht. Un de beide Goldappeln langt he ehr hen as Verlobungsgeschenk. De König sitt dar un luert, de beide anner Ridders schoe'n dat uck so maken; man de sitten dar, as wenn se dat all wied vörbi geiht. En beten later treckt de gollne Prinz denn noch en Appel ut'e Tasch un denn noch een un gifft de uck sin Bruut un seggt: „Liek un liek hört tohoop, darum schoe'n düsse beiden Appeln uck din we'n." De König dücht, he kennt de dare Appeln, un as he se to sehn kriggt, do finnt he dar würklich sin beide öllste Deerns se's Naams up, denn dat sünd ja jüst de, de se an'e eerste beide Turneerdaag de Siegers geven hebben. Do fraagt he, wodennig de Prinz dar bikamen is. Un de vertellt nu allens: He is keen anner as de, 'nem se ümmer de schinnige Gaarnerjung to seggt hebben, un he is dat uck, de an all dree Turneerdaag wunnen hett, man de beide eerste Appeln hett he de beide anner Brüdigams schenkt hatt. De hebben em se aver wedder verköfft för dat Wild, wat he un nich se up'e Jagd schaten hett, un denn hett noch elk vun se sik darför en Reem ut'e Huut snieden laten musst.

As de König dat hört, do ward he splitterndull un seggt, de beiden Hallunken schoe'n foorts vun sin Hoff, un se's Brutens koenen se geern mitnehmen. Un de gahn uck mit, denn nu moegen se doch nich mehr to Huus blieven. Man de Königssoehn ut Engelland maakt Hochtied mit de jüngste Königsdochter un kriggt dat halve Riek to regeern, so lang' as de ole König noch levt, un as de doot is, do kriggt he dat heele. Un dar levt he nu mit sin true Königin herrlich un in Freuden.

Dat Soevensteern

Dar is mal en Mann we'n, de hett söss Soehns hatt. Man de dare Soehns hebben keen richtige Naams hatt, he hett se eenfach na se's Öller nennt: Öllste, Tweetöllste, Drüttöllste, Drüttjüngste, Tweetjüngste un Jüngste. Anner Namens hebben se nich hatt.

As Öllste achtein un Jüngste twölf is, do lett se's Vadder se ruttrecken in'e Welt, se schoe'n all en Handwark lehren. Se gahn eerst en Stück tosamen, man as se an en Krüüzweg kamen, 'nem söss Weg' na verscheedene Sieden utenannerlopen, do warrn se sik eenig, se woe'n utenanner gahn un elkeen sin eegne Weg trecken. Man up'e Dag bi twee Jahr woe'n se an de dare Stä' wedder tohopen kamen un tosamen na Huus na se's Vadder gahn.

An'e fastleggte Dag drapen se sik richtig all wedder up'e Plack un gahn mit'nanner na Huus na se's Vadder. De fraagt nu elkeen, wat he in de twee Jahr wurrn is un lehrt hett. Öllste seggt, he is Schippbuumeister wurrn un kann Schep bu'n, de gahn vun alleen. Tweetöllste is na See gahn; he is Stüermann, un he kann en Schipp jüst so guut an Land stüern as up Water. Drüttöllste hett lehrt un lustern so guut, he kann in dat eene Königriek hören, wat in dat anner vör sik geiht. Drüttjüngste is en Meisterschütt wurrn; he hett so guut schöten lehrt, he dröppt elkeen mal un schütt nie nich vörbi. Tweetjüngste hett klarrn lehrt; he kann de Wand hoochlopen as en Fleeg, un dat gifft keen Barg, 'nem he nich rupklarrn kann.

As de Vadder nu de dare fiev anhört hett un hett to weeten kregen, wat elk vun se wurrn is, do seggt he, dat is ja all guut un schön, man he is sik doch mehr vun se vermoden we'n. Wat se dar lehrt hebben, dat koenen anner Lüüd uck. Nu will he denn weeten, wat Jüngste lehrt hett. Vun em is he sik grote Stücken moden, denn dat is ümmer sin leeve Jung we'n.

Jüngste freut sik un kamen nu ennelk uck an'e Tuur un vertellt heel vergnögt, he is en Meisterdeef wurrn. As sin Vadder dat hört, do ward he so vergrellt, he haut em een an de Ohren un röppt, he hett Schann oever em un sin heele Familie bröcht.

Do dröppt sik dat jüst to de Tied, dat de smucke junge Prinzessin vun dat Land wegslept wurrn is vun en leege Hexenmeister. De König lett utropen, de de Prinzessin wedderfinnen un heel un gesund vun de Hexenmeister torüggbringen kann, de schall ehr to Fruu hebben un dat halve Riek bavento. Do woe'n de söss Bröder afste' un versöken se's Glück. De Timmermann buut en Schipp, dat geiht vun alleen. Se gahn all an Boord un de Stüermann stüert dat Schipp oever Land un Water. De Lusterer lustert ümmerto, wonem de Prinzessin we'n kunn, un seggt tolezt, he hört ehr binnen in en Glasbarg. Dar seilen se denn hen. De Bargbestieger kümmt ruckzuck rup up'e Barg; he süht de Hexenmeister dar nedden in liggen to slapen mit sin grimmige Kopp up'e Prinzessin ehr Schoot. Do klarrt he wedder dal, nimmt de lütte Meisterdeef up'e Puckel un stiggt mit em ganz dal in'e Barg. De Meisterdeef klaut de Hexenmeister de Prinzessin ünner de Kopp weg, dat markt de gar nich, un de Bargbestieger helpt se denn all beid un kamen rut ut'e Barg un dal na't Schipp.

Se kamen an Boord, un denn seilen se afste'. Wieldes liggt de Lusterer ümmerto un lustert na de Hexenmeister. As se en Stück weg sünd vun't Land, do seggt he to de annern, nu ward de Hexenmeister waak, – nu reckt he sik, – nu fehlt he de Prinzessin, – un nu kümmt he. Do ward de Prinzessin gresig bang' un seggt, nu is dat ut mit se all, wenn se keen Meisterschütt an Boord hebben. De Hexenmeister kann dör de Luft fahren, 'nem he hen will, un is in en Ogenblick bi se. He is kugelfast bet up en lüerlütte swatte Punkt merrn up'e Bost, de is nich grötter as en Knoopnadelkopp. As de Prinzessin utsnackt hett, kümmt de Hexenmeister uck al dör de Luft suust. Man de Schütt is praat, nimmt em up't Koorn, schütt un dröppt liek rin in'e swatte Punkt. Un in'e sülve Ogenblick, as he drapen is, springt de Hexenmeister utenanner in dusend un dusend lütte Stücken, de Splittern fleegen wied vuneen. Dar kamen all de Flintsteens vun her, de 'n oeverall finnen kann.

De söss Bröder kamen upletzt to Huus an mit de Prinzessin un bringen ehr rup na ehr Vadder sin Slott. All hebben se ehr leev un elkeen vun se kann ja mit vulle Recht vun sik seggen, ahn em weer se nich rett't wurrn. Do is de König in grote Swulität, he weet nich, wokeen he nu sin Dochter geven schall. Un de Prinzessin is uck in Twiefel, denn se weet nich, wokeen se an leevsten hett.

Man de leeve Gott hett dat nich hebben wullt, dat dar Striet twüschen se kümmt, un do lett he all söss Bröder mitsammt de Prinzessin in een un desülve Nacht dootblieven. Un denn kümmt he bi un sett se all soeven as Steerns rup an'e Heven, un se sünd dat, wat vundaag dat Soevensteern heet. De vun de soeven Steerns, de an klaarsten blinkert, dat is de Prinzessin. Man de flau'ste vun se all, dat is de lütte Meisterdeef.

De malle Wiever

Dar hebben mal dree Hüser blangen eenanner in een Reeg stahn. In dat eene hett en Snieder wahnt, in dat anner en Discher un in't drütte en Smidt. All dree Mannslüüd sünd verheiraad't we'n, un se's Fruuns sünd de beste Mackers we'n. Se hebben sik faken vertellt, wat se för'n doesige Männer hebben, man se hebben sik nie nich eenig warrn kunnt, wokeen vun se de doesigste Keerl hett. Elkeen vun se is sik heel wiss we'n, dat mutt ehr we'n.

De dree Fruunslüüd gahn elkeen Sünndag mit'nanner to Kirch, do koenen se ünnerwegens an besten snacken un sludern, un na de Kirch finnen se sik denn in en Kroog wedder, de liggt dicht bi, un kriegen sik en Snaps. Dat eene is bi se so wiss as dat anner. Un dat is jüst to de Tied we'n, as en Pegel Brammwien dree Schilling kost't hett, dat is denn jüst een Schilling för elkeen vun se. Man do sleit de Brammwien upmal up, un de Kröger seggt, nu kost't de Pegel veer Schilling. Dat is se nu gar nich na de Mütz, se sünd ja man dree för un deelen sik de Pries för dat Gedränk, un sodennig fehlt dar ümmer een Schilling, de will keen vun se rutrücken.

Up'e Weg vun'e Kirch na Huus besnacken se dat, se woe'n mit'nanner wetten, wokeen ehr Mann de doesigste is, un dat schall neegste Sünndag afmaakt warrn. De ehr Mann denn de dullste Hansbunkentoeg spelt hett, de mutt vun denn an gar nich mehr betahlen, un elk vun de beide annern mutt denn twee Schilling för se's Sünndagssnaps hergeven.

De neegste Dag seggt de Snieder sin Fruu to ehr Mann, se hett för de Dag Deerns herbestellt to'n Wullkaarden. Dar is en ganze Barg to verarbeiden, seggt se, un se moeten sik fix streven. Man wat ehr gar nich na de Mütz is, dat is, se's Kedenhund is ja doot. Wenn dat nu hen to Avend geiht, denn kamen ja natürlich de junge Bengels anlapen un woe'n se's Spaaß hebben mit de Deerns, un denn kriegen de nix beschickt. Wenn se man en düchtig betsche Hund harrn, seggt se, de wull se de Keerls woll vun't Lief holen. Ja, seggt ehr Mann, dat weer fein we'n. Do seggt de Fruu, he kunn doch sachs sülven de Kedenhund spelen un de Bengels wegjagen. Man dat dücht em nu nich, he kann, anners will he ehr ja geerns allens to Gefallen doon. Doch, seggt se, he ward al seh'n, dat geiht ganz fein. Un hen to Avend gifft se em en ruge Pelz um, treckt em en düüstere Wulldook oever de Kopp un maakt em fast mit de Hunnenked nedden bi de Hunnenhütt. Dar steiht he nu un bellt un knurrt elkeen an, de sik dar in de Neegde roegen deit. Un dat sünd tomeist de Naverfruuns, de hebben se's Spaaß mit em.

De anner Dag is de Discher buten Huus gahn to arbeiten un kümmt heel vergnöögt na sin Fruu na Huus. Do sleit de de Hänne oever de Kopp tosamen un wunnerwarkt, wodennig he denn utsehn deit. He is ja woll krank, meent se. Dar weet he sülven ja nu gar nix vun. Em dücht blots, he hett bannige Hunger un mutt notwennig wat to eten hebben. Un so sett he sik to Disch un geiht bi sin Avendbroot. Man sin Fruu, de sitt liek oever för em, hett de Hänne foolt, schüttkoppt un kickt em heel bedrippst an. Dat ward ja ümmer leeger mit em, seggt se, he is nu al heel blass; se kann em dat ansehn, em mutt en dulle Süük in'e Knaken steken. Nu ward he sülven al rein bang, upletzt geiht em dat vellicht doch nich so guut. Nee, seggt sin Fruu, dat ward hööchste Tied för em un kamen to Bett. Un se kriggt em to un leggen sik dal, stapelt all de Deken up em, de se in't heele Huus finnen kann, un gifft em Fleedertee un Brekwater in. Un he föhlt sik ümmer leeger un leeger. De dare Süük ward he woll nich oeverstahn, seggt se, se is bang, he mutt vör ehr vun'e Welt. Meent se würklich? fraagt de Discher. Ja, seggt he, dat mag woll angahn, he föhlt sik uck al heel elend. Na en Tied seggt se, nu mutt se vun em scheeden, de Dood is dar. Un nu mutt se em de Ogen todrücken, seggt se, un dat deit se uck. Un de Discher gloovt allens, wat sin Fruu seggt, un darum gloovt he nu uck, he is doot. Un he blifft ruhig liggen un lett sin Oolsch allens maken, wat se will.

Denn kriggt se de Naverfruuns roeverhaalt, un de helpen ehr un leggen em in't Sarg. Dat is een, de hett he sülven maakt; man de Oolsch hett dar Löcker rinbohrt, dat he doch Luft kriegen kann. Se maakt sin Lager dar in recht week un kommodig, leggt en Dek oever em un foolt em de Hänne vör de Bost. Man statts en Bloom oder en Gesangbook gifft se em en Buddel mit Brammwien in'e Hand. Un as he dar en beten legen hett, do kriggt he sik mal en Sluck ut'e Buddel, denn noch een un noch een. Dat deit em guut, dücht em, un denn slöppt he bald selig in un dröömt, he is al in'e Himmel.

Intwischen hebben se't hört in't heele Dörp: De Discher is doot un schall de anner Dag inkuhlt warrn. Man dat deit wieldes de Smidt sin Fruu? Se geiht rin na ehr Mann – de liggt un slöppt sin Duuntje ut – un treckt em dat Hemd ut. Denn smert se em pickswatt an vun Kopp bet na de Fööt, un denn lett se em lang' in'e Dag rinslapen, bet de Liekenfolg sik in'e Discher sin Huus tohopenfunnen hett un hett al dat Sarg rutdragen un is dar up'e Weg na de Kirch mit. Do kümmt de Smidt sin Fruu rinstört't na ehr Mann un wunnerwarkt, dat he dar noch liggen deit. He verslöppt ja, röppt se, un he weet doch, he schall na't Gräffnis. De Smidt kümmt heel verbiestert tohööcht, he weet dar gar nix vun, vun dat dare Gräffnis. Se's Naver, de Discher, seggt de Oolsch, de ward doch vundaag inkuhlt, un se sünd al half na de Kirch hen mit em. Na, seggt de Smidt, denn schall se sik man streven un helpen em in sin swatte Tüüg rin. Snack, seggt de Oolsch, dat hett he doch al an, he schall man tosehn un kamen afste'. Na, do kickt de Smidt an sik dal un ward wies, he süht vel swatter ut as anners. Denn kriggt he gau sin Hoot faat un löppt ut'e Dör rut achter de Liekentogg ran.

De is al dicht bi de Kirch. De Smidt will as gude Naver natürlich darbi we'n un dat Sarg drägen helpen, un so löppt he de Togg achterran un röppt all, wat he kann, se schoe'n up em töven un em uck mit anfaten laten. Do kieken de Lüüd in'e Togg sik um un sehn en swatte een anlapen kamen, un do meenen se, dat is de Düvel sülven, de will de Discher halen. Do smieten se dat Sarg vun sik un lopen weg, all wat se koenen. Vun de dare Bumms springt nu de Deckel vun dat Sarg up, un de Discher ward waak un kickt rut. Do fallt em allens wedder in: He weet, he is doot un schall inkuhlt warrn, un he ward ja nu de Smidt kennen un seggt mit swacke Stimm to em, wenn he nich al doot weer, denn so wull he sik nu dootlachen, sodennig as sin Naver na't Gräffnis kamen deit.

Vun de Tied an bruukt de Discher sin Fruu an'e Sünndag nix mehr för de Pegel Brammwien betahlen, denn dat moeten se all ingestahn, se hett ehr Mann an dullsten för'n Narrn hatt.

De Rehprinzessin

Dar is mal en Prinz we'n un en Prinzessin, de hebben sik vun lütt up an leev hatt, un dat is uck fastleggt we'n, se schoe'n sik kriegen, so draa as de Prinzessin groot is. Se is do eerst twölf. Man se hett en Steefmudder, dat is en leege Hex, un de is ehr keen Glück günnen. Se drauht de Königsdochter, wenn se in't Bruutbett stiegen deit, denn so will se ehr verhexen, un denn mutt se as Reh in Holt un Moor rumlopen. Dar is de Königsdochter bannig trurig oever, se will so geern ehr Prinz hebben un sin Fruu warrn, wenn't mal so wiet is. He weet dar nix vun, wat up se tokümmt, se kann dat nich oever Hart bringen un un seggen em dat.

Een Dag geiht de Prinzessin mal rut in't Holt, dar wahnen wecke arme Lüüd, de kennt se, un de hebben en Dochter, de is jüst so oold as se sülven. Se fraagt se, um se dörv se's Dochter mit na Huus nehmen, dat se ehr helpen kann. Se will ehr en paar Daag to Proov hebben, seggt se, un wenn se mit ehr tofreden is, denn will ehr bi sik beholen. Dar freuen de Olen sik to, un de Deern uck, un do geiht se mit na't Slott. De Prinzessin behollt ehr dree Daag bi sik un vertellt ehr so allerhand. Man se seggt to de Deern, se dörv dar mit keeneen vun snacken. De drütte Avend seggt de Königsdochter to ehr, se kann na Huus gahn un ehr Vadder un Mudder besöken un dar Nacht blieven. De neegste Morrn schall se wedderkamen, denn will se ehr seggen, um se ehr länger beholen will.

Do geiht de Deern denn na Huus. Man de Prinzessin geiht ehr na un blifft buten ünner't Finster stahn, dat se hören kann, um de Deern reine Mund holen kann oder en Snackfatt is. As de Deern rinkümmt bi ehr Vadder un Mudder, do fragen de ehr denn ja na allens, wat se sehn un hört un belevt hett un uck, wat de Königsdochter ehr vertellt hett. Un se brabbelt dat allens ut. Do geiht de Königsdochter na Huus; *de* kann se nich bruken.

De neegste Dag geiht de Prinzessin los un haalt sik en anner lütte Deern in ehr Öller. Man de kann uck de Mund nich holen, un do kann de denn uck wedder gahn. Un mit en paar annern geiht dat jüst so. Upletzt kümmt se een Stä' na bannig arme Lüüd un kriggt de se's Dochter mit na Huus. De Olen vermahnen ehr, se schall sik guut upföhren un sik jo nich up Sluderie inlaten. Dat verspricht de Deern, un se kümmt mit. Na dree Daag lett de Prinzessin ehr avends na Huus gahn, se dörv ehr Öllern bet de neegste Morrn besöken. Man sülven geiht se ehr achterna un blifft buten stahn, se will hören, wat se snacken. As de lütte Deern in'e Kaat rinkümmt, do fragen ehr Vadder un Mudder toeerst, um se sik uck schickt hett. Ja, seggt se, dat meent se woll. Do seggen se, se schall recht anstellig un truu we'n, denn so is de Prinzessin uck wiederhen guut to ehr. Denn beden se mit ehr to Nacht un gahn to Bett.

De Königsdochter geiht na Huus, un as de Deern de neegste Morrn wedderkümmt, seggt de Königsdochter, ehr will se geern beholen. Do ward de arme Lüüd se's Deern denn in't Königsslott uptrocken un kriggt tohopen mit de Prinzessin Ünnerricht, un se warrn richtige Frünnen. De arme Lüüd se's Kind wasst ran to en smucke junge Fruu, de süht up't Haar de Königsdochter liek, un un keeneen kann de beiden ut'nanner holen. Un se gahn uck ümmer liek in Tüüg.

As dat nu so wied is un de Prinz un de Königsdochter schoe'n Hochtied maken, do vertellt se de Deern, wat nu passeern schall, un se maakt mit ehr af, se schall in'e Neegde we'n un bi em in't Bruutbett hoppen, wenn se sülven verhext ward, dat se em sodennig vör de dare grote Kummer bewahren kann. De Deern hett ehr bannig leev un fraagt, um dat gar nich möglich is un retten ehr vör dat dare Unglück. Kunn *se* nich en Reh warrn statts de Königsdochter? Nee, seggt de Prinzessin, dat geiht nich. Man de eerste dree Wiehnachtsavenden to Middernacht, denn kann se ehr buten in't Holt in en Loofhütt bemöten; denn ward se elkeen Mal för een Stunn to en Minsch. Denn koenen se doch so lang' mit'nanner snacken.

De Hochtiedsdag kümmt, un de Hochtied ward fiert, un dat geiht so, as de leege Steefmudder dat seggt hett: So draa as de Königsdochter ehr Foot in't Bruutbett sett, ward se verwannelt in en wille Reh un löppt rut in Holt un Moor. Man de Fründin is to Stä' un nimmt ehr Platz blangen de Königssoehn in, un he ward dar gar nix vun gewahr. Do seggt de Deern – de Prinzessin, as he meent –, he schall ehr noch för ehr Speljahr, ehr Deernsjahr un ehr Spinnjahr Jumfer blieven laten. Dat kann he ehr nich afslaan, un do nimmt he sin Swert un leggt dat twüschen se. Nich lang' darna blifft de Prinz sin Vadder doot, un do ward he König, un sodennig is de arme Lüüd se's Kind denn ja Königin.

In de eerste Wiehnachtsnacht steiht de Königin up vun'e König sin Siet – he ward dat gar nich wies – un geiht rut in't Holt na de Loofhütt, dat se de rechte Königin bemöten un mit ehr snacken will. Dat neegste Jahr deit se dat wedder. Man dat gifft Lüüd, de snacken darvun, mit de Königin, dar mutt wat nich stimmen, denn elkeen Wiehnachtsnacht sliekert se sik weg ut dat Slott. Dat kriggt de König to hören, un in de drütte Wiehnachtsnacht blifft he waak un deit man so, as wenn he slöppt. Un as sin Königin ut dat Bett rutkrabbelt is, do geiht he ehr heemlich na un kümmt rut in't Holt un blifft buten vör de Loof-hütt stahn, 'nem se de rechte Königin bemött un mit ehr snackt. Do hört he de fragen, wodennig se toho-pen leven doon. Un de Deern, de he för sin Königin holen hett, seggt, as Süster un Broder. Um dat denn gar keen Middel geven deit un retten ehr, fraagt se denn. Nee, seggt de rechte Königin, düsse Nacht is se to'n letzen Mal en Minsch wurrn. Dat gifft blots een Middel un retten ehr, seggt se, dat is, wenn en reine, unschüllige Königssoehn ehr mit sin Swert en blöddige Wunn verpasst. Man he dörv dar nich um beden warrn. In de dare Ogenblick ward se wedder to en Reh un springt rut ut'e Hütt. Man de König hett sin Swert trocken, un as se an em vörbineiht, do stickt he na ehr mit sin Swert, dat dat Bloot fleeten deit.

Un foorts ward se to so'n smucke Prinzessin, as se vördem we'n is. Un do gahn se na Huus, un se heb-ben lange Jahrn glücklich as König un Königin toho-pen levt. Un se hebben lütte Prinzen un Prinzes-sinen kregen, dat sünd se's Kinner we'n. Man de true Deern, de is ümmer bi se bleven, un se hebben ehr all beid leev hatt as man wat.

De Wünschdoos

Dar is vör lange Tied mal en Mann we'n, de hett en
lütte Katenstä' hatt buten bi en Holt. Em hett dat
man wat ring gahn, he hett man even en Paar lütte
rode Kracken holen kunnt, dar hett he in'e Sommer
sin Land mit beackert un in'e Winter Brennholt
fahrt. He hett blots vun'e Hand in'e Mund levt. He is
uck verheiraad't we'n un hett en lütte Jung hatt, de
hett Hans heeten. Do kümmt sin Fruu wedder to
liggen un kriggt dree lütte Deerns up eenmal. Nu
ward se dat suer un kamen torecht, un de Mann
mutt bi Dag un bi Nacht wurachen, dat he man
Broot anschafft kriggt.

Do steiht he denn een Nacht buten un hackt up sin
Misspaal, dar hett he Eerde upsmeten, dat de Miss
länger recken deit. Do kümmt dar en ole Mann bi em
an un kümmt in Snack mit em. De Ole deit dat leed,
dat he uck bi Nacht so darstahn un sik afmarachen
mutt. Ja, seggt de Mann, dat deit nu mal nödig, dar
sünd so vel Münner, de he satt kriegen mutt. Do
seggt de Ole, he kann licht vun de dare Noot afka-
men, wenn he dat sülvst will. Un denn seggt he, he
will sin dree Deerns to sik nehmen, wenn se dree
Jahr oold sünd. Wenn de Mann dar up ingahn will,
denn so schall he nie nich mehr Noot lieden, denn
will de Ole em en Doos schenken, wenn een dar up
kloppen deit, denn kann 'n allens kriegen, wat 'n sik
wünschen deit. De Mann denkt, em blifft nix anners
oever, he mutt al up de dare Hannel ingahn, denn se
koenen ja noch mehr Kinner kriegen, un he kann
nich mal de satt kriegen, de se al hebben. Do kriggt
he denn de Doos, un de Ole seggt, he will sülven de
dree Deerns halen, wenn se dree Jahr oold wurrn
sünd.

As de Ole weg is, mutt de Mann ja foorts de Wünsch-doos utprobeern, un he kloppt dar up. Foorts steiht dar en Ries vör em un fraagt, wat sin Herr befehlen deit. Um he is sin Herr, fraagt de Mann. Ja, seggt de Ries. Denn, seggt de Mann, denn schall de neegste Morrn twee Mielen vun dar en Eddelhoff stahn mit allens, wat darto hört: Lüüd un Veeh, Huusraat un Ackergeschirr, un Sülver un Gold un gude Saken, un dar schall keen betere Hoff in't heele Königriek we'n. Do verswinnt de Ries, un de Mann geiht rin un leggt sik dal.

Fröh an'e neegste Morrn kloppt he wedder up'e Doos. Foorts steiht de Ries vör em un fraagt, wat sin Herr befehlen deit. Do seggt he, bi twee Stunnen schall dar en Kutsch mit veer Perde un Kutscher un Lakai kamen un se afhalen na se's Eddelhoff. Denn geiht he rin na sin Fruu un Kinner un seggt, he hett de Katenstä' verköfft. Se schall sik un de Kinner se's beste Tüüg antrecken, bi twee Stunnen reisen se af. Ach Gott, jammert de Fruu, wat nu woll ut se un de stackels Lütten warrn schall. As nu de Kutsch mit de veer Perde ankümmt, do meent se, dar hett ehr Mann de Katenstä' för intuuscht. Dat is ehr gar nich recht, man se sett sik doch rin mit de Kinner un sitt denn de ganze Weg un weent still vör sik hen.

Dat geiht in vulle Draff, un nich lang', do fahren se rin up'e feinste Eddelhoff un holen an vör de grote Trepp. Dar kamen Deeners un Deenstdeerns rut un heeten se willkamen, as harrn se al vele Jahren bi se deent.

Nu leven se up se's Eddelhoff dree Jahr lang in Wollstand un Herrlichkeit. Se hebben Kinnerfruuns un Deenstdeerns för de Kinner, se hebben feine Tüüg an, un de dree lütte Deerns diehen fein: Se sünd smuck un munter un aardig un sünd se's Mudder ehr Stolt un Freud. Man de Jung, Hans, is en gediegene Knupp un is minschenschuu: He mag an leevsten ganz alleen buten in'e Stall un in'e Heuschüün, up'e Höhnerhoff un up'e Misspaal rumgahn. As dat schient, hett he sin fiev Swiens nich up'e Dutt, un bi de Lüüd heet he de dwatsche Hans.

De Mann hett sin Fruu dar nix vun vertellt, wat he afmaakt hett. De Dag, as de lütte Deerns dree Jahr oold warrn un de Mann weet, se warrn weghaalt, do fahrt he mit sin Fruu up Besöök, man eerst seggt he to de Deensten, se schoe'n all Dören toholen un dar uck för sorgen, dat de Kinner de Dag nich ut't Huus kamen. Hen to Middag kümmt dar en Kutsch up'e Hoff fahrt. De blinkert as de Sünn, un all Lüüd lopen an'e Finstern, se woe'n sehn, wat dat is. De dree lütte Deerns kamen an een Dör, de is man up Slemm[1], se drängeln sik mang de Kinnerdeerns rut un lopen hen na de Kutsch. Man so draa as se dar ankamen, warrn se in'e Kutsch hoochböhrt, un denn rullt 'n vun'e Hoff, un keeneen ward wies, wonem 'n afblifft. Avends kümmt de Mann mit sin Fruu na Huus. De Kinnerdeerns hulen un blarrn, um dat de Kinner weg sünd. De Fruu weent uck un kann sik gar nich inkriegen. Man de Mann seggt, de Kinner sünd in gude Hänne. De se haalt hett, ward se nix doon, un se kamen sachs bald wedder.

Dar vergeiht en Reeg vun Jahren. De Mudder geiht rum un is trurig un luert up ehr lütte Deerns, man de kamen nich, un dar is uck keen Naricht vun se. Un de Mudder quält sik, un mang all ehr Pracht ver-

---

[1] up Slemm – angelehnt (dän. på klem)

geiht se vör Truer un Gramm. Toletzt blifft se doot, un nich lang' darna blifft uck de Mann doot; he hett keen Freud an all sin Riekdoom, he hett so'n slechte Geweten. Do arvt de dwatsche Hans ja de ganze Herrlichkeit. He is noch jüst so wunnerlich as ümmer. He drifft sik rum as vördem un faat't keen Arbeit an. Man dar sünd ja annern, de dat doon; dar sünd falsche Deeners un falsche Verwalters, un Hans ward up elkeen Wies beklaut un bedragen; un sodennig geiht dat en paar Jahr, bet de König sin Vaagt kümmt un allens in Beslag nimmt. Hans kriggt Bescheed, he kann nu hengahn, 'nem he will: He hett ja nix, as wat he an't Liev drägen deit. Man dar maakt Hans sik uck wieder nix ut. He geiht noch eenmal dör dat Huus, vun een Stuuv in de anner, un dar sünd mennig Stuven, dar is he noch nie nich in we'n. Un do kümmt he in en Kamer, dar hängt en ole Schaapspelz, un blangenan steiht en ole Knüppel. Oh, denkt Hans, dat kümmt em jüst topass, un do treckt he de Pelz an un nimmt de Stock in'e Hand, un denn geiht he dal vun'e Eddelhoff, 'nem he sik so wenig ut maakt hett.

Hans geiht un geiht, bet he in en Holt kümmt; dar leggt he sik dal to slapen, dat deit he ja an leevsten. As he waak ward, do föhlt he sik heel oem up'e Siet, 'nem he up legen hett, un dar is uck wat, wat em drücken deit. Do föhlt he na in'e Tasch, un do finnt he dar en lütte Doos. He dreiht un wennt 'n hen un her, man he kriggt 'n nich up. Man do kloppt he dar mal up, un foorts steiht en Ries vör em un fraagt em, wat sin Herr befehlen deit. Do fraagt Hans de Ries, um he is sin Herr. Ja, seggt de Ries, Hans sin Vadder is sin Herr we'n, un Hans hett de Doos vun em arvt, un darum is he nu sin Herr. Na, seggt Hans, wenn he to befehlen hett, denn so will he en Fiedel hebben un spelen up, un dat so lustig, dat all Lüüd, de dat hören, darna danzen moeten. Stracks hett he de Fiedel, un he spelt un spelt, un dat dücht em so fein, he is all sin Levdag noch nie nich so vergnöögt we'n.

Do nimmt Hans de Fiedel up'e Rügg un geiht wieder rut in'e wiede Welt. Wonem he henkümmt, dar spelt he up för de Lüüd, un se danzen un sünd vergnögt. Un he mutt nu nie nich Noot lieden: 'nem he henkümmt, kriggt he to eten un en Slaapplatz, denn so'n Spelmann is oeverall willkamen. He treckt vun een Land na dat anner, un sodennig kümmt he mal an en grote Königsslott vörbi. In'e Gaarn is de König sin Dochter bi un spelen Ball mit ehr Hoffdamen. Hans blifft buten dat Gitter stahn un kickt un kickt, he kann sik gar nich sattsehn. He kickt blots na de König sin Dochter, denn se is oever de Maten smuck. Wenn he ehr man elkeen Dag sehn kunn, denkt Hans, denn so weer he glücklich, un do geiht he rin in't Slott un fraagt, um he dar nich kann en Deenst kriegen. Ja, he kann Schäper warrn, un dat ward he denn uck.

De heele Dag treckt he mit sin Schaap in Feld un Holt rum, un he spelt se up mit sin Fiedel, un se danzen un blarrn darto so guut, as se dat man lehrt hebben. Dat is spaßig un sehn un hören dat an; un avends, wenn Hans de Schaap na Huus drifft, denn lett he se buten vör de Slottsgaarn danzen, 'nem de Prinzessin sik mit ehr Hoffdamen upholen deit. Se moeten ja all tosamen danzen, un se lachen un sünd lustig, bet Hans uphollt mit Spelen un sin Schaap in'e Schaapstall drifft.

Dat maakt de Prinzessin en Barg Spaaß un hören Hans spelen, man vör allen, wenn se dar de Schaap to danzen süht. Un do kümmt se een Dag mal rut na Hans up't Feld un seggt, he schall doch mal de Schaap vör ehr danzen laten. Man Hans seggt, dat deit he blots, wenn se em toseggen will un warrn sin Fruu. Dar lacht se oever un denkt, so'n stackels Toss kann 'n ja toseggen, wat 'n will, dat hett ja nix up sik, un do seggt se Ja, un Hans spelt, un de Schaap danzen, un de Prinzessin will sik meist dootlachen. De neegste Dag kümmt se wedder rut na Hans, he schall ehr un de Schaap upspelen. Nee, seggt Hans, dat deit he nich, denn mutt se em dar al en schreven Schrift oever geven, dat se em heiraden will. Se meent, dar hett dat uck nix up sik mit, un do gifft se em dar en Schrieven oever mit ehr Naam dar ünner.

De neegste Dag geiht Hans rup na de König un seggt, sin Dochter hett em toseggt, se will sin Fruu warrn, un darum schall de König man tostellen to de Hochtied. De König lacht em wat ut un meent, dat is mal en drullige Infall vun de stackels tumpige Schäper. Man do haalt Hans dat Schrieven rut un wiest de König, sin Dochter hett sik dat sülven ünnerschreven. De König lett foorts sin Dochter ropen un fraagt ehr, wat dat för'n Schrieven is. Och, seggt se, dat is ja man Spaaß un hett nix up sik. Man de König seggt, dat hett so vel up sik, dat se holen mutt, wat se toseggt hett. He kann nich in't Land för Recht sorgen, wenn de Lüüd sik dar nich an holen woe'n, wat se ünnerschreven hebben. Un wenn sin Dochter ehr Ünnerschrift nix gellen schall, denn so sehn de Lüüd sin Gesetten un wat he befehlen deit uck nich mehr för vull an. Se mutt de Schäper nehmen.

Do maken se denn Hochtied, un so draa as de Hochtiedsdaag to Enne sünd, seggt de König, Hans schall sin Fruu nehmen un maken, dat he na Huus kümmt. He gloovt ja nich, dat Hans en Stä' hett, nehm he sin Fruu henbringen kann. Man Hans geiht rut vör't Slott un kloppt up'e Doos, un foorts kümmt de Ries un fraagt, wat sin Herr befehlen deit. He schall twee Mielen vun dar en Slott buun, seggt Hans, so groot un so prachtvull, dat de König sin Slott dar nix gegen is. Un denn schall dar bi de König sin Slott foorts en gollne Kutsch kamen mit söss Perde, Kutscher un Lakai, so fein, as de König dat noch nich sehn hett. He hett dat knapp seggt, do steiht de Kutsch al vör de Dör, un Hans geiht rin un seggt sin Fruu Bescheed, se's Waag is nu dar. Do woe'n se ja all na buten mit ehr, se sünd nieschierig un woe'n mal kieken, wat för'n Fahrtüüg de Schäper woll updreven hett. Man se fallt meist de Näs ut't Gesicht, as se de Kutsch to sehn kriegen. Hans deit, as wenn dat gar nix is un seggt, se's Slott liggt man en paar Mielen weg, un de König schall se man bald mal besöken. De gollne Kutsch rullt denn vun'e Slottshoff, un de Kutscher fahrt rut na dat nüe Slott. Dar stahn denn Deeners un Deenstdeerns un heeten se willkamen, un dat Slott is in allens noch vel feiner utstaffeert, as de Prinzessin dat vun to Huus kennt.

Se is liekers böös gnaddelig, se kann Hans nich utstahn, un se hett em ja uck gar nich to'n Mann hebben wullt. Hans deit, wat he man kann, dat ehr Luun beter ward; man se blifft t'rügghöllern un seggt knapp mal wat, wenn he mit ehr snacken deit. He will ehr wat vörspelen, man se seggt, he schall dat nalaten. Dat is keen vergnöögte Leven för Hans; wat hett he darvun un hebben de allersmuckste

Fruu, wenn se em nich utstahn kann un nix vun em weeten will. Sin Fiedel mag he gar nich mehr ankieken; he kriggt sik leever en Flint faat un geiht in sin ole Schaapspelz up Jagd. De Doos hett he ümmer bi sik in'e Tasch. Wenn Hans denn vun'e Jagd na Huus kümmt, ward he doch nix wies vun'e Prinzessin: Se levt in'e eene Flucht vun't Slott un lett Hans in'e anner wahnen.

Hans is bedröövt, un de Prinzessin hett Langewiel. Man dar is en junge Ridder, de mag se woll lieden un de is vun morrns bet avends um ehr rum. De Ridder mutt sik bannig wunnern oever all de Riekdom un Herrlichkeit dar up dat Slott, denn he kann dar nix vun wies warrn, dat dar uck Geld verdeent ward. Dar snackt he vel mit de Prinzessin oever, man se weet uck nich, wodennig dat togeiht. Do seggt de junge Ridder to ehr, se schall doch mal tosehn un kriegen dat rut ut Hans, wonem he all sin Riekdom her hett.

Een Avend, as Hans as ümmer vun'e Jagd na Huus kümmt un in sin Slaapkamer gahn will, kriggt he Bescheed, de Prinzessin will em sehn. Un as he in ehr Stuven kümmt, do is dar en feine Avendbroot updischt för se, un de Prinzessin is so fründlich to em, as se dat vörher nie nich we'n is. Se seggt, dat is ja nich recht vun ehr un maken ümmer so'n sure Snuut to de Eh, 'nem se so unverwahrens rinrutscht is. Denn Hans hett ehr dat ja so fein maakt, se kann sik dat ja gar nich beter wünschen, un he is ümmer so truu un vull Leev to ehr we'n, do mutt se em ja geern hebben. Dat geiht Hans nu dal as Honnig, he gloovt allens, wat se seggt, un he ward richtig vergnöögt.

De neegste Avend, as he vun'e Jagd na Huus kümmt, steiht de Prinzessin nedden up'e Slottshoff un heet em willkamen, un de drütte Avend kümmt se em en ganze Stück in'e Mööt; se is so bang' we'n, de wille Deerten kunnen em wat andaan hebben, seggt se. Se is nu so leev un nett to em, dar is rein dat Enne vun weg. Se sünd nu ja so glücklich, as dat man geiht, seggt se, un se kann em nich nugg danken för all dat Gude, wat he för ehr daan hett. Man een Deel is dar, seggt se, dat kann se nich begriepen, um he ehr dat nich seggen will. Hans is so vergnöögt, he versprickt ehr allens. Wo dat denn angahn kann, fraagt se do, se hebben allens rieklich, un se geiht nix af; se geven en Barg Geld ut man nehmen nix wedder in. Wo dat denn angahn kann, will se weeten. Do wiest Hans ehr de Doos un vertellt ehr allens. Oh, seggt de Prinzessin do, mit de dare Doos schall he doch man nich oeverall rumgahn, he kann 'n ja licht verleern, oder de kann em klaut warrn, un denn hebben se nix mehr. He schall 'n man bi ehr to Huus in ehr Slaapkamer stahn laten, denn will se dar noch up uppassen.

De neegste Morrn lett Hans denn de Doos to Huus bi de Prinzessin un geiht denn up Jagd as ümmer. De Prinzessin seggt em vull Leev adjüs un fraagt, wannehr he wedder na Huus kümmt. Se will em denn in'e Mööt gahn, seggt se. Man as Hans weg is, lett de Prinzessin foorts ehr junge Fründ kamen, wiest em de Doos un vertellt em allens, wat se rutkregen hett. De beiden warrn sik bald eenig, wat se doon woe'n. De Ridder nimmt de Doos un kloppt dar up. Foorts is de Ries dar un fraagt, wat sin frömde Herr vundaag befehlen deit. He schall dat Slott, so as dat dar stahn deit, dar wegnehmen un dat an veer gollne Keden merrn oever dat Rode Meer uphängen, seggt de anner. Un so draa as he dat seggt hett, is dat uck al daan. Dat Slott is weg un vun de heele Pracht is nix mehr to sehn.

Hen to Avend maakt Hans sik up'e Weg na Huus vun'e Jagd. He lengt nu na sin leeve Fruu; he geiht un kickt sik rein de Ogen ut'e Kopp na ehr, se schall em ja in'e Mööt kamen. Man dar kümmt keen Fruu. He geiht ümmer wieder: Nu mutt he doch to Huus we'n, denkt he un kickt sik um na sin Slott. Man dar is keen Slott. Do geiht em dat bi lütten up, he is ganz achtertücksch anscheten vun ehr, de he so blind vertruut hett.

Do maakt he sik up'e Padd un wannert ahn Sinn un Tel. He geiht un geiht, dör een wille Holt na dat anner, ümmer wieder, so wiet, so wiet, dat keen Minsch weet, 'nem he henkamen is. Do kümmt he denn mal hen to Avend an en Diek in en dichte Holt, un do steiht dar en junge Fruu un wascht Tüüg. Gu'n Avend, seggt Hans. Gu'n Avend un willkamen, stackels Broder, seggt de Fruu. Hans kennt ehr nich, man se kennt em: Se is een vun sin dree lütte Süstern, de wegnahmen wurrn sünd, as se dree Jahr oold weern. As se em dat verklookfiedelt hett, fraagt he ehr, um se wat hett för em to eten, he is halfdoot vör Hunger. Ja, seggt se un nimmt em mit na Huus, dat is en Eerdhöhl merrn in't wille Holt, un se gifft em wat to eten. Man denn seggt se, nu mutt he wedder weg, ehrer ehr Mann na Huus kümmt. Se hett en Baar to Mann, seggt se, un wenn de em to sehn kriggt, denn so ritt he em in Stücken. Dat is keen Baar as anner Baren, seggt se, he is en Königssoehn, de is verwünscht. Man wenn he as Baar rumlöppt, denn verschoont he nix Leviges as blots ehr. Nee, seggt Hans, he mutt de Nacht dar blieven, he is so möö', he kann nich mehr wieder. Do mutt se em denn ja dar beholen. Se verstickt em so guut, as se kann, ganz achtern in'e Höhl. Denn kümmt de Baar na Huus. Huh, huh! seggt he, he kann Christenbloot rüken. Dat kann nich angahn, seggt de Fruu, se sünd ja hunnert Mielen vun all Minschen weg. Se kriggt em richtig begööscht, bet dat sowiet is un he sin Barenfell afsmitt un to en Minsch ward. Dat is elkeen Nacht blots söss Stunnen. Denn vertellt se em vun ehr Broder, de kamen is, un denn haalt se em vördag, un he vertellt se, wat he allens dörmaakt hett. De Barenprinz slütt Fründschaft mit em un seggt, de neegste Dag will he em na sin anner Süster bringen.

De neegste Morrn seggt de Baar to Hans, he schall sik up sin Rügg setten, un denn löppt he mit em dör't Holt hen na en hoge Barg, un dar wiest he em en Stieg, de schall he langgahn. Un ehrer se sik adjüs seggen, seggt de Baar, Hans schall em en Haar ut'e Steert rieten un dat guut verwahrn, dat ward se beid mal retten. Denn klarrt Hans rup up'e Barg un finnt dar sin tweete Süster, un de kennt em uck foorts. Se is mit en Adler verfriegt, dat is uck en verwünschte Königssoehn un en Broder to de Barenprinz. Un se mutt Hans uck eerst vör de Adler versteken, bet de sin Fedderkleed afsmeten hett; man denn warrn se gude Frünnen, un de neegste Dag nimmt de Adler Hans up'e Rügg un flüggt mit em rut na en Insel, dar wahnt de drütte Süster up. Se is mit en drütte Broder verheirat't, en Königssoehn, de is to en gresige Beest vun Fisch verwünscht. Un ehrer de Adler Hans adjüs seggt, seggt he, he schall em en Fedder ut'e Steert rieten, de ward se beid mal retten.

Nu kümmt Hans denn na sin drütte Süster un vertellt, wat em allens tostött is. Do seggt sin Swager, de neegste Morrn schall Hans sik up sin Rügg setten, un denn will he em oever de See drägen, so dicht as't geiht na't Rode Meer ran. Dar schall he em denn en Schupp ut'e Steert rieten, de schall se beid mal retten. Un denn schall he sin Broder Baar ropen, de schall em oever Land an'e Küst vun dat Rode Meer drägen. Un denn schall he sin Broder Adler ropen, de schall Hans denn dör de Luft na sin Slott bringen.

Un sodennig ward dat uck maakt: De Adler flüggt mit Hans oever dat Rode Meer. De Sünn geiht jüst up, as se na dat Slott kamen, dat hängt dar an veer gollne Keden in'e Luft, un de Adler flüggt in en Krink um dat Slott rum, dat Hans oeverall rinkieken kann. De Prinzessin ehr Slaapkamerfinster steiht apen; up en Disch dar binnen steiht de Doos, de Hans so guut kennen deit. Blangenan in't Bett liggen de Prinzessin un ehr Fründ in söte Slaap. Do lett Hans sik vun de Adler in't Finster afsetten, un denn krabbelt he rin un nimmt sin Doos un kloppt dar up. Foorts steiht de Ries dar un fraagt, wat sin rechte Herr em befehlen deit. Hans seggt, he schall de beiden, de dar liggen doon, bi de Kripps kriegen un se so hooch in'e Luft smieten, dat se in Stücken un Finzeln wedder dal fallen. Denn schall he dat Slott nehmen un dat wedder dar henstellen, 'nem dat eerst stahn hett. As dat passeert is, leggt Hans sik dal, un he slöppt heele soeven Daag un Nachten. Man de Doos hett he bi sik, un de lett he nich ut'e Fingern.

As Hans denn sodennig na all de Maleschen düchtig utslapen hett, fangt he wedder an un leven as vördem: He wahnt up sin Slott, man dar is he blots bi Nacht; bi Dag drifft he sik ümmer mit sin Flint in't

Holt rum. Un sodennig vergeiht Wuch um Wuch un Jahr um Jahr. Dat is nu al dree Jahr her, dat Hans sin dree Süstern un sin dree Swagers funnen hett un se em wedder to sin Doos un to dat Slott verhulpen hebben; man in all de Tied hett he nich eenmal an se dacht; dat is, as wenn he dat Erinnern an se heel un deel verslapen hett.

Do will he mal buten in't Holt sin Flint laden, un do fehlt he wat to'n Vörladen. He söcht in all de Taschen vun sin ole Schaapspelz, de he ümmer anhett, un do langt he tofällig in en lütte Tasch, de bruukt he anners nie nich. Do kriggt he upmal en Barenhaar un en Adlerfedder un en Fischschupp faat. Do geiht em en Licht up, un em fallt allens wedder in, un he kriggt de Doos rut un kloppt dar up. De Ries kümmt un fraagt, wat sin Herr befehlen deit. Un Hans seggt, he schall em foorts na dat lebennige Water in'e deepste Slunk ünner de höchste Barg flütten. Foorts is he dar. So'n Stä' is he noch nie nich we'n: Dat is as nedden in en bannig deepe Soot, denn dat is ganz düüster, blots ganz, ganz baven süht he en lütte Plack blaue Heven. Dar nedden löppt en lütte Bek mit dat Levenswater, de kümmt ut'e eene Siet vun'e Barg rut un verswinnt up'e anner Siet wedder in'e Barg. Buten vör de Dör vun en lütte Höhl in'e Barg sitt en ole Fruu mit witte Haar, un en lütte witte Katt liggt in sik tohopenrullt up ehr Schoot.

Wat de Tied nu um is, fraagt de ole Fruu, oder wat nu de Tied dar is, wo se un ehr Kinner frie maakt warrn schoe'n vun se's harde Bannen. Do nimmt Hans dat Barenhaar un de Adlerfedder un de Fischschupp, de he so lang' bi sik hatt hett, un leggt de bi de Fruu in'e Schoot. Un foorts basst de Barg vun baven bet nedden ut'nanner, un dar steiht en Königsslott mit feine Gaarns rundum mit de smuckste Blöme un vulle Aaftböme. De lütte Bek mit dat Levenswater slängelt sik rundum mang de Blomenbetten. Un de ole Fruu steiht up, un nu kann een sehn, dat is en echte Königin. Un statts de lütte witte Katt steiht dar nu blangen ehr de smuckste junge Deern in en witte Kleed. „Kumm nu mit!" seggt de Königin to Hans, un se geiht vörut na dat Slott rup. Hans un de junge Prinzessin gahn achter ehr ran. Un as se up'e frie Platz vör dat Slott rup kamen, do kamen dar dree gollne Kutschen anfahrt. In elkeen darvun sitt en Prinzenpaar. Dat sünd de dree Königssoehns, de in en Baar, en Adler un en Fisch verwünscht we'n sünd; un se's Fruuns sünd Hans sin dree Süstern, de wegnahmen wurrn sünd, as se noch lütt weern. Un elkeen Paar hett dree Kinner vör sik up'e Vördersitz. Se stiegen nu all ut, un se nehmen de ole Königin un de witte Prinzessin in'e Arms. Dat is en Süster to de dree Königssoehns un is noch en lütte Deern we'n as se all verhext wurrn sünd.

Un Hans weet mit allens Bescheed; he hett dat ja to weeten kregen, as he sin Süstern bi de Baar, de Adler un de Fisch to Huus besöcht hett. Un he weet uck, de dree Königssoehns un se's Mudder un Süster sünd vun desülve Hexenmeister verwünscht wurrn, de sin Vadder de Doos in Tuusch för sin dree lütte Süstern geven hett. As de Deerns groot we'n sünd, hett de Hexenmeister se för sik beholen wullt. Man de dree Königssoehns hebben se funnen, hebben se lieden mucht un hebben se heemlich vun de Hexenmeister weghaalt un se heiraad't. Do is de leege Hexenmeister se achternakamen un hett se sammt se's Mudder un se's lütte Süster verhext. Un se hebben eerst erlöst warrn kunnt, wenn de Mudder — de hett in'e deepste Slunk ünner de höchste Barg an't lebennige Water sitten musst, 'nem se uck vun levt hett — wenn de en Haar vun'e Baar, en Fedder vun'e Adler un en Schupp vun'e Fisch kreeg.

Man nu sünd se denn ja erlöst, un de heele Königsfamilie is lustig bi'nanner. Un Hans kriggt de witte Prinzessin to Fruu, un keen is glücklicher as dat junge Paar.

As nu de Hochtieed vörbi is un de dree Paare, de verhext we'n sünd, sünd na se's eegne Sloet nich wied vun'e ole Königin ehr afreist, un Hans hett sin Slott uck in dat dare Land flütten laten, do kloppt he nochmal up sin Doos. De Ries is dar un fraagt, wat sin Herr befehlen deit. He schall em seggen, seggt Hans, wat he för em doon kann, denn nu hett de Ries nugg för em daan. Do seggt de Ries, wenn sin Herr dat so hebben will, denn kann he em Ruh un Rast geven, dar lengt he al dusend Jahr na. He mutt blots de Doos in't Füer smieten. Dat deit Hans denn, un do gifft dat en Knall as en gewaltige Dunnerslag, un ut de Doos stiggt en blaue Qualm, de stiggt höger un höger na baven un nimmt de Figur vun en Ries an, jüst so as de, de Hans deent hett, man vel, vel grötter. Toletzt reckt 'n vun'e Eerde bet rup in'e Wulken. Un denn ringelt 'n sik tosamen un drifft weg mit'e Wind as en blaue Wulk.

Man Hans un sin junge Fruu, sin Süstern un Swagers, se's ole Mudder un all ehr Kindskinner, de leven noch in't Land vun'e Glückseligkeit mit dat Levenswater.

Hans Nixensoehn

In en Dörp an'e See hett mal en Smidt wahnt, de hett Rasmus heeten. Em hett dat man wat kloeterig gahn. He is noch en junge Mann we'n, un en smucke, starke Bengel is he uck we'n, man he hett al fröh heiraad't un hett en Barg lütte Gören hatt, un dar in't Dörp is mit sin Handwark nich recht wat to verdeenen we'n. He is en flietige un strevige Mann we'n: Wenn in'e Smä' nix to doon we'n is, is he rutfahrt up See un hett fischt, oder he is an'e Strand gahn un hett Strandguut borgen.

Do passert dat mal, as he bi gude Weder up Fischfang rutfahrt is, alleen in en lütte Boot för un angeln Dösch, do kümmt he de Dag nich wedder na Huus, un de neegste Dag uck nich; un do meenen se all, he is up See bleven. Man de drütte Dag kümmt Rasmus an Land un hett de Boot vull mit Dösch, so groot un so fett, sowat hett 'n noch nich sehn. Em fehlt nix, un he klaagt nich oever Hunger un nich oever Dörst. He is in Seedaak kamen, seggt he, un do hett he nich ehrer wedder an Land finnen kunnt. Man wo he nich vun snackt, dat is, wonem he de Tied oever we'n is; dat kümmt eerst söss Jahr later an'e Dag; do hebben de Lüüd sik dacht, he is buten up See vun en Meerwief, en Nix, in'e Deepde haalt wurrn un is de dree Daag, de he buten we'n is, bi ehr to Gast we'n. Vun de Tied an fahrt de Smidt nich mehr rut up Fischfang, man dat hett he uck nich mehr nödig: De See gifft em uck so rieklich to leven. So faken he an'e Strand kümmt, dröppt sik dat ümmer, dat dar Strandguut anspölt is, allerhand gude Saken, un to de Tied hett elkeen nahmen, wat he funnen hett un dörv dat beholen. Un sodennig is de Smidt vun Dag to Dag rieker wurrn.

As soeven Jahr vergahn sünd, sörre de Smidt rut-
fahrt is up See, do steiht he een Morrn in sin Smä'
un maakt en Ploog heel, un do kümmt dar en smu-
cke junge Bengel na em rin un seggt: „Moin, Vad-
der!" Sin Mudder, dat Meerwief, seggt he, de lett em
gröten. Se hett em nu söss Jahr lang hatt, hett se
meent, nu kann *he* em denn man jüst so lang' dör-
fuddern. He süht gar nich na en Jung vun söss Jahr
ut. He süht meist ut, as weer he achtein, un he is
sogar noch vel grötter un stärker as Jungkeerls an-
ners för gewöhnlich in dat Öller sünd. Um he mag en
Mundvull Broot eten, fraagt de Smidt. O ja, seggt
Hans, denn so heet he. Do seggt de Smidt to sin
Fruu, se schall em en Stück Broot snieden. Dat deit
se; man de Jung sluckt dat in een Mundvull oever un
kümmt denn wedder rut na sin Vadder in'e Smä'.
Um he hett nugg to eten kregen, fraagt de Smidt.
Nee, seggt Hans, dat is ja man en lütte Brock we'n.
Do geiht de Smidt rin un kriggt sik en heele Swatt-
broot her, snitt dat längs dör in en boevere un en
ünnere Hälfde, smert Bodder up de beiden Hälfden,
deit dar Kees up un langt Hans dat hen.

Kort darna kümmt de Bengel wedder rut in'e Sme'.
Um he nu denn satt wurrn is, fraagt de Smidt. Nee,
seggt Hans, satt is he noch lang' nich; he mutt sik
man leever na en betere Koststä' umkieken, seggt
he, he markt al, *dar* ward he doch nich satt. He will
foorts afste', man sin Vadder schall em eerst en Spa-
zeerstock maken. Vun Iesen schall 'n we'n, seggt
Hans, un sodennig, dat 'n uck holen deit. Do gifft de
Smidt em en Iesenstang, so dick as en gewöhnliche,
degte Handstock; man de nimmt Hans un wickelt 'n
um sin Finger: De döcht nix. Do slept de Smidt en
Stück Iesen ran so dick as en Wagendießel; man as

Hans de gegen sin Knee drückt, do knackt 'n af as en Strohhalm. Do mutt de Smidt all dat Iesen, wat he hett, tohopensweißen, un denn mutt Hans dat biholen, un de Smidt maakt em dar en Stock vun, swarer as de Ambolt. As Hans de kregen hett, bedankt he sik bi sin Vadder un seggt, nu hett he sin Arvdeel weg. Denn schechelt he los in't Land rin, un de Smidt is heel vergnöögt, dat he de dare Soehn quitt is, ehrer de em Näs un Ohrn vun'e Kopp freten hett.

Hans kümmt nu na en Eddelhoff, un dat dröppt sik jüst so, dat de Herr sülven buten vör de Hoff steiht. Wonem he denn up dal will, fraagt de Herr. He kickt sik na en Deenst um, seggt Hans, en Stä', 'nem se starke Knechten bruken koenen un nugg för se to eten hebben. Ja, seggt de Herr vun'e Hoff, för gewöhnlich hett he um de Tied veeruntwintig Knechten, man nu upstunns hett he man twölf, do kann he em fein bruken. Ja, dat kann he, seggt Hans, denn he will woll de Arbeit vun twölf Knechten doon, man he will uck jüst so vel to eten hebben as de twölf. Na, dar warrn se sik denn eenig um, un de Herr geiht mit Hans in'e Lüüdstuuv un seggt to de Deerns, de nüe Knecht schall jüst so vel to eten hebben as all de annern twölf tosamen. Dat lett sik denn nich anners maken, as dat he en Graap för sik alleen kriggt, he kann denn ja mit de Sleef dat Eten in sik rin schüffeln.

Dat is al hen to Avend, as he dar ankümmt, un sodennig kriggt he de Dag nix mehr beschickt as sin Avendmahltied to vertehren, en düchtige Twölfmannsgraap mit Bookweetengrütt, de maakt he leddig bet up'e Borm, un nu is he so even satt, seggt he, nu kann he „fast liggen", as he seggt, un denn geiht he hen un leggt sik dal. He slöppt guut un lang', un all de Lüüd up'e Hoff sünd al hooch un bi de Arbeit, do liggt Hans dar ümmer noch un slöppt as en Rott. De Herr is uck al in'e Beens. He is ja nieschierig un sehn, wodennig de nüe Knecht sik so anlett, de för twölf Mann eten un arbeiten schall. Man dar is noch keen Hans, un de Sünn steiht al hooch an'e Heven. Do geiht de Herr sülven roever in'e Kamer un röppt, Hans schall upstahn, he hett verslapen. Do ward Hans denn waak, rifft sik de Ogen un seggt, ja, dat is wahr, he mutt upstahn un fröhstücken. Un do treckt he sik an un kümmt in'e Lüüdstuuv un kriggt sin Twölfmannsgraap Beersupp, de neiht he sik to Lievs, un denn fraagt he na sin Arbeit.

Ja, vundaag schoe'n se döschen, de anner twölf Knechten sünd al buten in'e Schüün. Dar sünd twölf Lohdelen, un de twölf Knechten döschen up söss darvun, ümmer twee un twee up een Lohdel. Man Hans schall ja alleen utdöschen, wat up de anner söss liggt. Do geiht Hans denn in'e Loh un kriggt sik en Flegel her. He kickt sik an, wodennig de annern sik anstellen un maakt dat jüst so; man mit de eerste Slag haut he de Flegel in Stücken. Dar hängen allerhand Döschflegels an'e Wand, un Hans kriggt sik een na de anner her, man dar geiht dat nich beter mit: All gahn se bi de eerste Slag in Stücken. Do mutt he sik na en anner Warktüüg umkieken för un döschen mit, un he ward en paar grote Balkens wies, de liggen dar, un en Perdefell, dat is an de Lohdör upspannt. Dar maakt he sik en Flegel vun t'recht: Vun dat Fell maakt he sik en Flegelkapp, de eene Balk nimmt he as Flegelstock un de anner as Slag. Dat geiht recht guut. Man de Schüün is to sied, dar is keen Platz för un halen ut mit de Flegel, un de Lohdelen sünd so lütt, he haut mit sin grote Flegel

ümmer an'e Dackbalkens. Man he weet sik Raat för
dat eene un för dat anner. Eerstmal nimmt he dat
heele Dack dal vun'e Schüün un sett dat blangenbi
up't Feld. Un denn is dar ja en Dörfahrt in'e Schüün
vun't eene Enne na't anner. Dar wöltert he all de
Neeken hen, de he faatkriegen kann, un denn döscht
he up los. Un de Koorns, de fleegen man so rut ut'e
Wippen, dat lett sik ja denken. Een Föder Koorn na
dat anner leggt he ut, un dat is em eendoont, wat he
mang de Fingern kriggt; sodennig hett he to Middag
all de Herr sin Koorn dör'nanner döscht, Roggen un
Weeten un Gassen un Haver, allens up een Hupen.
As he darmit ferdig is, mit dat Döschen, geiht he hen
un sett dat Dack wedder up'e Schüün, as 'n woll en
Deckel up en Schachtel sett. Un denn geiht he rin un
mellt de Herr, he is dar nu ferdig mit.

As de Herr dat hört, fallt em meist de Näs ut't Ge-
sicht; he geiht mit Hans rut, he will sehn, um dat
uck wahr is. Ja, dat is so; man he is nich recht to-
freden mit dat dare Mangkoorn, wat he vun'e heele
Aarn kregen hett. Man as he de Döschflegel wies
ward, de Hans bruukt hett, un as he to hören kriggt,
wodennig he sik Platz maakt hett, do ward he so
bang', he waagt nich un seggen wat anners as: Dat is
guut, dat allens utdöscht is, man nu mutt dat Koorn
noch staven warrn. Wat dat denn bedüüd't, fraagt
Hans. Do verklaarn se em, dat Koorn mutt för sik un
dat Kaff uck. Dat is dat nu ja nich, Koorn un Kaff
liggen in een grote Hupp bet ünner't Dack.

Do fangt Hans an un kleit en beten in't Koorn un lett
dat dör de Fingern glieden; man he markt gau, dat
ward nix. He is aver nich um Raat verlegen. He
maakt beide Schüündören up, un denn leggt he sik
an't eene Enne dal un puustet, dat all dat Kaff rut-

155

flüggt un in een Barg an't Enne vun'e Schüün liggen blifft, un dat Koorn is so rein, as dat man angahn kann. Denn mellt he de Herr, he is dar nu ferdig mit. Un de Herr seggt, dat is fein, vundaag hett he nix mehr för em to doon. Do geiht Hans in'e Lüüdstuuv un kriggt so vel, as he man wegneihen kann, un denn hollt he Middagsslaap, un de duert bet to Avendbrootstied.

Man de Herr is bös in'e Mors knepen un klaagt sin Fruu sin Noot: Se mutt em helpen, dat em wat infallt för un warrn de dare starke Knecht los; em de Deenst upseggen, dat truut he sik ja nich. Se lett de Verwalter ropen, un se maken af, de neegste Dag schoe'n all de Knechten to Holts un hauen Böme dal, un denn schoe'n se mit'nanner afmaken, de toletzt mit sin Föder na Huus kümmt, de schall uphängt warrn. Un denn koenen se dat sachs so hendreihn, dat Hans sin Leven verspelt, denn de annern sünd ja fröh togang', un Hans ward wiss verslapen.

Avends sitten de Knechten tohopen un snacken darvun, se moeten morrn bitieden to Holts; se hebben en sware Dagwark un en lange Weg vör sik. Un dat se sik en beten andrieven, besnacken se sik dat, de vun se, de mit sin Föder toletzt na Huus kümmt, de schall an'e Galgen hängen. Dar hett Hans nix gegen.

Lang' ehrer de Sünn upgeiht sünd de twölf Knechten up'e Beens; se nehmen all de beste Perde un Wagens, de dar sünd, un fahren to Holts. Man Hans hett lang' noch nich utslapen, un de Herr seggt: Laat em man liggen! Man toletzt ward Hans dar doch an denken, dat is Tied för em un kriegen sin Fröhstück, un do steiht he up un treckt sik an. He lett sich arig Tied bi sin Beersupp, un denn geiht he rut un will sin Fahrtüüg t'rechtkriegen. De annern hebben ja allens nahmen, wat to bruken is, man Hans kriggt doch veer unlieke Roed tohopensammelt, un an en ole Wagengestell fastmaakt. Dar sünd uck keen anner Perde för em as en Paar ole Kracken. De kriggt he vörspannt, un denn fahrt he na Holts to. He weet ja nich, wonem de is, man he fahrt na de annern se's Spoor, un sodennig kümmt he uck richtig rut na't Holt. As he an't Heck vun't Holt kümmt, do hett he dat Mallör un brickt dat twei. Do nimmt he en grote Steen, de liggt dar up't Feld un is soeven Elen lang un soeven Elen breet, un de leggt he merrn vör't Hecklock.

Denn kümmt he bi de annern an, un de lachen em ja wat ut; se hebben sik vun't Hellwarrn afmarst, so dull as se koenen, un hebben sik hulpen un hau'n Böme dal un laden se up, un all se's Wagens sünd al vull, bet up een. Hans kriggt en Äx faat un will en Boom dalhauen. Man he hett dar keen Glück mit, de Äx is stump, un de Stel brickt af bi de eerste Slag. Do smitt he de Äx weg, leggt sin Arms um en Boom, 'nem he even rumlangen kann, un ritt 'n ut mitsamt de Wuddel. De smitt he up'e Waag, nimmt denn en nüe Boom un noch een, un sodennig blifft he bi. Un wieldes stahn all de annern Knechten un kieken mit apen Muul dat dare Holthauen an; se hebben rein se's eegne Arbeit vergeten. Man upmal kriegen se dat hild. De letzte Waag ward gau beladen, un denn pietschen se los up'e Perde; se moeten ja sehn un kamen toeerst mit se's Fahrwarken na Huus. Hans kann man sülven tosehn, wodennig he sin Brennholt na Huus kriggt.

Hans spannt sin ole Kracken vör, man de koenen de Last nich ut'e Stä' trecken. Do hett he de Snuut vull, he spannt de Perde wedder af, binnt en Tau um de Waag un all de Böme, kriggt dat Ganze up'e Nack un maakt sik up'e Weg na Huus. De Perde treckt he mit'e frie Hand an'e Toegel achterher. As he an't Hecklock kümmt, steiht dar de ganze Reeg Wagens, se koenen nich wieder vör de Steen, de darvör liggen deit un versparrt de Weg. Wat, seggt Hans, koenen twölf Knechten nich de dare Steen flütten? Un denn kriggt he 'n faat un smitt 'n an'e Siet, un denn geiht he wieder mit sin Föder up'e Nack un de Perde achterher, un he kümmt ja lang' vör jichens een vun de annern na de Hoff.

Dar steiht de Herr un kickt un kickt. He is nieschierig, wodennig dat Ganze aflöppt, wokeen toeerst un wokeen toletzt kümmt. Do ward he Hans wies, de dar mit dat Föder up'e Nack un de Perde achterher anmarscheert kümmt. Do verfehrt he sik sodennig, he weet gar nich, wat he maken schall, he ballert dat Door dicht un schottet dat to. As Hans an't Door kümmt, leggt he dat Holt an'e Grund un dunnert an't Door; man dar kümmt keeneen un maakt up. Do nimmt Hans eerst dat Holt un kielt dat oever de Schüün up'e Hoffplatz rup, un denn smitt he de Waag achterher, dat elkeen Rad in en anner Richt löppt. As de Herr dat süht, denkt he, nu kamen de Kracken wiss desülve Weg, wenn he nich upmaakt, un do maakt he dat Door up. Gu'n Dag, seggt Hans; denn treckt he de Perde in'e Stall un geiht sülven in'e Lüüdstuuv, dat he sik en beten wat to leven kriggt.

Upletzt kamen de anner Knechten mit se's Föders. As se rinkamen, fraagt Hans, um se sik dar noch up besinnen koenen, wat se güstern Avend afmaakt hebben, un will nu weeten, wokeen vun se denn nu uphängt warrn schall. Och, seggen se, dat is doch man Spaaß we'n, de dare Sabbelie hett nix to seggen. Na, seggt Hans, em is dat eendoont, un wat anners kümmt dar nich mehr bi rut.

Man de Herr vun'e Hoff un sin Fruu un de Verwalter hebben de Avend en Barg mit'nanner to besnacken. De dare gresige Knecht moeten se doch sehn un warrn up de eene oder anner Aart los. Dat lett sik sachs maken, seggt de Verwalter, morrn schall de Soot reinmaakt warrn, do koenen se em woll los- warrn. Se woe'n em dalschicken in'e Soot un denn en grote Moehlsteen dalwöltern up sin Kopp; de schall em sachs de Rest geven. Se koenen denn foorts de Soot tosmieten, denn sparen se uck noch dat Geld för en Gräffnis. Ja, de Herr un sin Fruu dücht, dat is en feine Raat, un se freuen sik dar al in Vörut up un warrn Hans nu los.

Man Hans is taag, dat warrn wi nu wies. An'e Morrn slöppt he ja lang' as ümmer, un as he nich waak warrn will, mutt de Herr sülven roevergahn un em ropen, he schall upstahn, he hett verslapen. Hans ward waak un rifft sik de Ogen. Ja, dat is wahr, seggt he, he mutt upstahn un fröhstücken. Do steiht he denn up un treckt sik an, un dat Fröhstück steiht al un luert up em. As he dat to Lievs hett, fraagt he, wat he vundaag doon schall. He schall de anner Knechten helpen un maken de Soot rein. Na ja, dat is em al recht; he geiht denn rut, un de anner Knech- ten stahn un luern up em.

Do seggt Hans, se koenen sik dat utsöken, wat se leever woe'n, dalstiegen in'e Soot un maken de Am- mern vull, un he treckt se rup, oder leever de Am- mern ruptrecken, un he stiggt alleen dal. Se seggen, se woe'n man leever baven blieven, in'e Soot is nich so vel Platz för se all. Do stiggt Hans denn dal un geiht bi un maken Ammern vull. Man de Knechten hebben ja afmaakt, wat se doon woe'n, un upmal kriggt elkeen vun se sik en Steen vun en Hupen Feldsteens dar up'e Hoff, so groot as he man slepen kann. De smieten se all tosamen dal in'e Soot un woe'n Hans dar doot mit smieten. Man Hans kehrt sik dar nich an. He bölkt blots na baven, se schoe'n de Höhner wegkriegen vun'e Soot, de kleien so vel Sand un Schiet up em dal. Do marken se, dar hört mehr to un maken Hans doot; man dar is Raat för, meenen se, se hebben ja noch de grote Moehlsteen. Un nu faten se all twölf an mit Rullen un Stangen un schuven de grote Moehlsteen an'e Rand vun'e Soot. Mit grote Mars kriegen se 'n dalwöltert un sünd sik wiss, nu hett Hans nugg. Man de Steen fallt so passlich, Hans kriggt sin Kopp liek dör dat Lock in'e Mitt vun'e Moehlsteen, un de sitt em nu an'e Hals as en Preester sin Kraag. Do will Hans nich länger dar ünnen we'n; he klarrt mit'e Moehlsteen um'e Hals rut ut'e Soot un geiht liek rin na de Herr vun'e Hoff un beklaagt sik, de annern Knechten drieven se's Spijöök mit em. He will nich se's Preester we'n, seggt he, dar hett he nich nugg för lehrt. Un denn bückt he sik dal un schüddelt de Steen af, un de fallt dal un quetscht de Herr sin eene Tehn platt.

De Herr humpelt nu rin na sin Fruu, un se laten de Verwalter halen: He mutt nu Raat schaffen, dat se de gresige Keerl loswarrn. Wat he bet nu utklamüüstert hett, hett ja nix nützt. Nee, seggt de Verwalter, man dat kann noch glücken; de Herr kann Hans man vunavend henschicken, he schall in'e Düvels-moor-See fischen. Dar kümmt he nie nich lebennig wedder vun t'rügg, seggt he, dar ward de ole Urian al för sorgen. Ja, meenen de Herr un de Fruu, dat is en gude Raat; un denn humpelt de Herr wedder rut na Hans un seggt to em, he ward sin Knechten al strafen för, dat se hebben em en Putz spelen wullt. Nu kann Hans wieldes en lütte Arbeit doon, seggt he, dar is he seker bi vör de dare Floezen. He schall vunnacht rutfahren up'e Moorsee un dar fischen, denn hett he morrn de heele Dag frie. Ja, seggt Hans, dar is he tofreden mit, man denn mutt he wat to eten mithebben: en Backaben vull Broot, en Viddeltunn[1] Bodder, en Fatt Beer un en Anker[2] Brammwien, weniger geiht nich. Ja, dat kann he uck geern kriegen, seggt de Herr. Hans kriggt dat Ganze tohopenbunnen un hängt dat an sin Spazeerstock, nimmt dat up'e Nack un trampt dar denn dal mit na de Düvelsmoor-See.

Dar stiggt he in'e Boot un pullt rut up'e See un maakt allens klaar to'n Fischen. As he dar nu merrn up'e See liggen deit un dat is al laat an'e Avend, do will he eerst en lütte beten to sik nehmen, ehrer he bi de Arbeit geiht. Man as he jüst bi't Eten is, dükert de ole Urian rut ut'e See, kriggt em bi de Nack to faten, ritt em ut'e Boot un treckt em dal an'e Grund.

Hans hett aver doch jüst noch Tied un kriegen sin gude Stock faat, un as se nu dar nedden ankamen, seggt he, Urian schall man eerst en beten töven, bet he faste Grund hett. Un denn kriggt he Urian mit de eene Hand faat in'e Nack un döscht mit de anner los up sin Achterviddel un kloppt dat so platt as en Pannkook. Do fangt de ole Urian an un jammert un

---

[1] Reichlich 50 Pfund.
[2] Gut 36 l.

klaagt: He schall em doch man loslaten, denn will he uck nie mehr in'e dare See kamen. Nee, seggt Hans, dar ward nix vun, eerst mutt he em verspreken, dat he all de Fisch ut'e See vör de neegste Morrn up'e Herr sin Hoff schaffen will. Dat seggt de ole Urian em alltogeern to. Do pullt Hans an Land, vertehrt de Rest vun sin Avendbroot un geiht denn na Huus un leggt sik to Puuch.

As de Herr vun'e Hoff morrns ut't Bett kümmt un de Huusdör upmaakt, wöltern de Fisch na em rin up'e Vördel, denn de Hoffplatz is dar vull vun bet rup an't Dack. Do löppt he wedder rin na sin Fruu – sülven fallt em ja nie nich wat in – un fraagt, wat se nu mit Hans anfangen schoe'n. De ole Urian hett em nich haalt, seggt he, un de heele Hoff is vull vun Fisch. Dat is doch dull, seggt se, he mutt tosehn un kriegen em na de Höll henschickt, he schall Stüern inföddern.

Do mutt de Herr denn roever na de Lüüdstuuv un snacken mit Hans. He kann sik knapp an'e Muer lang ünner de Dackrönn langschüern vör all de Fischsegen, de Hans up'e Hoff schafft hett. Denn seggt he to Hans, he dankt em uck velmals för de gude Fischfang, un nu hett he en Updrag för em, de kann he blots en Deener geven, up de he sik verlaten kann. He schall na de Höll reisen, seggt he, un de Stüern för dree Jahr inföddern. Dat Geld, seggt he, dat hett he noch vun'e Düvel to kriegen. Dat will he geern doon, seggt Hans, man wat för'n Weg he denn inslaan mutt na de Höll? Do steiht de Herr dar un weet nich, wat he seggen schall, he mutt rin na sin Oolsch un sik Bescheed halen.

Och, seggt se, he is doch en ole Toss, he kann doch man eenfach seggen, he schall na Süden to dör't Holt gahn, un denn ümmer liekut. Eendoont, wat he denn na de Höll henkümmt oder nich, se sünd em doch tominnst los. De Herr geiht wedder rut na Hans: De Weg geiht na Süden to dör't Holt, un denn ümmer liekut, seggt he. Nu will Hans wat mithebben to eten up'e Weg: twee Backabens vull Broot, twee Viddeltunnen Bodder, twee Fatt Beer un twee Anker Brammwien. Dat kriggt he allens, dat ward in en Bünnel snört, an sin feine Spazeerstock hängt, un denn trampt he afste'.

As Hans denn dör dat Holt kümmt, sünd dar en paar Stieg'en, un do weet he nich, wat för'n de richtige is. Do sett he sik dal un maakt sin Etenbünnel up. He hett sin Mess to Huus vergeten, man to'n Glück steiht dar en Ploog dicht bi. Dar nimmt Hans dat Langiesen vun af un snitt dar sin Broot mit. As he dar so sitt un en beten eten deit, kümmt dar en Mann langreden. Wonem he her is, fraagt Hans. Ut'e Höll, seggt de Mann. Denn schall he anholen un en beten töven, seggt Hans. Man de Mann hett dat hild, he will nich töven. Do löppt Hans em achterna un kriggt dat Perd faat bi de Steert, dat dat Deert up'e Achterbeens steiht un de Rieder oever de Hals in'e Graben flüggt. He schall doch mal en beten töven, seggt Hans, he geiht desülve Weg. Denn snört he sin Brootbüdel to un leggt 'n up't Perd. Denn kriggt he dat Perd an'e Toegel un seggt to de Mann, nu koenen se beid to Foot marscheern.

As se dar so gahn, vertellt Hans, wat he för'n Updrag hett un wat he för'n Spaaß mit'e ole Urian hatt hett. De anner seggt wieder nix, man he kennt guut de Weg, un dat duert nich lang', do stahn se vör dat

Höllendoor. Man dar sünd Perd un Rieder mitmal weg, un Hans steiht dar alleen vör't Door.

Se warrn al kamen un em upmaken, denkt he, man dar kümmt keeneen. Do dunnert he an dat Door, man dar kümmt ümmer noch keen. Do ward Hans keef[1] up un luern un hamert mit sin Stock an't Door, bet dat twei geiht un he kann rin. Do kümmt em en heele Flock lütte Düvels in'e Mööt schaten, un se fragen, wat he will. Ja, seggt he, he schall gröten vun sin Herr un de Stüern för dree Jahr inföddern. Do bölken se em an un woe'n em faatkriegen un wegslepen. Man as he se en paar mit sin Spazeerstock oeverneiht hett, do laten se em wedder los, bölken noch luder as vörher un lopen rin na de ole Urian, de liggt na dat Traktemang, wat he in'e See kregen hett, noch to Bett. Se seggen, dar is een, de kümmt vun'e Herr up'e Düvelsmoorhoff. He will de Stüern för dree Jahr inföddern un hett mit sin verdreihte ieserne Stock dat Door in Stücken haut un se Arms un Beens jämmerlich tweislaan. Se schoen em de Stüern för dree un sinetwegen uck för tein Jahr geven, seggt de ole Urian, wenn he man blots nich na em rinkümmt. Do kamen all de lütte Düvels mit en Barg Goldstücken un Sülverstücken anslepen. De deit Hans in sin Brootbüdel, nimmt 'n up'e Nack un trampt wedder t'rügg na de Eddelhoff.

Dar verfehrn se sik ja bannig, as se em wedder wies warrn. Man nu hett Hans uck de Näs vull vun sin Deenst. Vun all de Stüern, de he ut'e Höll haalt hett, kriggt de Herr vun'e Hoff dat Halve, un de freut sik vun Harten, eenmal oever all dat Geld, wat he kriggt, un denn uck, dat he Hans losward.

---

[1] keef = überdrüssig

Dat anner Gold un Sülver bringt Hans na Huus na sin Vadder, de Smidt an'e See. Man denn seggt he em uck foorts adjüs. He is nu keef up dat Leven an Land un up'e Minschen, seggt he, un nu will he wedder na Huus na sin Mudder.

Un sörre de Dag hett keeneen Hans Nixensoehn weddersehn.

Willering Königssoehn un Miseri Mäten

Dat is nu al lang' her, do is dar en König we'n, de is up'e Jagd we'n mit all sin Ridders un Lüüd.

> „Se sünd achter Hirsch, se sünd achter Haas
> un allens, wat an Deerten in't Holt rumdaavt."

De König hett dat flinkste Perd, un he is all sin Lüüd wied vörut. Denn ward dat Avend, un dar fallt en dicke Daak oever Holt un Wisch, un de König verbiestert heel un deel. He kann nich Weg un nich Steg finnen, un ehrer he sik dat versüht, is he merrn in en grote Moor. Denn sackt dat Perd mit de Achterbeens in un denn mit'e Vörderbeens, un toletzt sackt dat so dull in in'e Mudd, dat kann gar nich mehr rutkamen un sackt mit Huut un Haar dal up'e Grund. De König rutscht 'n jüst noch vun'e Rügg, ehrer dat dalgeiht, un he freut sik man, he hett sin Leven rett't. Do hoppt he denn vun Bult to Bult, fallt rin un kümmt wedder rut, ümmer un ümmer wedder; dat is, as wenn dat Moor gar keen Enne hett. He sett sachs noch sin Leven to in de verdreihte Mudd, denkt de König. He is nu ganz af, un he süht nix, wat em retten kann. Do ward he mitmal en lütte, ole Mann wies mit en lange Baart un mit en Stock in'e Hand, de kümmt oever dat Moor anwannert; dat is, as wenn he up dröge Grund geiht, man he geiht doch liekto dwars oever all de Löcker un Pütten. „Ahoi", röppt de König, „help mi ut düsse Sump rut!" – „Tjä, König," seggt de Mann, „du büst vun'e Weg afkamen, un du kümmst hier sachs nich lebennig weg, wenn ik di nich helpen do." Man dat will he uck, seggt he denn, de König schall em blots toseggen, dat he dat Eerste kriegen schall, wat up sin Hoff baren ward, wenn he heel na Huus kamen is, un wat en „He" is.

Um he em dat verspreken will. Ja, de König is kumpabel un verspreken allens, eendoont wat, wenn he man rutkümmt ut de dare Kniep, un he seggt, ja, he seggt em dat to, un nu schall he em an Land kamen laten. He sett ja bi elkeen Tritt un elkeen Hopp sin Leven up't Spill. He will em sin Stock mitgeven, seggt de Ole, achter de schall he man rangahn, de schall em sachs de Weg wiesen. Un denn smitt he sin Stock na de König hen; de kann 'n nich griepen, man dat maakt nix, de Stock hoppt vun Bult to Bult, un de König achterher: Nu sackt he nich mehr in, un dat duert nich lang', un he hett faste Grund ünner de Fööt. De Stock geiht ümmer wieder vörweg, bet de König sin Slott vör sik liggen süht; denn sleiht 'n en Bagen in'e Luft, un löppt denn alleen desülve Weg torügg, de 'n kamen is.

As de König ut dat Moor rutkamen is un up dröge Grund achter de Stock rangeiht, do denkt he dar ja oever na, wat he toseggt hett. Dar is ja sovel Leviges up sin Hoff, dat is swaar un seggen, wat dar toeerst baren ward, wenn he wedder to Huus is. Dat kann en Fahlen we'n oder en Welp, en Farken oder en Schaaplamm, en Zegenlamm oder en Kalf oder vellicht uck en Kelling[1]. Man dat kann ja uck en Minschenkind we'n, un dat kann sogar de König sin eegne we'n, denn sin Fruu luert uck elkeen Dag, dat se en Kind kriggt. Man wenn dat würklich de Königin sülven is, de toeerst wat Lüttes kriggt, denn kann dat ja jüst so guut en Deern we'n as en Jung, un denn gellt dat ja nich. Man jüst as de König de Trepp rupkümmt, do kriggt sin Fruu en lütte Prinz. Dat is se's eerstbaarne Soehn, un dat is dat eerste, wat up

---

[1] Kelling = junge Katze

sin Hoff baren is, na dat he heel na Huus kamen is, un wat en „He" is. Dar gifft dat keen Twiefel, un de König ward dat nu klaar, de dare Soehn hett he de Troll[1] toseggt in Tuusch för sin Leven. So draa as de Königin ut't Wuchenbett is, vertellt de König ehr dat Ganze, un se warrn sik eenig, se moeten tosehn un kamen mit'e Troll oevereens, eendoont, wat se dat kosten mag. Se's eenzige Soehn koenen se em doch nich geven.

De Jung ward döfft up'e Naam Willering, un as he veertein Daag oold is, do sitt de Königin alleen an sin Weeg, do steiht upmal de ole Mann vun't Moor vör ehr un seggt, se weet ja woll, de Lütte hört *em* to. Wat se em uck to Tuusch anbeeden deit, dat helpt all nix. Man se kriggt dat doch t'recht, wenn de Troll foorts hunnert Ossen kriggt, denn so dörv se ehr Soehn fiev Jahr beholen. Do kriegen se nix mehr vun'e Troll to sehn, bet de fiev Jahr rum sünd: Denn is he wedder dar. Man he gifft de Königin Verlööv un beholen de Jung nochmal fiev Jahr, un dar kriggt he tweehunnert Ossen för. Un as de Jung tein Jahr oold is, kümmt de Ole wedder, un för dreehunnert Ossen gifft he de Öllern Verlööv un beholen de Jung nochmal fiev Jahr.

Willering Königssoehn wasst denn an sin Vadder sin Hoff up, bet he föftein ward. Do is he en feine Jungkeerl, groot un smuck un guut ertrocken un utbild't in allens. Do steiht de lütte ole Mann vun't Moor een Avend wedder vör de Königin mit sin Stock in'e Hand un seggt, he kümmt nu för un halen sin Jung. Se bed't un bedelt un bütt em allens, wat he hebben will, wenn se man dörv ehr Soehn beholen. Man dar

---

[1] Troll: Gnom, Kobold, Zauberer

helpt keen Snacken un keen Blarrn. De Troll seggt, nu will he hebben, wat em hören deit. De neegste Dag, seggt he, denn schall de Jung na em henkamen. He will nu sin Stock bi de Dör henstellen, un de schall em sachs de Weg wiesen. Un wenn he nich kamen deit, denn will he, de Troll, dat hele Slott nehmen un dat in'e Grund sacken laten mit allens, wat dar in is, dat dar soeven Faden Moorwater oever se stahn schall. Föftein Jahr is dat her, seggt he, do hett he de König dat Leven rett', un en König dörv sin Woort nich breken.

Denn glitt de Troll sik af, man sin Stock lett he an'e Dör stahn. Un de König un de Königin koenen nix anners doon as de neegste Morrn Willering mit snottlange Tranen adjüs seggen, em de Stock in'e Hand geven un em up sin Reis schicken. He is man knapp ut't Slott rut, do suust de Stock em mang de Beens. He weet nich, um he rieden deit oder fleegen, man dat geiht in susen Fahrt oever Bargen un Slunken, oever Land un Water, bet he hen to Avend wedder Land ünner de Fööt un de Stock in'e Hand föhlt, un do steiht he vör en Slott, dat liggt dar as ingraavt in en Barg.

De lütte ole Mann mit de lange Baart steiht buten vör't Door. Willering weet foorts Bescheed, wokeen dat is. „Gu'n Avend, Troll", seggt he. „Gu'n Avend, Königssoehn", seggt de Troll, „man hier seggen se för gewöhnlich König oder Herr to mi, un nich, wat du seggt hest." He harr meist Lust un dreihn em dat Gnick um, seggt he, för sin lose Snuut. Un dat will he uck doon, seggt he, wenn he em nich foorts dree Wahrheiten seggen kann, 'nem keen Loegen bi is. Ja, seggt Willering, dat is ja licht to: Nie nich hett he weeker legen as in sin Mudder sin Schoot; nie nich hett he wat smeckt, wat söter weer as sin Mudder ehr Titt; un nie nich hett he sin Mudder gröttere Sorgen maakt as vundaag. Dar is ja keen Loegen bi, un do ward de Troll heel sachtmödig un seggt, he kann hören, he is guut tolehrt. Man he kann bi em noch en Barg lehren, seggt de Troll, un he mutt düchtig topacken un wat doon. Vundaag, seggt he, is Fierdag, do kann he frie rumlopen un sik allerwegens umkieken; man de neegste Dag is Arbeidsdag.

Dat gifft ja würklich en Barg to sehn in'e Trollkönig sin Slott, as Willering dat noch nie nich sehn hett. Oeverall glinstert dat vun Gold un Sülver; man dat kennt Willering ja. Aver he süht so vel gediegene Saken, 'nem he gar nich vun weet, för wat de dar sünd. Un so vel wunnerliche Vageln un Deerten ward he binnen un buten wies, un Blöme un Böme, de sehn heel anners ut, as wat he kennt. Dar sünd noch mehr Lüüd up'e Hoff as de Troll un he. Dat sünd de Troll sin twölf Knechten; de sehn eklig un gresig ut un sünd all richtige Trollen. Un denn is dar de Troll sin ole Mudder, de huust baven in de boeverste Stuuv, un en leegere Hex as de hett dat nie nich geven. Se hett blots noch twee swatte Tähns, un de hängen ehr wied ut't Muul rut. Un en Näs hett se so krumm un so lang, de geiht heel dal oever't Kinn. Richtig eklig süht se ut. Man ehr to bedeenen hett se en smucke lütte Deern, de süht ehr gar nich liek. Se ward Miseri Mäten nöömt, un se is nich as Trollenbalg baren, man se is en richtige Minschenkind, en Königsdochter, de hett de Troll klaut, as se noch ganz lütt weer. Nu is se al so lang' mit de Hexenoolsch tohopen we'n, se hett ehr all ehr Künst afluert. Se is oever de Maten klook, man is liekers bannig sööt. Se ward ja Willering Königssoehn wies,

170

un he gefallt ehr denn uck vel beter as all dat Trol-
lentüügs, dat dar um ehr rum husen deit; man se lett
sik nix anmarken. Willering kriggt sin Avendbroot,
un he kriggt en gude Bett, un denn slöppt he fein bet
neegste Morrn.

Do kümmt de Troll un röppt em un nimmt em mit
rut in en Holt, dat hört em to. Dat schall Willering
dalhau'n, dat schall denn sin Dagsarbeit we'n. Un is
he nich ferdig bet to Avend, denn will he em dat
Gnick umdreihn, seggt de Troll, un denn geiht he
weg. Man de Jung steiht alleen in't Holt mit en Äx,
de kann he man knapp slepen. He geiht denn bi un
haut in en Boom nedden bi de Wuddel, so hooch as
he de Troll sin Äx böhren kann, un dar fleegen ja uck
en paar Spöön weg; man wat versleit dat? So dull he
uck wuracht un sik afmarst, he kriggt nich mal de
dare eene Boom dal vör dat Avend ward, dat kann he
al sehn; do sett he sik dal, wischt sik de Sweet af un
denkt, nu is sin Leven denn bald to Enne. Do kümmt
Miseri Mäten anbirsen mit en lütte Korf an'e Arm;
dat is sin Middag, dat bringt se em. Do fraagt se em,
warum he so bedrippst utsehn deit. Wiel dat ut is
mit em, seggt he; he schall bet to Avend dat heele
Holt dalhebben, un he kriggt nich mal een eenzige
Boom ferdig. Un hett he nich to rechte Tied dat heele
Holt dal, denn schall em dat Gnick umdreiht warrn.
Do seggt Miseri Mäten, dat is nix un jaueln för: Dat
beten Holt kann 'n sachs dalkriegen. Denn schall se
em doch helpen, seggt Willering Königssoehn. Helpt
se em, seggt Miseri Mäten, denn lett he ehr doch
man in Stick. Nee, seggt he, dat seggt he ehr wiss un
warraftig to, he will ehr ümmer truu we'n, wenn se
em man blots helpen will. Do seggt de Hexendeern,
he schall sik dalsetten un dat leckere Middag eten,

wat se em bröcht hett: Mit dat Holt warrn se bald ferdig. Denn sett se sik dal bi em, un dar blifft se sitten un snackt mit em, un se moegen sik ümmer leever lieden. As dat nu meist Avend is, seggt de Hexendeern, nu mutt se na Huus, ehrer de Hexenoolsch waak ward: se hollt ümmer so lang' Middagsslaap. Un denn will se hebben, dat Miseri Mäten de heele Tied bi ehr sitten deit, wenn se slapen deit, un ehr de Kopp kleit. Man vundaag, seggt se, vundaag hett se se's swatte Katt darbikregen, de kriggt denn avends wat Rohm, un denn sludert 'n nich. Man se schoe'n ja noch dat dare Holt dalhebben, seggt se denn, un denn böhrt se ehr Schört hooch un seggt „Wiss, wiss, wiss!" Foorts fallt dat Holt um, de eene grote Boom oever de anner, dar sünd se gau mit dör. Denn kriggt Miseri Mäten gau ehr lütte Korf faat un löppt na Huus na de Hexenoolsch, un de is uck noch nich wedder waak.

Foorts as de Sünn ünnergahn is, kümmt de Troll rut na Willering un will sehn, wat he beschickt hett. Do liggt dat heele Holt dar dalhaut, Boom bi Boom. He kann doch mehr, as he dacht harr, seggt de Troll, man dat hett he wiss nich alleen klaar kregen. Denn kümmt Willering na Huus up'e Trollenhoff, kriggt sin Avendbroot un kümmt to Ruh.

De neegste Morrn geiht de Troll mit em rut na en Schaapstall. De schall reinmaakt warrn, seggt he, un dar mutt Willering bet avends mit ferdig we'n, anners will he em dat Gnick umdreihn. Denn geiht he weg, un de Königssoehn steiht dar alleen in'e leddige Schaapstall, de is so groot as en Schüün up en Herrenhoff. Un de Miss liggt meterhooch up'e heele Del, ganz rup ünner't Dack. Dar steiht en Schüffel, man de is so swaar, Willering kann 'n man knapp böhren.

He geiht bi un piddert in all de Schiet, man to Middagstied is dat noch nich to sehn, dat he dar bi we'n is. Do kümmt Miseri Mäten mit sin Middag, un he klaagt ehr sin Noot. Ja, helpt se em, seggt se, denn lett he ehr doch man in Stick. Man he versprickt ehr, he will ehr so truu we'n as dat reine Gold. Ja, ja, seggt se, denn will se em man helpen. De dare Stall, seggt se, de is in hunnert Jahr nich reinmaakt wurrn; sodennig is dat en schöne Stück Arbeit, wat de Ole em dar geven hett. Denn stickt se de Schüffel in'e Miss un seggt:

„Schiet mit de Schüffel
un Schüffel mit de Schiet,
dat de Königssoehn ward sin Arbeit quiet."

Do geiht de Schüffel bi un smitt de Miss, dat 'n se man so um'e Ohren flüggt. Dar woe'n se man nich blieven, seggt Miseri Mäten, un denn nimmt se Willering bi de Hand un geiht mit em in'e Troll sin Gaarn, un se gifft em vun dat feinste riepe Aaft, un se blieven tosamen in'e Gaarn un hebben vel un snacken vun, bet hen to Avend, do seggt se adjüs: Nu mutt se rin, ehrer de Hexenoolsch waak ward; de swatte Katt is wedder för ehr bi de Arbeit; un he mutt wedder rin in'e Schaapstall, ehrer de Sünn ünnergeiht un de Troll kümmt. As Willering in'e Schaapstall rinkümmt, do is de so rein as en frisch wuschene Melkfatt. Denn kümmt de Troll. Na, seggt he, he is doch nich so dusselig, för en gewöhnliche Jung. Man dat hett he wiss nich alleen klaar kregen. Denn geiht Willering rin un kriggt sin Avendbroot un geiht to Bett.

De neegste Morrn seggt de Troll to em, nu hett he twee Daag lang sure Arbeit hatt; man vundaag

schall ne nix anners doon as sin Hingst to Waters
rieden; dat is ja wat, wat he kennt. Do kümmt Wille-
ring hen in'e Stall; de Troll hett en Barg Perde in'e
Stall, man keen kümmt sin Wrinscher liek, dat is en
grote griese Hingst, de steiht alleen in de boeverste
Boos. De steiht an en gollne Krüff, man de Krüff is
leddig. Anbunnen is 'n mit en Koppstück vun Iesen
mit soeven Vörhangsloet vör; un de steiht un trampt
up'e Steendel, dat de Funken man so um 'n rum-
fleegen. Un as Willering bi 'n na de Krüff will, do
leggt 'n de Ohren an un kriescht un snüfft, dat em
dat Füer ut'e Näsenlöcker sleit. De Königssoehn
kennt dat ja eegentlich mit unbannige Perde, man so
een hett he noch nie nich sehn. He fleutet un snackt
'n fründlich to; man de blifft lieker dull: De will slaan
un bieten, un de is sachs nich guut un bieten sik mit.
Dar steiht Willering ümmer noch un is nich en Stück
wiederkamen, as Miseri Mäten mit sin Middag
kümmt. Ja, dat is dat Leegste, wat he em nu updra-
gen hett, seggt se, man dar is sachs uck Raat för. Do
seggt he, se schall em doch man helpen; he weet ja,
se kann dat. Helpt se em, seggt se, denn lett he ehr
doch man in Stick. Nee, nee, seggt he, se kann sik
wiss we'n, he will ehr all Daag truu we'n as Gold; he
hett noch nie nich een so geern lieden mucht as ehr.
Do nimmt de Deern en Strohhalm un leggt 'n dat
Perd up'e Rügg, un denn seggt se:

> „Stah nu, Griese, för Miseri Mäten,
> denn kriggst du Haver un Heu to freten."

Do steiht 'n so ruhig as en Lamm; de Deern geiht
hen na 'n un gifft 'n düchtig wat vun't beste Foder,
wat dar is; denn puustet se soevenmal up de soeven
Vörhangsloet, do is 'n los; un denn seggt se:

„Gah nu, Griese, lat di nich lang bed'n,
un dräg em, Willering Königssoehn."

Do lett 'n Willering upstiegen, un he ritt 'n to Waters
mit dat ieserne Koppstück un wedder t'rügg un stellt
'n wedder in'e Boos, 'nem 'n vördem stahn hett. De
Deern puustet wedder up de soeven Vörhangsloet,
un denn is allens wedder, as dat we'n is. So draa as
dat oeverstahn is un Miseri Mäten wedder rin-
witscht is na de Hexenoolsch, do kümmt de Troll rut
in'e Stall na de Königssoehn un seggt, he kann sehn,
he hett daan, wat he schull, un dat is fein. Nu kann
he ringahn un sin Avendbroot kriegen.

Denn geiht de Troll rin na sin ole Mudder, he mutt
mit ehr ünner veer Ogen snacken. Man Miseri Mä-
ten passt up, un se luert an'e Dör un hört allens, wat
se snacken. Do hört se, de Troll seggt, Miseri Mäten
ward se bilütten to klook, un se mutt sik uck mit de
Königssoehn afgeven hebben, anners harr he dat nie
nich klaarkregen, wat he beschickt hett. Nu moeten
se sehn un warrn se beide los. Dat beste is, seggt he,
se freten se beide up; so'n paar Königskinner sme-
cken ja fein. Nu will he se sülven de Backaben anbö-
ten laten, un wenn dat daan is, denn schoe'n se dar
rin un braden warrn. Dar dücht de Hexenoolsch
richtig wat um, un de beide swatte Tähns, de se noch
hett, fangen an un gahn vun alleen, wenn se dar an
denkt, wo fein dat smecken ward. He schall se man
fein möör warrn laten, seggt se. – Ja, dat seggt de
Troll ehr to; un denn geiht he rut un seggt to Wille-
ring, se schoe'n vunnacht backen, he schall Brenn-
holt halen to de Backaben; un to Miseri Mäten seggt
he, se schall dar guut Gloes in kriegen: He geiht nu
rin un leggt sik en beten dal to slapen; se schall em
denn Bescheed seggen, wenn de Aben richtig hitt is.

Do driggt Willering Königssoehn Brennholt rin, un Miseri Mäten bött de Aben an, bet se hört, de Troll snorkt. Do kriggt se twe Stücken Holt her un stellt se oever Enn, een up elker Siet vun'e Aben, un denn fluustert se se wat to un spüttet dar up. Denn kriggt se Willering faat bi de Hand un löppt na buten, un dar seggt se to em, nu schall he braden warrn, darför füern se de Aben. Oh, seggt he, denn schall se em doch helpen. Helpt se em, seggt se, denn lett he ehr doch man in Stick. Man he versprickt un swöört, he will ehr ümmer truu we'n; se is ja sin Allerleevste, seggt he, un se schall uck sin Fruu warrn.

Do löppt se mit em dal na de Stall un hen na de Troll sin Wrinscher; se snackt mit 'n un maakt 'n los vun'e Krüff, un denn setten se un Willering sik beide up 'n rup un rieden afste', so dull as de Wrinscher man lopen kann.

Wieldes ward de Troll waak un röppt: „Is de Aben hitt, Miseri Mäten?" Nee, noch nich, kümmt dat t'rügg vun dat eene Stück Brennholt, man dat hört sik an, as wenn se dat seggt. Denn schall se mehr Holt upsmieten, röppt de Troll, un denn leggt he sik wedder to slapen. En beten later ward de Troll wedder waak un röppt: „Is de Aben noch nich hitt?" Nee, noch nich, seggt dar een, dat hört sik an as Willering, man dat is dat anner Stück Holt. Nu mutt dat aver bald langen, röppt de Troll, un denn slöppt he wedder in. Wat later ward he denn wedder waak un röppt: „Is de dare Aben ümmer noch nich hitt?" Man keeneen antert. Do kümmt de Troll in'e Beens un rut na de Aben: De is meist koolt. Do biestert he rum un söcht binnen un buten; man dar is keen Miseri Mäten un keen Willering Königssoehn; un as he rutkümmt in'e Stall, do is sin Wrinscher uck weg. Do ward he bölken, dat dat heele Slott bevern deit, un do kamen se all in'e Beens, sin ole Mudder un sin twölf Knechten. Dat is ja klaar, de beide Königskinner sünd utneiht mit de Wrinscher, un de twölf Trollknechten warrn losschickt achter se ran. Se schoe'n allens mit na Huus nehmen, 'nem se vun dücht, dat süht gediegen ut, seggt de Hexenoolsch; se is ja de klöökste vun se.

De Königssoehn un Miseri Mäten sünd wieldes en gude Stück vun't Trollenslott wegkamen. Do maakt dat Perd dat Muul up un seggt, dat sweetet in't Krüüz. Denn sünd se achter se ran, seggt de Deern. "Kiek di um, Königssoehn", seggt se, „wat sühst du?" He süht en Flock Kreihen anflagen kamen, seggt he. Dat sünd de Troll sin twölf Knechten, seggt se, de schoe'n se halen. Denn schall se sik doch wat infallen laten, seggt he. Helpt se em, seggt se, denn lett he ehr doch man in Stick. Nee, seggt he, he will ehr, sin Allerleevste, all sin Daag truu we'n. De koenen se sachs oeverdüveln, seggt Miseri Mäten.

„Du en Doornbusch, Griese en Steen,
un ik will an'e Telgen en Rosenblööt we'n!"

Do is de Königssoehn en Rosendoornbusch wurrn, un se en Roos dar an, un de Hingst is en Steen an'e Kant vun'e Weg wurrn. De Kreihen kamen anflagen, se sehn ja woll de Busch un allens, man se fleegen wieder. Toletzt dreihn se um un kamen wedder na de Troll sin Slott. Um se nix sehn hebben, fraagt de Troll. Nee, seggen se, se hebben nix anners sehn as en Rosenbusch un en Steen darbi. Oh, seggt he, se sünd doch wecke feine Tossen, dat sünd se ja jüst we'n. Se harrn man blots de Roos nehmen schullt, denn weer de Rest mitkamen. Nu mutt he denn ja sülven afste'. He kriggt sin Stock mang de Beens un denn suust he as en Wind dör de Luft.

De Utkniepers sünd wieldes en gude Stück wieder weg kamen. Do ward dat Perd wedder snacken un seggt, dat sweetet in't Krüüz. Denn sünd se achter se ran, seggt de Deern. „Kiek di um, Königssoehn", seggt se, „wat sühst du?" He süht en Füerrad in'e Luft, seggt he. Dat is de Trollkönig sülven, seggt Miseri Mäten, nu kümmt dat up an. „Oh, help doch", seggt de Königssoehn. Helpt se em, seggt se, denn lett he ehr doch man in Stick, man se will dat versöken. Denn seggt se:

„Di to en Kirch, to en Preester mi,
unse gude Perd to en Kirchhoff darbi!"

Do is de Hingst to en Kirchhoff wurrn, de Königssoehn to en Kirch merrn dar in un Miseri Mäten to en Preester, de steiht vör't Altar un lest dat Evangelium. De Troll ward de Kirch wies, em dücht, de hett he vördem noch nich sehn, un he kümmt dal un stickt de Näs in'e Kirchendör; man as he süht un hört, de Preester lest dat Evangelium, do treckt he de Näs gau wedder rut un suust na Huus na sin ole Mudder. Na, seggt se, um he uck nix vun se sehn hett. Nee, seggt de Troll, he is heel rin we'n up Christenland; dar stunn en Kirch mit en Preester in; man de beiden hett he nich sehn. Och, seggt de Hexenoolsch, he is doch richtig so'n ole Kulequapp; dat sünd ja de beiden we'n. He harr man de Preester mitnehmen schullt, denn so weern Kirch un Kirchhoff sachs mitkamen. Nu mutt se denn ja sülven achter se. Un se kriggt en Füerhaak faat, un denn ritt se dar up liek dör de Luft, dat achter ehr de Funken man so fleegen.

Wieldes sünd de Utkniepers en düchtige Stück wiederkamen. Man do snackt dat Perd wedder un seggt, dat sweetet in't Krüüz. „Kiek di um, Königssoehn, wat sühst du?" seggt de Deern. He süht en glöhnige Draak in'e Luft, seggt he. Dat is de ole Trollmudder, seggt se, dat ward dat Leegste. Un denn seggt se:

„Du to en Anrak[1] un ik to en Ent,
klare Water dat Perd, dat so fein hett rennt!"

Un foorts swümmen de beiden dar up't Water rum. Denn is de Hexenoolsch uck al dar. Un se denn dal an'e Kant vun't Water: „Piele, Piele, rapp, rapp, rapp!" seggt se, un se lockt de Enten so sachten, as se kann, un se smitt se Gassen hen. Man de Ent swümmt weg, un de Anrak achteran. Do nimmt de Oolsch ehr Hexenappel un smitt de na se; dar is en lange Tweernsdraht an, un harr se een vun se drapen, denn so harr se se all an Land trecken kunnt. Man de Ent kriggt de Anrak bi de Flünk un treckt em ünner Water, un do flüggt de Appel oever se weg, un gau bitt de Ent de Draht dör un de Appel sackt dal an'e Grund. Mit de sackt uck de Oolsch ehr Hexerie dal, nu kann se nich mehr. Do ward se so dull un so giftig, se basst in luder Flintsteen, un vun do an dat gifft dar en heele Feld vull mit Flintsteens. Man Miseri Mäten un Willering Königssoehn un de Troll sin Hingst, de kriegen wedder se's gewöhnliche Utsehn, un se rieden denn ruhig wieder, bet se na dat Land un dat Slott henkamen, 'nem de Königssoehn to Huus is.

Do maakt Miseri Mäten de Hingst to en griese Steen an'e Wegkant, un dar setten se sik beide up dal, un

---

[1] Anrak = Erpel (dän. andrik)

denn seggt se, Willering Königssoehn mutt nich meenen, he is man en paar Daag vun to Huus weg we'n; denn dat sünd vulle soeven Jahr. Un dat is noch länger her, dat se vun to Huus wegkamen is, un wieldes is ehr Familie utstorven oder doch so guut as, seggt se, un bi dat klappt se de griese Steen. Un dat is uck anners wurrn bi em to Huus, seggt se: Sin Mudder is doot, man sin Vadder levt noch; he hett en anner König sin Wittfruu heirat't; de hett en grote Dochter, un denn hebben se un sin Vadder noch en lütte Soehn tohopen. Willering schall nu ringahn na sin Vadder un allens vertellen. Wenn he dat daan hett, kann he kamen un halen ehr rin. Man he mutt uppassen, dat em keeneen en Söten gifft, ehrer he ehr haalt hett; denn wenn dat passeert, denn so vergitt he ehr heel un deel. Ja, meent de Königssoehn, dat kann he ehr sachs toseggen; he is ja so vergnöögt un dankbar un hett ehr so leev. Denn gifft he Miseri Mäten en Söten, un denn geiht he rup up sin Vadder sin Slott, man se blifft sitten up'e griese Steen nedden an'e Weg.

Willering Königssoehn kümmt denn ja rin na sin Vadder, un de kennt em foorts wedder un freut sik to un sehn em; un foorts kümmt uck de nüe Königin, Willering sin Steefmudder, rin un hett sin lütte Broder up'e Arm. Un as se hört, wokeen dar kamen is, do will se em foorts as Willkamen en Söten geven. Man dat kann Willering noch jüst umto kamen. Denn langt se em sin lütte Broder hen, he schall em en Söten geven, man Willering deit dat nich, he eit em blots. Do kümmt dar en witte Windhund rin; Willering meent, dat is sin, de he hatt hett, as he noch to Huus weer, de kümmt uck hen na em, un he klappt 'n un nennt 'n bi sin Naam. Man do springt 'n

an em tohööcht un slickt em in't Gesicht, un foorts
hett he Miseri Mäten un all sin Leev to ehr heel un
deel vergeten; he kann sik gar nich mehr up ehr
Naam besinnen oder wat se allens för em daan hett.
Nu schall he ja vertellen, wat he in de soeven Jahr
belevt hett, de em sülven man as knapp sovel Daag
vörkamen; man he kriggt dat nich klaar. Do seggt
sin Vadder, he schall sik dar man nich mit aftiern un
sik dat leever heel un deel ut'e Kopp slaan: He is ja
verhext we'n, man nu is he ja wedder he sülven un bi
sik to Huus. Dar woe'n se sik to freun, un se fiern un
amesseern sik up't Slott de dare Avend. Dar is ja de
Königin ehr Dochter, en smucke junge Prinzessin, de
mag Willering Königssoehn foorts lieden. Un dar is
Musik un Danz un Vergnögen up't Slott, un Wille-
ring danzt mit de smucke Prinzessin, wieldes sin
rechte Leevste, Miseri Mäten, alleen buten up'e grie-
se Steen an'e Straat sitten deit.

As se dar lang' seten hett un ehr dat klaar ward, wo-
dennig dat gahn hett, do steiht se up. Un do maakt
se de griese Steen to en lütte griese Kalf, un mit de
treckt se na de Weertschaftshoff vun't Slott, de liggt
dar en beten af, un dar vertellt se, se is en stakkels
Deern un hett nich Vadder noch Mudder, un ehr hört
nix anners as dat lütte griese Kalf, un se fraagt, um
se dar nich kann en Deenst kriegen. Ja, se kann
Höhnerdeern warrn. Denn mutt se all de König sin
Fedderveeh passen, un se kriggt en lütte Huus, 'nem
se alleen wahnen kann, un 'nem se uck ehr lütte
griese Kalf hebben kann. Dar sitt se denn un passt
ehr Kraam; vun Willering Königssoehn süht se nix,
un he denkt ja nie nich an ehr, denn he hett ehr heel
un deel vergeten; man he hett sik noch desülve
Avend mit de Prinzessin verspraken, sin Steefmud-

der ehr Dochter, un se schoe'n uck bald Hochtied maken.

Dar ward up't Slott vel oever de nüe Höhnerdeern snackt. Eenmal is se ja so oever de Maten smuck, un denn is se so fingerferdig, sowat hett 'n noch nich sehn. So'n Soom, as se neihn kann, hebben se up't Slott noch nie nich sehn. Nu moeten se sik ja all up't beste upfidumsen to de Königssoehn sin Hochtied. Do kriggt de König sin Lievkutscher de Infall, he will de smucke Höhnerdeern beden, dat se em en Staatshemd neiht to dat Fest. Dat is woll för't meiste en Vörwand för un hebben en Grund un gahn hen na ehr; un he kümmt denn ja een Avend dal na ehr un fraagt ehr, um se em nich will de Gefallen doon un neihn em so'n Hemd; he will ehr dar uck guut för betahlen. Ja, dar will se em geern in to Willen we'n, dat is ja gau daan, seggt se, un he kann dat Hemd ferdig mit na Huus kriegen. Denn seggt se:

> „Scheer, klipp Tüüg, un Nadel, treck Faden,
> un dat schall ferdig we'n bet vunavend."

Do geiht de Arbeit vun alleen, un wieldes sitt he un snackt lang un breet vun'e grote Stahoi, de dat up't Slott geven schall. Man as dat Hemd ferdig is, will he noch nich gahn, do fangt he an un ward updringlich un snackt darvun, se schall sin Leevste we'n. Do seggt se, he schall ehr nu eerst en lütte Gefallen doon. Se hett vergeten un decken ehr Füer to, seggt se; he schall doch man even hengahn un smieten dar Asch up. Dar steiht en Schüffel up'e Herd, seggt se, de kann he nehmen; man he schall Bescheed seggen, wenn he 'n faat hett. Dar is de Kutscher foorts praat to, un he denn rut na de Füerste', un as he de Schüffel funnen hett, röppt he dat rin na ehr. Do seggt se:

> „Knecht, hol Schüffel, un Schüffel, hol Knecht,
> un dat schall duern, bet de Hahn wat seggt!"

Denn geiht se na baven un leggt sik dal. Man he
kann de Schüffel nich loslaten un sik nich vun'e Stä'
röhren, he steiht de ganze Nacht un raakt in'e Asch
rum, dat steiht em um'e Ohrn as en Wulk. Eerst as
de neegste Morrn de Hahn kreiht, do is he wedder
los, un do nimmt he gau sin Hemd un sliekert sik
wedder na Huus na't Slott.

De Dag oever gifft he denn groot an bi de anner
Lüüd mit sin feine Hemd, wat de smucke Höhner-
deern em neiht hett. Man sin Beleven vun'e Nacht,
dar vertellt he nix vun. Do kriggt de Prinz sin Ka-
merdeener uck Lust un kriegen so'n feine Hemd; un
desülve Avend maakt he sik en Warf un gahn dal na
de smucke Höhnerdeern. Un se seggt uck ja, dat is
gau daan, he kann dat Hemd mitkriegen, wenn he to
Bett-Tied na Huus geiht:

> „Scheer, klipp Tüüg, un Nadel, treck Faden,
> un dat schall ferdig we'n bet vunavend."

He hett ja en Barg to vertellen vun all de Königli-
chen; man as dat Hemd ferdig is, do lett he sik noch
arig Tied, un he fangt denn uck an un will mit ehr
ficheln. Do seggt se, och, nu hett se doch vergeten un
setten en Pinn vör ehr Torfschuer; dat deit se anners
elkeen Avend. Um he dat nich för ehr doon kann,
fraagt se, de Pinn hängt in'e Dörrahmen an en lütte
Band, man he schall Bescheed seggen, wenn he 'n
faat hett. He is foorts praat, un denn röppt he ja, as
he de Pinn in'e Hand hett.

> „Knecht, hol Pinn, un Pinn, hol Knecht,
> un dat schall duern, bet de Hahn wat seggt!"

seggt se, un denn geiht se to Bett. Man de Kamerdeener mutt de ganze Nacht stahn un mit'e dare Pinn rumstökern, un dat so dull, de heele Dör is de neegste Morrn vull vun Lock an Lock, as he loskümmt un mit sin Hemd na Huus droemelt.

De Kamerdeener kann dat aver doch nich nalaten un geven an mit sin feine Hemd un vertellen vun'e wunnerbar smucke Höhnerdeern, de em dat neiht hett. Do dücht de König sin Stallmeister, he mutt sik uck so'n Hemd neihn laten. Un avends kümmt he dal na de Höhnerdeern ehr lütte Huus un fraagt ehr woll so fein, um se em nich uck will so'n hübsche Hemd neih'n för un hebben an to de Hochtied. Ja, dat kann se geern, dat is ja gau daan:

> „Scheer, klipp Tüüg, un Nadel, treck Faden,
> un dat schall ferdig we'n bet vunavend."

Dat geiht ja flink, un de Stallmeister sitt wieldes un maakt sik so leeftalig, as he man kann. Man as dat Bett-Tied is, un dat Hemd is ferdig, do is he noch nich ferdig, he will sik geern noch leeftaliger maken. Do seggt de Deern, Schiet! Se hett wat vergeten, se mutt nochmal rut un doon dat. Wat dat denn is, fraagt de Stallmeister, un um he dat nich doon kann. Nee, seggt se, dat weer ja en Sünn un Schann un beden so'n feine Herr um sowat; denn dat geiht um ehr Kalf, dat steiht noch buten, un dat mutt elkeen Avend in'e Stall bröcht warrn. Dat will de Stallmeister doon, dar lett he ehr nich bi. Ja, seggt se, dat Deert is man en beten gediegen, dat will ümmer nich rin, denn mutt man dat al bi de Steert kriegen un trecken dat rin. Man he schall uck velen Dank hebben, wenn he dat för ehr rinbringen will; he schall man blots Bescheed seggen, wenn he de Steert faat hett. De Stallmeister kümmt denn rut na dat lütte griese Kalf, kriggt dat faat bi de Steert un röppt denn na de Deern, nu hett he dat. Do seggt se:

„Knecht, hol Kalf, un Kalf, hol Knecht,
un dat schall duern, bet de Hahn wat seggt!"

Do kann he dat nich loslaten, un dat Kalf lett sik düsse Avend nich in'e Stall sparren: Dat rönnt afste' oever Gravens un Knicks, oever Moor un Muddlöcker de heele Nacht, un de Stallmeister mutt fein mit, un do is he de neegste Morrn heel un deel utenanner, as dat Kalf vör de Höhnerdeern ehr Huus stahn blifft un he dat loslaten kann. Do humpelt he denn rup na't Slott un leggt sik to Bett, un he vergitt rein un kriegen sin nüe Hemd mit.

De Stallmeister mutt aver tosehn un sammeln sin Knaken noch desülve Dag wedder tosamen, denn dat is de Hochtiedsdag vun'e Königssoehn un de Prinzessin. Liekervel, wo twei un toreten he is, he mutt hooch un in't Tüüg un na de Perde un Wagens kieken, de se bruken schoe'n. Un he mutt sogar to Perd krabbeln un mitrieden, as dat to Kirch geiht.

Man se weern dar meist nie nich henkamen, so vel Mallöör hebben se ünnerwegens. Foorts, as de Bruutlüüd se's Waag vun'e Slottshoff dal is, do brickt de eene Hammel. Do ward dar en nüe een haalt un ansett, man de knackt uck foorts af. Do seggt de Kutscher, in dat lütte Huus dar günt, dar wahnt en Höhnerdeern, de hett en Koehlenschüffel, de koenen se sachs as Hammel bruken: De is stark nugg, dar is he sik wiss bi. Un do geiht dar ja Bescheed rin na de Höhnerdeern, de Königlichen moeten ehr Koehlenschüffel bruken. Man se seggt, ehr Mudder hett sik nie nich wat vun Deeners seggen laten, un dat deit ehr Dochter uck nich. Do mutt de Brüdigam sülven utstiegen un hengahn un ehr fein fragen, um he dörv ehr Koehlenschüffel lehnen. Do kriggt he 'n; de ward as Hammel ansett, de Strengen dar anspannt, un de hollt woll so fein.

Man se sünd man en lütte Stück fahrt, do knackt de Bolten, de de Dietsel holen deit; un elkeen nüe Bolten, de se insetten, knackt uck foorts wedder af. Do ward de Kamerdeener dar an denken, de Höhnerdeern hett en Pinn för ehr Torfschuer, de is stark, dat weet he. Do ward he denn rinschickt för un kriegen de; man se seggt jüst so as vörher, se lett sik nix vun Deeners seggen, un do mutt de Brüdigam sülven wedder rin un fragen um de dare Pinn. De passt fein, un de kann licht de Dietsel un allens holen.

Do kamen se denn wedder afste'; man upmal, jüst vör de Höhnerdeern ehr Huus, dar fahrt sik de Waag sodennig fast up'e Weg, de söss Perde, de se vörspannt hebben, koenen 'n nich ut'e Stä' flütten. Do spannen se nochmal söss Perde vör, man dat helpt uck nich: De Waag steiht fast, as wenn 'n inmuert is. Do ward de Stallmeister dar an denken, he hett hört, de dare Höhnerdeern hett en lütte griese Kalf, de is so oever de Maten stark: De kann de Kraam vellicht trecken. Do geiht de Brüdigam sülven rin un fraagt, um se dörven dat dare Kalf lehnen. Wodennig de denn woll trecken kann, wat twölf Perde nich koenen, seggt se, man se dörven dat geern versöken. Do spannen se de Perde ut un setten dat Kalf vör de Waag; un do kamen se aver mal in'e Gang'! So draa as dat Kalf antreckt, jaagt de Waag de Weg lang, een kann gar nich mehr de Speeken in'e Roed sehn, de lopen all tosamen in een vör de Ogen, un sodennig dat denn liek hen na de Kirch. De liggt baven up en steile Barg, un se schoe'n eegens nedden anholen un denn to Foot rupgahn na de Kirch, un dar sünd feine Teppichen utspreedt de heele Weg, de se oever de Kirchhoff gahn schoe'n. Man dat Kalf treckt de Waag in vulle Fahrt dör de Kirchhoffspoort un de Barg hooch oever all de feine Teppichen un blifft denn liek vör de Kirchendör stahn.

Do stiggt dat Bruutpaar denn ut, se sünd heel rammdoesig; man se kamen ja rin, un all de Lüüd sünd versammelt, un Preester un Köster sünd dar, un se warrn tohopengeven, un denn fahrn se wedder t'rügg na't Slott, 'nem dat Festeten we'n schall; man up'e Weg na Huus hebben se wedder söss Perde vör: Dat geiht lang nich so gau as up'e Henweg. Do seggt de Brüdigam, dat is doch nich mehr as recht un laden de Höhnerdeern mit in to't Fest; se hebben ehr ja so vel to verdanken. Un do geiht dar denn uck Bott na ehr. Se kümmt, jüst as se to Disch gahn schoe'n, un keen vun'e Gäste kennt ehr; man dar denkt uck keeneen an, dat dat de Höhnerdeern we'n kunn: Se is antrocken as en Prinzessin un hollt sik as en Königin, un se is de smuckste Fruu in'e heele Sellschop, keen kümmt ehr liek, uck de Bruut nich. Se sett sik merrn vör de Disch, liek oever vun't Bruutpaar, un se hett en Vagel up elker Schuller: up de eene en Duuv un up de anner en Düffer.

As se sik all dalsett hebben, kriggt de Höhnerdeern dree Gassenkoorns rut un smitt se up'e Disch, un foorts fleegen de Duven dal darna: De Düffer nimmt twee, un de Duuv kriggt man een. Do seggt de Deern:

> „Nu leetst du in Stick din Helper in Nöten,
> liek as de Königssoehn Miseri Mäten."

All de Gäste kieken ehr verbaast an, an meisten de Brüdigam: Em dücht, he schull ehr kennen, un em dücht, he hett de dare Naam al mal hört.

Denn streut se söss Gassenkoorns up'e Dischdek; de Duven fleegen hen, de Düffer nimmt veer, un de Duuv kriggt man twee. Do seggt se wedder as vörher:

> „Nu leetst du in Stick din Helper in Nöten,
> liek as de Königssoehn Miseri Mäten."

De Brüdigam sparrt de Ogen up un gluupt ehr an; bi lütten kriggt he so'n Ahnen, dat he dat is, 'nem se vun snackt.

Denn smitt se negen Gassenkoorns up'e Disch twüschen se; de Duven fleegen dal, de Düffer nimmt söss, un de Duuv kriggt man dree. Do seggt de Deern:

> „Nu leetst du in Stick din Helper in Nöten,
> liek as de Königssoehn Miseri Mäten.
> He sett'e ehr dal up'e breede Steen,
> för all ehr Mars kreeg se nix as Leed."

Denn fleegen de Duven wedder hooch un setten sik up ehr Schullern. Man Willering Königssoehn kümmt hooch vun sin Stohl: Nu fallt em allens wedder in un he kennt ehr wedder. Do seggt he to sin Gäste, he hett sik mal en ganze feine Schapp maken laten för un leggen sin beste Kraam dar in, un dar hett he sik en ganz düre gollne Sloetel to maken laten. Denn hett he de gollne Sloetel verlaren un hett dar en sülverne för kregen. Nu hett he de gollne Sloetel wedderfunnen, un nu fraagt he se all, de dar sünd, um se's Raat, wat för'n Sloetel he bruken schall, de gollne oder de sülverne. Do sünd se sik all

188

eenig, he schall de gollne Sloetel bruken. Do seggt Willering Königssoehn, wo se em nu all de dare Raat geven hebben, do dörv em dat keeneen oevelnehmen, wenn he de Prinzessin, de he vundaag heiraad't hett, verstöten deit un darför de Prinzessin to Fruu nimmt, de liek oever vör em sitt mit de Duven up'e Schullern. Se alleen is sin rechte Leevste, seggt he, de he allens to verdanken hett un de he rein vergeten harr vun de Dag an, as he dar in't Huus kamen is. Nu kann he sik up allens besinnen, wat he belevt hett, un he vertellt allens vun vörn bet achtern. Man as he an de Stä' kümmt, wo he up eenmal dat Erinnern verlaren hett, as he in't Slott kamen is, un dat gar nich begriepen kann, do nimmt Miseri Mäten dat Woort un seggt, he kann sik doch sachs besinnen, se hett seggt, he dörv sik vun keeneen en Söten geven laten, ehrer he ehr na sin Vadder bröcht hett. Un he hett sik uck nich vun sin Steefmudder een updrücken laten, as se dat wull, un hett uck ehr lütte Jung keen Söten geven, de ja sin Halfbroder is; man he hett sik vun'e witte Windhund en Söten geven laten, un dat is keen anner we'n as de dare Prinzessin, de dar vundaag as Bruut steiht.

Do warrn se dat all begriepen, de Königin is en Hex, un se un ehr Dochter hebben de Königssoehn infangen wullt. De König lett foorts de Königin, ehr Dochter un se's lütte Soehn in en Waag setten un na dat Land t'rüggfahren, 'nem se to Huus sünd. Man denn ward dar de richtige Hochtied fiert mit Willering Königssoehn un Miseri Mäten.

Denn an'e Avend vör Bett-Tied, do seggt Miseri Mäten to ehr Brüdigam, um he will so guut we'n un laten dat griese Kalf halen, wat to Huus in ehr lütte Huus steiht. Dat is keen anner as de Troll sin

Hingst, de se de ganze Weg darhen dragen hett. He schall 'n in en Fremdenstuuv bringen laten, 'nem en betrockene Bett in is un en nüe Antog, so'n as för em sülven maakt.

As dat sodennig daan is, as se dat hebben will, do seggt de Bruut to de Brüdigam, nu schall he ehr we'n, un se will sin we'n, un se will nix för sik sülven beholen. Man se hett noch all ehr Hexenkraam, wat se up'e Troll sin Hoff lehrt hett, un dat will se nu loswarrn. Do vertellt se em, wodennig dat to maken is: Blangen dat Bruutbett schall he en grote Wann vull mit kole Water setten laten, un wenn se nu kümmt un will in't Bett stiegen, denn schall he ehr faat kriegen un ehr trüggaars rutsmieten in't Water, dat se heel un deel ünnerdükert. Wenn he ehr denn wedder ut'e Wann rutböhrt, denn is all ehr Hexenkunst vergeten, dar kann se sik denn nich mehr up besinnen.

He deit, as se dat seggt hett, un de neegste Morrn gahn Brüdigam un Bruut na de Fremdenstuuv, 'nem dat Kalf ünnerbröcht is. Do steiht dar en Prinz, de süht Miseri Mäten so liek, as en Broder man sin Süster liek sehn kann. Un dat is uck würklich ehr Broder, de hett de Troll verwünscht hatt, un he hett eerst wedder en Minsch warrn kunnt, wenn dat keen Miseri Mäten mehr geev. Un de gifft dat ja uck nich mehr, nu se de Prinz sin Fruu is. Se fiern noch acht Daag lang Hochtied, denn reist de Bruut ehr Broder na Huus un oevernimmt dat Riek, wat sin Vadder hatt hett. Un Willering sin Vadder oeverlett em sin Riek, un do ward Willering König dar in't Land. Un dat is de Geschicht vun König Willering un Königin Miseri.

De stumme Königin

Dar is mal en Mann we'n un en Fruu, de hebben Huus un Hoff hatt un allens. Man een Deel hett se fehlt: Se hebben keen Kinner hatt un se hebben uck keen Kinner kregen, un dar sünd se beid bannig trurig um we'n. Do kümmt dar mal en ole Fruu vörbi, de geiht dar rin un fraagt, um se sik mal en beten verpuusten dörv. Dar geven se ehr uck Verlööv to. Se dischen up mit dat beste, wat se hebben, un se dankt dar schön för. As se sik dar binnen umkeken hett, seggt se, wat se doch för glückliche Lüüd sünd, se hebben ja allens, wat een sik man wünschen kann. Nee, seggen se, se hebben keen Kinner, un dat is en grote Kummer för se. Na, seggt de Oolsch, dar is Raat för, se kann dat sachs t'rechtkriegen, dat de Fruu en Kind an'e Bost kriggt, un dat, ehrer se vele Daag öller ward. Do seggen se de Oolsch foorts hunnert Daler baar Geld to, wenn se se to dat dare Glück verhelpen kann. Ja, se schoe'n man de neegste Dag een na ehr henschicken, seggt de Oolsch – dat is in Wahrheit en böse Hex we'n, is dat – denn will se de gude lütte Fruu wat schicken, dat mutt se eten, un denn kriggt se för wiss en lütte Göör.

De Lüüd schicken denn de neegste Dag en halfwussene Bengel – de geiht se faken to Hand – de schicken se hen na de ole Hex. Un as he dar ankümmt, do hett se en lütte Schachtel praat, de schall he de Fruu bringen. Man he dörv ünnerwegens jo nich de Deckel upmaken oder jichens een sehn laten, wat he in de dare Schachtel in hett, seggt se.

De Jung maakt sik denn ja mit de Schachtel up'e Weg na Huus. He geiht un geiht; man dat is en lange Reis, ganze soeven Mielen, un do ward he möö' un hungerig, un he sett sik dal blangen de Landstraat, he will sik verpuusten. As he dar so sitt, do denkt he, he kann doch geern mal rinkieken in'e Schachtel un seh'n, wat dat is, 'nem he so wied för lopen mutt. Un denn böhrt he de Deckel af vun'e Schachtel un süht, dar is nix anners in as en solten Hering. Na, denkt he, dat lohnt sik uck un lopen dar soeven Mielen hen un soeven Mielen t'rügg um. So een kann he ja licht wedder herkriegen, ehrer he na Huus kümmt, denkt he, man de dare kümmt em jüst topass. Un do kriggt he de Hering rut ut'e Schachtel un itt 'n foorts up un maakt sik denn wedder up'e Weg. Man he is man eerst en lütte Enne gahn, do ward he so schiet to-pass, he beswiemt un fallt merrn up'e Landstraat in Amidaam. As he wedder to sik kümmt, do is dat al Nacht, un he verfehrt sik dar rein oever, wat em dar passeert is, un noch duller verfehrt he sik, as he blangen sik up'e Landstraat en lütte Gör liggen süht, dat is jüst up'e Welt kamen. De dare Spöök dücht em noch leeger as de eerste, un he jumpt tohööcht un löppt weg so gau, as he kann, un he denkt gar nich an'e Schachtel oder an'e solten Hering, he will blots noch na lebennige Minschen henkamen.

Dat lütte Gör liggt nu de heele Nacht up'e Land-straat, keeneen kümmt dar lang un finnt dat bet fröhmorrns, do kümmt dar en Kreih anflagen. De hett ehr Nest dar in en grote ole Linn dicht bi un is al tiedig utflagen för un söken wat to freten för ehr Jungen. De Kreih nimmt dat Kind – dat is en lütte Deern – un flüggt dar rup in't Nest mit. Dar warmt 'n dat Lütte ünner ehr Flünken un gifft dat jüst so wat to eten as ehr eegne Jungen.

Dicht bi dat Holt, 'nem de ole Linn steiht, 'nem de Kreih ehr Nest in hett, dar liggt en grote Slott. Un up dat Slott wahnt en König sin Wittfruu, de hett een Soehn, de is do twölf Jahr oolt. Wenn he föftein ward, denn schall he König warrn oever dat heele Riek. Man noch is he unmünnig, un sin Mudder regeert dat Riek för em. Nu dröppt sik dat in de dare Daag, dat de junge Königssoehn mit en Barg Lüüd rutrieden deit in't Holt.

„He jaagt Rehen un Hirschen root
un all de Deerten lütt un groot,"

un do kümmt he mit all sin Lüüd achter sik liek up de ole Linn torieden, 'nem de lütte Deern baven in't Kreihennest liggen deit. Man as se dicht bi de dare ole Linn kamen, do schuut toeerst de Prinz sin Perd – dat is en smucke lütte gele Toet, de hett anners nie nich Nücken – un denn all de anner Perde, un dat is nich moeglich un kriegen se an de dare Linn vörbi. Do seggt de Prinz, se woe'n man en beten t'rügg rieden un denn in vulle Karrjeer upto, denn so schall dat noch gahn. Do rieden se denn t'rügg un versöken denn un jagen in vulle Galopp an'e Linn vörbi. Man uck dat helpt keen Spier, so draa as de Perde na de Linn kamen, blieven se boots stahn. Wecken springen to Siet, wecken stiegen, un wecken stemmen de Vörderbeens up'e Eerde un kielen achtern ut un smieten se's Rieders af, man nich een will vörbi. Do kickt de Prinz an'e Linn up un dal, un denn dücht em uck, he süht sowat as en paar lütte Minschenarms ut dat Kreihennest rutkieken. Do seggt he to een vun'e Deeners, he schall up'e Boom rupklarrn un nakieken. Un se wunnern sik all bannig, as he mit en lütte kralle, lebennige Deern wedder dalkümmt, de he baven in't Nest funnen hett.

De Prinz lett dat Kind na't Slott bringen, un dar kriggt dat en Kinnerfruu un ward allerbest nährt un uptrocken. Dat Kind dieht un wasst un ward de smuckste Deern, de een sik vörstellen kann. Se kann spelen un lachen, hören un kieken, man se is un blifft stumm as en Fisch. As de Deern dree Jahr oolt is, is de Prinz denn ja münnig, un he ward nu König vun't Land. Man de ole König sin Wittfruu blifft up dat Slott wahnen.

Daag un Jahren vergahn, un, kort vertellt, as de lütte Deern föftein Jahr oolt wurrn is, do seggt de junge König, se un keen anner schall sin Königin we'n. Un wat sin Mudder uck gegenan seggen mag: dat passt sik doch nich för en König un heiraden en Finnelkind, 'nem een nichmal vun weet, um dat en Hexenbalg is oder en richtige Minsch, denn se kann ja nich snacken, – dat is allens in'e Wind snackt. Dat stumme Finnelkind schall sin Königin warrn, un dat ward se uck. De junge König un de junge Königin holen en Barg vun eenanner, un se sünd glücklich un vergnöögt. Man de nich vergnöögt is, dat is de ole König sin Wittfruu. Se kann de junge Königin up'e Dood nich utstahn un nöömt ehr nie nich anners as „dat Kreihengör", un se spickeleert dar up, wodennig se ehr verdarven kann.

En Tied na se's Hochtied gifft dat Krieg in't Land, un de König treckt mit sin Suldaten afste'. Un wieldes he nich dar is, kümmt de junge Königin in'e Wuchen un kriggt en smucke lütte Prinz. Man de König sin ole Mudder is foorts bi de Hand un nimmt de Prinz ut'e Weeg un leggt dar en junge Hund för rin, un denn schrifft se an'e König, de Hex, 'nem he sik mit verheiraad't hett, de is nu to liggen kamen, man dat is keen Minschenkind, wat se to Welt bröcht hett, dat is en Hunnenwelp.

Denn nimmt de Oolsch de lütte Prinz un leggt em in en Schachtel un sett de ut an'e Kant vun'e See. Man dat Kind verdarvt doch nich. En ole Fruu, de wahnt dar in't Holt an'e Seekant, un de finnt de Schachtel un nimmt dat Kind mit na Huus un treckt dat up.

De König kümmt denn ja wedder t'rügg ut'e Krieg. He is nu ja bannig trurig oever dat, wat dar passeert is; man he seggt, wat Gott gifft, dar mutt 'n sik mit affinnen, un he is ümmer noch jüst so leev to sin junge Königin. Wat later mutt he wedder in'e Krieg trecken, un dat geiht wedder jüst so: De Königin bringt en smucke Prinz to Welt, man de König sin Mudder nimmt em un sett em ut in en Schachtel an'e Seekant un leggt dar en Lamm för in'e Weeg. Denn mellt se ehr Soehn, nu hett sin Fruu en Lamm kregen.

De lütte Prinz ward funnen vun desülve ole Fruu in't Holt an'e Seekant un vun ehr uptrocken. De König kümmt wedder na Huus un is nu bannig trurig oever dat, wat dar passeert is. Man liekers sin Mudder biblifft un snacken leeg vun de junge Königin un seggt, dar kann 'n mal sehn, wat se för een is: Se is en Kreihengör un en Hexenbalg – liekers will de König sik nich vun ehr scheeden laten, dar hett he ehr vel to leev to.

Wedder wat later mutt de König dat drütte Mal in'e Krieg trecken, un wieldes he weg is, kümmt de Königin to liggen mit en drütte smucke Prinz. Man de König sin Mudder maakt dat mit em jüst so as mit de beide annern: He ward utsett in en Schachtel up'e See, un de drifft an'e Strand un ward funnen vun desülve ole Fruu in't Holt an'e Seekant, un de Jung ward uptrocken mit sin beide lütte Bröder. De König sin Mudder leggt dütmal en Kattenkelling in'e Weeg, un denn schickt se een hen na de König mit en Breev. Un nu gahn uck all sin Raatsherren hen na em un seggen, dat geiht nich, dat he noch länger en Königin beholen deit, de em so'n Kinner in'e Welt sett, he mutt sik nu vun ehr scheeden. Do lett de junge König sik besnacken, un he schickt een hen mit en Breev an sin Mudder: So draa sin Königin so wiet up'e Damm is, dat se reisen kann, schoe'n se ehr up dat lütte gele Perd setten – dat hett ehr ja do toeerst buten in't Kreihennest funnen, un dar hett se sörre de Tied so bannig vel vun holen un hett dat as ehr Riedperd kregen. Un se schoe'n ehr een Schepel Gold un een Schepel Sülver mitgeven, un söss Deeners to Perd schall se uck mithebben, un denn schall se ut sin Land un dörch dree Königrieken bröcht warrn, dat he nie nich wedder wat vun ehr to sehn oder to hören kriggt.

As de ole König sin leege Wittfruu de dare Naricht kriggt, freut se sik bannig. Wenn't na ehr gung, harr se ehr Swiegerdochter ja an leevsten jüst so nakelt un bloot wegjaagt, as se kamen is, man dat truut se sik denn doch nich. Un do will se denn allens genau so maken, as de König ehr dat heeten hett. Un se süht to un maken allens gau praat, un denn geiht se na de Königin un vertellt ehr allens, wat ehr Herr un König befahlen hett. Un se seggt noch darto, dat is vel to vel Stahoi för so'n Hex, as se een is. De neegste Morrn mutt se weg, un denn kann se ja na dat Hexenpack reisen, 'nem se henhört. De junge Königin weet ja guut, wodennig dat all togahn is. Se weet woll, se hett dree lütte Prinzen un nich dree lütte Deerten to Welt bröcht. Man wat de noch leven oder doot sünd, dat weet se nich, un se kann ja keeneen fragen oder een vertellen, wodennig dat tosamenhängen deit, denn se is ja stumm as en Fisch. Man as se dat Ordeel vun ehr leeve Herr un König hört, do brickt ehr meist dat Hart, un se weent dree solte Tranen un droögt se af mit ehr Taschendook. Dat gifft dree Blootplackens, un do weet se, ehr Kinner leven noch, man de Tranen hebben elkeen vun se up een Oog blind maakt, un nu koenen se man noch mit een Oog kieken. Do leggt se sik still dal un is miteens bannig trurig un doch vergnöögt, dat se an't Leven sünd. As se dar nu so liggt un so deit, as wenn se slöppt, do hört se, de leege ole Königin fluustert mit ehr Kamerfruu, de weet Bescheed un hett ehr hulpen un vertuuschen de dree lütte Jungs. Do hört se, de König sin Mudder seggt, dat gifft doch woll keen, de ehr de Spraak geven kann, dat se allens verraden kann. Nee, seggt de Kamerfruu, dar is keen Gefahr bi, liekers se sülven woll weet, wodennig se de Spraak kriegen kunn. Wodennig denn, fraagt de ole Königin. Ja, seggt de anner, wenn se in en Jehanninacht — dat is ja jüst vundaag, denn morrn is Jehanni — wenn se denn to Middernacht dreemal de Dau vun't Gras up'e Kirchhoff licken deit, denn kann se snacken, man dar weet *se* ja nix vun. De junge Königin liggt ja dar un hört dat allens mit, man se deit, as wenn se slöppt, un blifft richtig liggen bet hen to Middernacht. Denn steiht se up un sliekert sik liesen rut, löppt rup up'e Kirchhoff un lickt dreemal de Dau vun't Gras. Denn löppt se wedder na Huus un leggt sik to Bett, un keeneen kriggt dar wat vun mit.

De neegste Morrn setten se ehr denn up ehr lütte gele Perd, un söss Deeners to Perd kamen mit ehr ut dat Slott rut, dree vörn un dree achtern, un se hebben een Schepel Gold un een Schepel Sülver mit, de schall se hebben un beholen, wenn se dör de dree Königrieken kamen sünd. Se rieden nu bi Dag un bi Nacht, bet se in dat eerste Königriek kamen. Do seggt een Avend de junge Königin, se süht en Steern wied in Oosten. Nee, seggen de Deeners, dat is keen Steern, dat is en Königsslott, dar warrn se hen to Avend henkamen.

Se ritt denn mit ehr söss Deeners na dat Slott, un dar warrn se fründlich upnahmen, un de wegjaagte Königin ward an de fremde König sin eegne Disch beköstigt. Na't Eten sitten de König un sin Lüüd tohopen, un do fragen se, wonem de vörnehme frömde Daam her is. Ja, seggt se, um se dat to weeten kriegen, kümmt dar up an, um se ehr Radel rutkriegen. Un wenn se dat raden koenen, seggt se, denn so koenen se ehr söss Deeners to Perd un een Schepel Gold un een Schepel Sülver beholen. Man kriegen se dat nich rut, denn behollt se ehr Geheemnis för sik un kriggt noch söss Deeners to Perd un een Schepel Gold un een Schepel Sülver to, wenn se de anner Morrn wiederrieden deit. Dar geiht de frömde König up in, un do stellt se ehr Radel:

> „En Fisch weer min Vadder,
> en Jung weer min Mudder,
> en Kreih hett mi fuddert,
> en Linn hett mi deckt,
> en Perd geev mi en Mann."

Dat Radel kann keeneen raden, un do mutt de König sin Woort holen, un so ritt de wegjaagte Königin de neegste Morrn vun'e Hoff up ehr lütte gele Perd mit twölf Deeners to Perd, söss vörn un söss achtern, un twee Schepel Gold un twee Schepel Sülver.

Un wedder rieden se bi Dag un bi Nacht, bet se in't tweete un denn in't drütte Königriek kamen. Un elkeen Mal, wenn se in'e Königssloet beköstigt wurrn is, gifft se se ehr Radel up un sett all ehr Deeners un all ehr Gold un Sülver up't Spill. Man keeneen kann ehr Radel rutkriegen, un do hett se, as se vun de drütte König sin Hoff rieden deit, do hett se achtunveertig Deeners to Perd, veeruntwintig vörn un veeruntwintig achtern, un en heele Tunn Gold un en heele Tunn Sülver. Do seggt de wegjaagte Königin, wied is se nu reist un vel hett se dörmaakt. Nu will se bidreihn un up'e lieke Weg in ehr eegne Land rieden un sehn, um ehr Herr to Huus is.

Do rieden se wedder bi düüstere Nacht un an helle Dag, bet se in'e wegjaagte Königin ehr eegne Land kamen. As se dar ankamen, ritt se toeerst in't Holt an'e Seekant, 'nem de ole Fruu levt, de ehr dree Kinner funnen un uptrocken hett. De Oolsch bemött se in't Huus, man de dree Jungs süht se wied af nedden an'e Seekant rumlopen un spelen. Do seggt se to de Fruu, de Jungs sünd ehr, un se mutt se ehr nu geven. Dar will de Oolsch nix vun weeten, nee, seggt se, de Kinner sünd ehr eegnen, un dar is uck nix los mit se, se hebben all man een Oog, 'nem se mit kieken koenen. Ja, seggt de Königin, wenn se man een Oog hebben, denn mag se se beholen, man hebben se se's vulle Ogenlicht, wenn se dar henkamen, denn so will se se hebben, un de Oolsch schall dar een Tunn Gold un een Tunn Sülver för hebben un ehr – de Königin ehr – Dank un Segen darto. Do röppt de Oolsch de Jungs ran, un se kamen uck foorts anspringen, un de Königin gifft se en Söten un nimmt ehr Taschendook mit de dree Blootplackens un wischt se dar de Ogen mit af, un do hett elkeen vun se twee Ogen so klaar as Steerns. Denn kriggt de Oolsch dat Gold un dat Sülver, man de dree lütte Jungs kamen to Perd un rieden mit, un denn ritt de Königin na ehr eegne Hoff mit achtunveertig Deeners to Perd, veeruntwintig vörn un veeruntwintig achtern, un mit ehr dree lütte Soehns un ehr lütte gele Perd, wat ehr so wied weg un wedder t'rügg dragen hett.

De König kümmt sülven rut, as he de heele Uptog in sin Slott rieden süht, un he kennt de Königin foorts wedder, un se fallt em um'e Hals un snackt mit em un wiest em de dree Soehns, de se em baren hett. Un nu vertellt se em allens, wodennig dat togahn is. Do lett de König en grote Fest tostellen un maakt nochmal Hochtied mit sin wegjaagte Königin, un de dree lütte Prinzen sünd mit darbi un de achtunveertig Deeners. Man de ole König sin Wittfruu is nich mit bi dat Fest. Se ward in en glöhnige Aben smeten un to Koehl un Asch verbrennt för all dat Leege, wat se daan hett.

De kloke Königin

Dar is mal en junge Königssoehn we'n, de is so oever de Maten smuck we'n, keeneen hett al mal sowat sehn hatt. Dat hett he ja wusst, un dar hett he sik to freut. Un all de Lüüd hebben seggt, he is jüst so klook, as he smuck is, un keeneen kann sik mit em meten, so klook is he. Dat hett he gloovt, un dar hett he sik düchtig wat up inbillt.

Do deit he en Löft un swört dar en düre Eed up, he will nie nich en Fruunsminsch to Fruu nehmen, wat nich tominnst jüst so smuck un meist jüst so klook is as he sülven. Man wenn he so'n Deern finnen deit, denn so schall se uck sin Fruu warrn.

Dar sünd en Masse smucke Deerns in't Land, man de hören jüst nich to de klööksten. Dar sünd uck en Deel heel plietsche junge Deerns dar, man de hören jüst nich to de smucksten. Een Deel is wiss, de Königssoehn hett nich een funnen, de em uck blots halvwegs smuck oder klook nugg is. Un he hett en Öller, 'nem he sülvst un sin Vadder, de König, un uck se's true Deeners meenen, he mutt en Fruu hebben. Man na dat Löft, wat he daan hett, finnt sik keen Deern in't Land, de em as sin Fruu passen kunn.

Do will he up Reisen gahn na anner Königrieken. Man se schoe'n em nich kennen un he will ahn Lüüd reisen. He will al up sik sülven uppassen, un dar schall keeneen bi em we'n, de wat vun em utsludern oder em in de Kaarten kieken kunn.

Do reist he denn wied un sied rum, vun een Land na dat anner. Man dar buten geiht em dat nich anners as to Huus: Keen Deern is em smuck oder klook nugg, un al gar nich beides upmal, un do kann he ja um keen vun se anholen.

Do ritt he mal alleen dör en Holt. He ritt un ritt, man dat Holt nimmt un nimmt keen Enne. Dat ward Middag, dat ward Avend, man ümmer noch is he nich rut ut't Holt, un dar is keen Enne to sehn. He is heel un deel verbiestert un weet nich mehr, wonem he is oder wonem de Weg hengeiht, uck nich, wonem he en Harbarg för de Nacht finnen schall, dat he un sin Perd sik utruh'n un to Kräften kamen koenen. Se sünd beid lieker möö'.

Toletzt süht he en dünne, blaue Rook oever de Böme upstiegen. He ritt dar up to un kümmt na en lütte, armselige Kaat. Dar moeten doch Minschen we'n, denkt he un freut sik. He stiggt vun't Perd un kloppt an. En arme, ole Mann maakt em up, un en arme, ole Fruu kümmt foorts darto. As't schient, wunnern se sik bannig, as se de smucke, feine, junge Rieder wies warrn. De Königssoehn wünscht se en gude Avend un vertellt se, as dat is, he is verbiestert un is de heele Dag in't Holt rumreden un hett keen Huus un keen Kaat to sehn kregen, un se schoe'n em doch man upnehmen för de Nacht. Eerst seggen se ja, se sünd nich de rechte Lüüd för un nehmen so'n vörnehme Herr as em bi sik up, un dat is licht to marken, se woe'n em geern loswarrn. Man he seggt, he un sin Perd koenen dat nich länger utholen, se moeten Ruh un en Dack oever de Kopp hebben, un do koenen se nich anners, se seggen Ja, man he mutt dat denn so nehmen as dat is.

Eerst kümmert he sik mal um sin Perd. En Stall is dar nich, man en lütte Schuer för se's eenzige Koh. De löppt nu up Gras, dat is ja Sommer, un do stellt he sin Perd dar rin un gifft 'n wat Water un en Bunk

Heu, do freut 'n sik. Sülven geiht he rin in de Stuuv – de eene hebben se man, un de is sied un lütt. He sett sik dal up'e holten Bank un fangt an un snackt mit de Lüüd: Um se dar ganz alleen in't wille Holt wahnen. Ja, dat doon se ja, seggen se, anner Lüüd sünd dar nich in't Huus, un keen anner Hüser up vele Mielen rundum. Se leven hier, as dat jüst so geiht, un se slaan sik so dörch mit een Zeg un een Koh. Sodennig kriggt he sin Avendbroot, so guut as se dat koenen: en Stück dröge Broot un en Schöttel mit Melk. Un denn halen de ole Lüüd en Klapp Stroh un spreeden dat ut up'e Stuvendel, dar woe'n se sülven up slapen, denn de frömde Herr schall in se's Bett liggen, dat eene hebben se man. Man dat will de Prinz nich hebben. Se schoe'n se's Bett beholen un he will up'e Del up't Stroh liggen.

Do geiht dat denn, as he dat will, un se leggen sik all dree dal. Dat is ja nu en anner Lager, as he dat wennt is. Man he is düchtig möö', un do slöppt he gau in un dröömt vun all de smucke Deerns, de nich klook nugg sünd, un vun all de klooke Deerns, de nich smuck nugg sünd, un so slöppt he sööt bet dat schummern ward. Man denn ward he waak, un he is ja heel stief vun sin harte Lager, un he kann sik dreihn un kehrn, as he will, he kann nich wedder inslapen.

Do hört he, oever sin Kopp, baven up'e Boehn, dar roegt sik wat. Dat koenen ja Rotten we'n oder Müüs oder uck en Katt. Ja, dat is sachs en Katt, de dar rumspringen deit. Man nich lang', do hört he dar baven wat snurren, en Spinnrad, as dat schient: sodennig kann de Katt doch nich snurren. Un denn hört he wat singen. Dat is för wiss keen Katt, un dat sünd uck nich de Vageln dar buten, dat is en feine

Fruenstimm, de singt in Takt mit dat snurren Rad. So'n feine Gesang hett he noch nie nich hört. He springt gau hooch vun'e Del, rifft sik de Ogen un un spielt de Ohren. Un in'e sülve Ogenblick warrn de beide Olen waak un kamen uck ut'e Feddern.

De Königssoehn fraagt se foorts, wokeen dat is, de se dar baven up'e Boehn verstaken hebben un de al so fröh morrns spinnt un singt. Nu is dat baven wedder still, un se blieven darbi, so as se dat güstern vertellt hebben, dar is keen anner Minsch in't Huus as se sülven.

Nee, seggt de Prinz, dat helpt nix, dat se em länger wat vörmaken woe'n. He gloovt för wiss, wat he mit sin eegne Ohren hört hett. Un se schoe'n em man driest de vulle Wahrheit seggen, he kümmt dar doch achter.

Do mutt de Mann denn ingestahn, dar is doch noch en Minsch in't Huus, un dat is se's Dochter, de hett dar baven ehr Kamer. Man se sünd so bang', dat jichens een ehr to sehn kriggt un ehr denn vellicht lieden mag un ehr se wegnehmen will. Un se koenen ehr ja nich missen, so oold un kloeterig, as se al sünd. Se verdeent se uck en paar Schillings mit Spinnen un Weven. Un wokeen schall se denn passen, wenn se bald nich mehr för sik sülven sorgen koenen?

Ja, seggt de Königssoehn, he hett ehr nu mal hört, nu will he ehr uck sehn. He is doch keen Minschenfreter, meent he, do koenen se em de Deern doch woll mal ankieken laten. Do moeten de Olen ehr denn ja dalropen, un se kümmt dalsprungen in ehr armselige Plünnen. Se weet dar ja nix vun, dat se Besöök hebben, denn as de Königssoehn laat an'e Avend ankamen is, do hett se al deep slapen.

As se de smucke Jungkeerl wies ward, do stickt se sik füerroot an, un de Prinz blifft uck rein de Spraak weg, as he ehr to sehn kriggt; nie nich hett he een sehn, de uck man half so smuck is as se. Em ward dar heel gediegen tomoot bi. So wied as he uck rumtrocken is, he hett keen sehn, de smuck nugg weer un meten sik mit em. De Dochter vun düsse armen Lüüd is veel smucker as jichens een vun all de Prinzessinnen un vörnehmen Damens, de he in'e Frömm oder to Huus sehn hett, wat Smuckeres kann he sik gar nich denken. Man he kann doch nich bekannt we'n un nehmen so'n Bedeldeern as Fruu.

Un sodennig dreiht he sin Ogen wedder weg vun ehr un strevt sik, dat he sin Perd sadelt kriggt un afste' kümmt, un he will ehr gar nich mehr ankieken. Man as he up sin Perd stegen is, un de Olen – de hett he en grote Goldstück för dat Nachtlager geven, un nu maken se een Kratzfoot na de anner vör em – as he de to'n Adjüs tonickt, do kann he dat doch nich nalaten, he pliert mal gau na de Siet, 'nem se steiht un em mit ehr grote Ogen ankickt. Un he kann dat uck nich nalaten un nehmen sin Hoot af to'n Adjüs för ehr, un he hett en Geföhl, as seet em dat Hart in'e Hals, as se mit en heel rode Kopp, de Ogen dalslaan, to'n Adjüs de Kopp dalbüggt. Man de grote Ogen sleit se doch wedder up, un de kieken em achterna, as he afste' galoppeert, bet he ut Sicht is. Düsse Ogen kieken em nich blots achterna, he süht se uck noch lang' vör sik, as dat Huus un dat Holt al lang' achter em liggen. Man ünnerwegens, as he so vör sik hen rieden deit, do seggt he bi sik, ja, wiss, se is sööt un mehr as smuck nugg för em. Man he hett ja uck

laavt, he will keen to Fruu nehmen, de nich meist
jüst so klook is as he sülven, un dat is se ja sachs
nich.

Man he markt sik dat guut, wonem de Holtkaat lig-
gen deit, un nich lang', do is he up Weg', de he kennt,
denn dat grote Holt liggt dicht an'e Grenz vun sin
eegne Land. Denn ritt he piel na Huus na sin Vadder
sin Slott un seggt, he hett noch keen funnen, de to
em passen kunn. Dat is de ole König nu nich recht
na de Mütz; he is ja so innahmen vun sin Soehn sin
Klook, dat he gloovt, dat is so, as he seggt, man he
will em doch noch geern to sin Levtied versorgt wee-
ten. Wenn sin Soehn sik man en Bruut utsöken wull,
denn so is he sik al in Vörut wiss, dat is de Rechte

Nu is de Königssoehn wedder to Huus, un dat fehlt
em an nix; man he hett keen Ruh in sik. Dat feine
Eten will em nich smecken, un wenn he up sin weeke
Lager liggen deit, will un will keen Slaap kamen.
Ümmerto gahn sin Gedanken na dat grote Holt na
de feine junge Deern. An ehr denkt he fröh un laat,
wat he dat will oder nich.

Do seggt he toletzt bi sik sülven, dat mutt en Enne
hebben. He denkt an sin Löft, dat he blots de Smuck-
ste un Klöökste to Bruut nehmen will, un dat he nich
mehr ümmerto an ehr denken mutt, will he sik
oevertügen, dat de arme Lüüd ehr Kind woll smuck
nugg, man lang' nich klook nugg is för em. Un do
schrifft he en Breev un leggt dar twee Docken Sied bi
un schrifft, dar schall se em en Bettvörhang vun
weven.

He schickt en Riedknecht hen mit de Breev un seggt,
he schall foorts Antwoort mitbringen. An'e Avend
kümmt de Riedknecht wedder un bringt en Breev

mit vun de Deern in'e Holtkaat. Dar liggen twee lütte Holtpinnen in, un dar steiht bi, wenn he ehr vun de dare beide Pinnen en Wevstohl maken will, denn so will se dar woll uck de Bettvörhang up weven, de he bestellt hett.

Do mutt de Königssoehn insehn un togeven, de Deern is jüst so klook as he, un do mutt he holen, wat he laavt un swaren hett, un dat deit he woll uck heel geern. So ritt he denn mit sin heele Hoffstaat rut na de Kaat in't Holt un seggt to de Olen un de Deern, he will ehr to sin Bruut nehmen, wenn ehr dat recht is. Un dat is ehr ganz recht.

Man nu is he sogar bang', se kunn vellicht noch klö-ker we'n as he sülven, un dat geiht ja nich – wenn een dat markt! Un so maakt he to Bedingen, wenn he mal König is – un se denn ja Königin – denn so dörv se sik nie nich in Staatsgeschäften rinmenge-leern, de gahn *em* wat an un nich *ehr*. Wenn se dat deit, denn so steiht em dat frie un smieten ehr rut un schicken ehr t'rügg na ehr Vadder un Mudder.

Dar geiht se up in. Man se hett uck ehr Bedingen, un dat is, wenn he ehr satt hett un ehr nich mehr heb-ben will un ehr wedder na Huus schicken deit, denn so dörv se dat mitnehmen, wat ehr dat Leevste is. Dat dücht em nich mehr as recht, un dar geiht he foorts up in.

De ole Lüüd freuen sik gar nich, dat se se's Dochter nu loswarrn schoe'n, man se woe'n doch uck ehr Glück nich in'e Weg stahn, un do seggen se „Ja". Do ward de Bruut denn utstaffeert mit Sied un Schar-lack, mit Gold un Eddelsteens, un se kriggt Kut-schen un Hoffdamen un allens un so, un denn ward

dar en grote Hochtied fiert mit allens, wat darto hö-
ren deit.

Nu vergeiht dar en lange Tied, wo de junge Lüüd
vull Leev un in grote Staat tohopen leven, dat kann
gar nich beter we'n. All dücht se, de Königssoehn sin
Fruu is smuck nugg un klook nugg un guut nugg –
un dat Letzte is dat Beste. Nich lang' na de Hochtied
blifft de ole König doot, un do ward sin Soehn König.
He regeert dat Land un sitt to Gericht, un allens
geiht guut un as dat schall. De Königin mengeleert
sik nie nich in sin Saken un in Staatsgeschäften rin,
se passt ehr eegne grote Huus un ward vun all esti-
meert, un all hebben se ehr leev.

Do is dar mal Marktdag, un en Barg Buern sünd mit
Koorn un anner Kraam to Markt kamen. As se denn
hen to Avend na Huus fahren, do sünd dar wecken
mang, de in'e Stadt al düchtig de Hals dörspöölt
hebben. Man an'e eerste Kroog, 'nem se henkamen,
dar moegen se doch nich an vörbifahren, se moeten
rin un eerstmal wedder een nehmen. Se laten sik
arig Tied in'e Schenkstuuv. Wieldes stahn se's Perde
un Wagens buten in'e Stall. Een vun de dare Buern
fahrt mit en drachtige Toet, un wieldes se binnen
supen, fahlt dat Perd in'e Stall. As de Buern denn
rutkamen un elkeen söcht sin Fohrwark, do is dat
lütte Fahlen woll up'e Beens kamen, man dat is heel
verbiestert in de dare nüe, unruhige Welt un is in
een Eck vun'e Stall lapen, dar hett de Kröger sin
eegne Perde stahn, en paar Grauschimmels. De Buer
mit de Fahlentoet süht ja foorts, de hett fahlt, un he
ward uck dat Fahlen wies, un so duun is he denn
doch nich, dat he nich begriepen deit, dat is sin. Do
will he dat up'e Waag leggen un dat mit na Huus
nehmen. Man de Kröger seggt, nee, dat Fahlen is

sin, een kann ja sehn, dat hollt sik to sin Perde. Dat gifft en grote Larm um de Saak. De meisten vun'e dune Buern holen dat mit de Kröger, un dat Enne is, de Buer mutt mit de Toet ahn dat Fahlen na Huus fahren, un de Kröger behollt dat.

Dar kann de Buer sik ja nich mit tofreden geven, un dat gifft en Prozess. Man dat Ünnergericht un uck dat Boevergericht seggen, dat Fahlen hört de Kröger, un de Buer, de dat ja vun Rechts wegen tohören deit, mutt elkeen Mal de Kosten betahlen, un so sett he bilütten meist allens oever Stüer, wat he hett. Man he will de Saak liekers nich verlaren geven. He geiht an't boeverste Gericht, un dar mutt de König sülven dat Ordeel spreken. Nu is de ja bannig klook, man he is doch nich klöker, as dat he jüst so ordeelt as de annern: Dat Fahlen hört de to, bi de sin Perde dat funnen wurrn is, un dat is ja nu mal de Kröger.

Do schall denn de Buer um dat Fahlen, wat ja vun Rechts wegen sin is, Huus un Hoff verlustig gahn. Dar kann he sik nich mit affinnen, un in sin Noot fallt he up dat letzte Middel, he geiht na de Königin, de so klook is un so guut. He verklaart ehr, wodennig sik dat hett mit de Fahlensaak, un se süht, de Mann hett recht.

Do seggt se to em, se kann de König sin Ordeel ja nich ännern, man se will em en Raat geven, de kann em vellicht nütten. He schall de neegste Middag en Fischernett nehmen, seggt se, un dar schall he mit vör de Stadt gahn, dar, 'nem de hoge Dünen vun flee-gen Sand sünd, un dar schall he sin Nett utsmieten, so as 'n anners Netten utsmieten deit för un fangen Fisch. Un denn schall he en Stang nehmen un dar-mit vör dat Nett up'e Sand hau'n, so as 'n up Water de Fisch in't Nett drieven deit. Wenn denn de König dar vörbi kümmt, seggt se, – he fahrt elkeen Dag de dare Weg – denn so fraagt he em wiss, um he unklook is oder um he gloovt, he kann dar baven in'e dröge Sand Fisch fangen. Un denn schall he man seggen, dat is nich tumpiger, as dat de Kröger sin Grauschimmel, de nich mal en Toet is, dat de en Fahlen kriegen kann. Man een Deel mutt he ehr toseggen, seggt se, keeneen dörv to weeten kriegen, wokeen em de dare Raat geven hett, anners is se verratzt. De Buer bedankt sik velmals un versprickt, he will reine Mund holen.

De neegste Dag to Middagstied maakt de Buer dat jüst so, as em dat seggt is, un nich lang', do kümmt de König würklich de Weg an de dare Dünen langfahrt. As he de Buer rumgahn un mit sin Stang in'e Sand vör dat Nett hau'n süht, do lett he anholen un fraagt em, wat he dar vörhett. He fischt, seggt de Buer. He is ja woll unklook, meent de König. Um he gloovt, dar sünd Fisch in'e dröge Sand. Ja, seggt de Buer, dat is doch nich tumpiger, as dat de Kröger sin Grauschimmel, de nich drachtig we'n un nichmal en Toet is, dat de en Fahlen hett kriegen kunnt.

Nu versteiht de König foorts, wo he up anspelen deit, un he markt, in de Saak hett he verkehrt ordeelt. Man he will doch weeten, wokeen de Buer de dare Knep bibröcht hett. Wenn he nich ingestahn will, wokeen em de dare Raat geven hett, seggt he, denn so schall he uphängt warrn. Do ward de Buer bang', un he kümmt mit allens vör Dag: De Königin hett he de dare Infall to verdanken.

Do lett de König foorts de Waag umdreihn un fahrt torügg na't Slott, un he is splitterndull. He geiht liek rin na de Königin un seggt, se hett sik dar gegen vergahn, wat se vör de Hochtied afmaakt hebben, se hett dat waagt un mengeleern sik in sin Staatsgeschäften rin. Nu schall se uck de Straaf lieden, de se domals afmaakt hebben: Se schall foorts t'rüggschickt warrn na ehr Vadder un Mudder. Se schall sik foorts reisferdig maken. Man se schall uck ehr Recht hebben, wat he ehr toseggt hett: Nu kann se sik vun all de Saken, de dar in't Slott sünd, dat utsöken un mitnehmen, wat se an leevsten hett.

De Königin seggt heel sacht- un demödig, he hett recht, un se mutt na em hören. Se is dar foorts ferdig mit un packen dat in, wat se mit de König sin Verlööv mitnehmen will, seggt se. Na en Ogenblick kümmt se wedder rin un hett en Buddel Wien un en paar Gloes mit un seggt, de König is doch woll so guut un drinken to'n Adjüs en Glas mit ehr. Dar is ja nie nich en böse Woort mang se fullen, un dat schall dat nu uck nich.

Dat kann de König ehr ja nu nich afslaan. Se schenkt in, un se stöten an. Man he markt nich, dat se en paar Drüppen ut en anner lütte Buddel, de hett se bi sik, dat se de in sin Glas deit. Un knapp hett he dat Glas ut, do fallt he in en deepe Slaap.

Do haalt de Königin en grote Deckelkorf, de is för ehr beste Saken dacht, de se mitnehmen will. Dar leggt se de König rin, deckt em fein to, slütt 'n af un röppt denn de Deeners, se schoe'n ehr Korf rutdrägen un in de Waag stellen, de is al anspannt un töövt up ehr. Se sett sik in'e Waag, un denn fahren se rut in't Holt na de ole Kaat. Dar moeten de Deeners de Korf ut'e Waag böhren un 'n rupdrägen in ehr Kamer. Un denn schickt se de Waag wedder t'rügg na't Slott. Denn böhrt se ehr slapen König un Mann ut'e Korf rut un leggt em up ehr Bett. Darna treckt se ehr ole Plünnen wedder an, jüst de, 'nem he ehr toeerst in sehn hett, un denn sett se sik an't Finster liek oever vun't Bett un lett ehr Spinnrad snurren, jüst so as fröher.

Dat will al Avend warrn, as de König na sin Slaapdrunk utslapen hett. He ward waak un kickt sik um, schütt tohööcht un fraagt, wonem he is un woso he dar is. Ja, seggt se, he is nu bi ehr, un dat kümmt, se hett em mit na Huus nahmen, so as dat na dat, wat se afmaakt hebben, ehr Recht is, denn he is dat, wat se up'e Welt an leevsten hett, un dat hett hett se ja mitnehmen durft.

Nu markt he, seggt de König, se is doch vel klöker as he, un wenn se nu mit em na dat Slott t'rüggkamen un bi em blieven will, denn so will he nie nich wedder in en Saak ordeelen, ehrer he ehr um Raat fraagt hett.

Do ward denn um Perd un Waag na dat Slott schickt, un de König un de Königin trecken nochmal in't Slott in. Un ehr ole Vadder un Mudder nehmen se mit, so as de Königin dat hebben will, un de blieven bi se wahnen, so lang as se leven. Un de König un de Königin leven so as vörher tohopen, na binnen mit Leev to eenanner un na buten mit grote Staat. Un de Buer, de dat Unrecht mit dat Fahlen un dat Ordeel passeert is, de kriggt vun'e König en Eddelhoff mit allens, wat darto hört. Un sörre de Tied hett de König nie nich wedder en Ordeel spraken, ehrer he de Königin ehr Raat hört hett. Un all Lüüd hebben de beiden respekteert un leev hatt, um dat se so gerecht un guut we'n sünd, un sünd dar stolt up we'n un hebben so'n König un so'n Königin.

De Schoosterjung

Dar is mal en Schoosterjung we'n, dat is de Soehn vun en Preester we'n un hett eegentlich as sin Vadder up Preester studeern schullt. Man ehrer he veertein Jahr oold is, verleert he Vadder un Mudder, un dar is keen, de sik um em kümmert un em an't Lehren kriggt. Un do kümmt he in'e Lehr bi en Dörpsschooster, un to de Tied, as düsse Geschicht anfangt, do is he dar dree Jahr lang we'n. He hett mennig en Slag mit'e Spannreem kregen, wenn de Meister em faatkregen hett, dat he in Gedanken seten hett un hett de Pickdraht um'e Finger wickelt, statts to neih'n, oder hett de Schoosterkugel Fratzen sneden, statts Plüchen[1] intokloppen. Un de Slääg hebben em denn uck so wied bröcht, dat he allens lehrt hett, wat to dat Schoosterhandwark hören deit. He kann tosnieden un neih'n un nageln un plüchen. Man Lust hett he nie nich hatt to dat dare Handwark.

Do seggt sin Meister een Dag mal to em, vundaag bruukt he nich to Huus sitten un neih'n, he schall to Holts gahn un Plüchen snieden, se hebben keen mehr in'e Warkstä'. Gau huult he af un löppt rut in't Holt, dat is so recht wat för em. Man he denkt gar nich an'e Plüchen. Up elkeen Barg mutt he rup un in elkeen Slunk mutt he dal. He mutt Himber'n plöcken un na Vagelnester klarrn, he mutt Pissmiernhupens ankieken un Boddervageln fangen. Un de Dag geiht hen un de Avend kümmt, un he hett noch keen Plüchen. Do fallt em toletzt in, warum he kamen is, un he fangt an un söcht na Fleederberbüsche, he mutt ja Fleederberholt hebben to de Plüchen. Man dar sünd keen Fleederber'n to finnen, un dat ward düüs-

---

[1] Plüch: Holzstift, mit dem die Sohle am Oberleder befestigt wird.

213

ter dar buten in't Holt, un he weet nich mehr, wo-
nem he is. Un do denkt he dar blots noch an, he will
rut ut dat Holt, un he fangt an un löppt, bet he to-
letzt glücklich rutkümmt up't frie Feld.

Jüst as he dar rutkümmt, kümmt dar en grote Hund
anspringen un bellt em an, un he versteiht, wat de
Hund bellen deit. Wau, wau, seggt 'n, he schall foorts
wedder mit em in't Holt ringahn, dar is een, seggt 'n,
de will mit em snacken. De grote Hund springt üm-
mer um em rum un bellt, un do truut he sik nich un
doon wat anners, as wat de em seggen deit. Un do
geiht he mit 'n rin in't Holt.

Do liggt dar en grote Hirsch doot an'e Grund, un
blangen 'n steiht en gewaltige brune Baar un
brummt. Un dicht bi sitt up en Telgen en grote, witte
Falk un schriet. Un up'e Spitz vun en hoge Grashalm
sitt en lütte swatte Pissmier un piept. Denn brummt
de Baar un seggt to de Schoosterjung, he schall de
Hirsch deelen twüschen se veer. Se hebben dar all
veer en Recht an, man se koenen sik nich eenig
warrn, wodennig se 'n deelen schoe'n.

Do kriggt he sin Knief rut un treckt dat Deert dat
Fell oever de Ohren. Denn nimmt he eerst de Kopp
un gifft 'n de Pissmier. De is an besten för 'n, seggt
he, de hett sovel Löcker un Kamern, dar kann 'n rin
un rutlopen. Denn snitt he dat Deert up un nimmt
all dat Ingedööm rut, dat kriggt de Falk. Dar is 'n an
besten mit deent, seggt he, dat is so fein mör, dar
kann 'n fein in hacken. Denn snitt he de Beens af un
gifft se de Hund. De passen an besten för 'n, seggt
he, dar hett 'n wat un knaueln an. Man de Rump
kriggt de Baar. De is so groot un stark, seggt he, de
kann 'n an besten tweirieten. Dar sünd se all mit

tofreden, so as he deelt hett, un elkeen maakt sik foorts ran an sin Deel.

De Jung grapst sik dat Fell un süht to un kamen weg. He denkt, wenn de Meister dat feine Hirschfell kriggt, denn kriggt he vun em vellicht keen Fellvull, wo he doch keen Plüchen mitbringt. Man jüst as he rutkümmt ut dat Holt, do kümmt de Hund em achternarönnt un seggt, he schall noch mal even mit torüggkamen: De Baar will mit em snacken. De dare Naricht is de Jung gar nich na de Mütz. He denkt, vellicht harr he dat Fell nich mitnehmen durft, un do klaagt he de Hund sin Leed un seggt, wenn dat nich recht we'n is, dat he dat Fell mitnahmen hett, seggt he, denn so schoe'n se em dat doch man nasehn, un de Hund schall dat man mitnehmen. He hett gar keen Lust un kamen de Baar wedder neeg. Nu se mit de Hirsch klaar sünd, denkt he, nu freten se womoeglich em sülven mit Huut un Haar. Man de Hund seggt, dat Fell kann he driest beholen, de Baar will blots en Woort mit em snacken.

Do mutt he denn ja mit t'rüggghan. De Baar is bannig fründlich un seggt to em, se sünd sik all veer eenig wurrn, se woe'n em wat schenken, so fein, as he mang se deelt hett. Vun nu an schall he de Macht hebben un warrn to en Baar, so faken as he dat will, so groot un stark as de Baar sülven. Un so draa he dat will, ward he wedder to en Minsch. De Hund gifft em de Macht un maken sik to en Hund, jüst so flink as 'n sülven, un mit jüst so'n fiene Näs. Un de Falk seggt, he schall sik to en Falk maken koenen mit jüst so'n smucke Feddern, jüst so'n flinke Flünken un jüst so scharpe Ogen, as 'n sülven hett. Un toletzt seggt de Pissmier, he schall sik to en Pissmier maken koenen, jüst so lütt un so smuck un so plietsch, as 'n sülven is.

Do dankt de Jung de Deerten denn för se's Guutheit, un denn süht he to un kamen na Huus. Man as he dicht bi dat Schoosterhuus is, denkt he, dar is doch nich vel Spaaß bi un hanteern dar wedder mit Süül un Pickdraht. Wokeen doch nu man en Falk weer, denkt he, un wupps! is he een. Do spreed't he sin Flünken un schütt dör de Luft as en Piel. He blifft bi un fleegen oever Land un Water, denn he will foorts düchtig wied weg, un do kümmt he heel dal na Spanien. Dar dreiht he um un freut sik oever allens, wat he to sehn kriggt: oever Bargen un Strööm, Städer un Minschen. Allens is so nü un so int'ressant.

Sodennig flüggt un flattert he rum, bet he na en grote Slott kümmt, vel grötter un feiner, as jichens een vun all de, de he ünnerwegens sehn hett. Een kann licht sehn, dat is en Königsslott. Man dat Gediegene is: All de Finstern na Oosten un Westen un Süden sünd tomuert, un blots dör de Finstern na Noorden kann Licht un Luft rinkamen in dat feine Slott. Up'e Noordsiet is en feine grote Gaarn, dar schient de Sünn, de Blöme rüken fein un de Vageln singen. Un dar flüggt de Falk hen un sett sik up en hoge Boom buten vör en apene Finster. Binnen is en grote Sellschop: Dar sitt de junge, smucke Prinzessin mit ehr Hoffdamen. Ehr Vadder, de König, de is uck binnen bi ehr. De Königin is doot, un se is se's eenzige Kind, un de König hett ehr leever as allens up'e Welt. Un wegen ehr hett de König dat heele Slott so umbuut, dat dar blots Finstern na de Noordsiet sünd. As se baren wurrn is, do is ehr vörutseggt wurrn: Wenn de Sünn up ehr schienen deit, ehrer se dörtig Jahr oold is, denn ward se weghaalt vun en Ries, de is se woll toseggt wurrn vun ehr Mudder, ehrer se baren weer. De Prinzessin is nu föfftein Jahr oold, un se hett ehr heele Levenstied binnenvör leven musst. Blots avends, wenn de Sünn ünnergahn is, kann se en lütte beten spazeern gahn in'e dare feine Gaarn; anners mutt se ümmer binnen blieven.

I koenen ju sachs denken, de Schoosterjung bruukt düchtig sin Ogen. Nie nich hett he so'n smucke Deern sehn, mit Haar so swatt as Kreihenflünken un en Huut so lüchten witt as de Falk sin Feddern un en Paar Ogen so hell as de Falk sin. De Königsdochter is de eerste, de de wille Vagel buten in'e Boom wies ward. Un do seggt se to ehr Vadder, he schall doch blots mal na de dare smucke frömde Vagel dar buten kieken. De König kickt rut. Ja, seggt he, dat mag se woll seggen, dat is en rare Vagel, de is hooch baven in Noorden to Huus. De hett en königliche Aart, seggt he, un de is uck as so'n König mang de anner Vageln. Dat weer al wat un hebben 'n, wenn een de man fangen kunn. De Prinzessin ehr Kamerfruu is en ole kloke Daam, un se seggt, se weet woll, wodennig een so'n wille Vageln fangt. Se binnt en Stück Tau an't Finster un leggt en Stück rohe Fleesch up'e Finsterbank, un denn gahn se all rut ut'e Stuuv bet up'e Prinzessin. Se will dat sülven we'n, de de Vagel fangen deit, un do verstickt se sik dar binnen mit dat Enne vun't Tau in'e Hand. Se töövt, bet de Falk kümmt un sett sik up'e Finsterbank. Do treckt se dat Finster to un de Vagel sitt in'e Fall. Man nich wegen dat Fleesch is'n up'e Finsterbank flagen. As 'n de smucke Prinzessin nich mehr sehn hett un de Stuuv is heel leddig bleven, do hett 'n dar nich mehr gegenan kunnt, do hett 'n dar hen musst un dar rinkieken.

Sodennig ward de Falk infungen, un as he wies ward, wokeen em in't Nett hett, is he uck nich vergrellt. He finnt sik dar bannig tamm un gedüllig mit af, as de Prinzessin em faatkriggt un striechelt un eit un em toletzt in en grote, gollne Buur deit, as wenn he en Papagei is. Denn röppt se de annern rin, un de König un all de Hoffdamen koenen sik nich dull nugg wunnern oever de feine Vagel, de se faatkregen hebben. Un de Prinzessin is so vergnöögt un stolt up ehr Fang, dat Buur dörv narms stahn as blots in ehr Slaapkamer.

De Falk hett ja nix uttostahn: De Prinzessin gifft em Fleesch un Broot to freten un gifft em allerhand söte Namens. Man up'e Duer is dat doch langwielig un sitten up en Pinn in't Buur, un fröhmorrns, as dat jüst hell warrn will un de Prinzessin noch slöppt, do wünscht de Falk sik to en Pissmier un krabbelt as so een rut dör de Trallen vun't Buur. Man as 'n nu dalkümmt up'e Del, do denkt de Pissmier: „Weer ik nu man wedder en Schoosterjung!" Un foorts is 'n en Schoosterjung un steiht up twee Beens merrn in'e Prinzessin ehr Slaapkamer. Jüst in de Momang ward de Prinzessin waak un kriescht luut up un kriggt dat Klockenband blangen ehr Bett faat. Se klingelt up los as dull, un all de Kamerjumfern un Hoffdamen kamen rinstört't. Man wieldes is de Schoosterjung boots! wedder to en Pissmier wurrn un de Pissmier to en Falk un sitt fein up sin Pinn in't Buur. As de Damen un Jumfern nu na ehr rinrönnt kamen un weeten woe'n, wat dar los is, un se seggt, se hett en Mannsminsch in ehr Slaapkamer sehn, do söken se allerwegens na, in'e Schappen un ünner't Bett. Man dar is keeneen, un se sünd sik all wiss, dar kann uck keen we'n hebben, Mannslüüd koenen

218

ja nich dör to'e Dören gahn. De Prinzessin mutt dat woll dröömt hebben, oder se mutt krank we'n. Un do kriggt se Drüppens un Pulver ingeven, un se mutt de heele Dag in't Bett blieven, un de neegste Nacht hollt dar een Wacht bi ehr.

In de dare Nacht slöppt se heel ruhig, un morrns steiht se up un strevt sik un geven ehr Falk wat to freten. Se sett 'n up ehr Hand un striechelt sin witte Feddern, se gifft 'n Sötens un eit 'n un nömt 'n ehr allerleevste Fründ un seggt, dat is en Schann, dat se sik en heele Dag nich um em kümmert hett. Do ward de Falk snacken un seggt, se schall man nich bang' we'n vör em. Do wunnert se sik, dat 'n uck snacken kann. Ja, seggt de Falk, un 'n kann noch mehr as dat, un wenn se em toseggen will, dat se em nich verraden will, denn so schall se to weeten kriegen, wat dat is. Dat seggt se em to, un do vertellt de Falk ehr, wodennig 'n sik, wenn 'n will, to en Pissmier, un to en Hund un to en Baar un denn wedder to en Minsch maken kann, un he is dat we'n, seggt 'n, 'nem se güstern so'n Schreck vör kregen hett. De Prinzessin will em geern in all sin Gestalten sehn. De Pissmier lacht se oever, de Hund freut se sik to, de Baar ward se bang' vör, man as se em denn as he sülven, as Minsch to sehn kriggt, do is se nich mehr bang', sodennig gefallt he ehr an besten. Denn liekers he man blots en Schoosterjung is, is he doch en bannig smucke junge Mannsminsch, un liekers se en Königsdochter is, is se ja uck blots en Minsch.

Vun nu an mutt he nich mehr in't Buur sitten, he dörv oeverall mit ehr hen in sin Falkenkleed. He sitt up ehr Schuller un itt ut ehr Hand, wenn se to Disch sitten. Un se driggt em up'e Hand, wenn se avends mit ehr Damen in'e Slottsgaarn spazeert. Man wenn se alleen mit em in ehr Stuuv is, denn so maakt he sik to en Minsch. Se hebben so vel un snacken oever, un elkeen Dag, de vergeiht, hebben se sik ümmer duller leev. Nich lang' do sünd se sik eenig, se woe'n Mann un Fruu warrn. Man de Prinzessin weet woll, ehr Vadder verheiraad't ehr nie un nümmer mit en Schoosterjung, un al gar nich mit en Baar, en Hund, en Falk oder en Pissmier. Man do fallt ehr wat in. Se gifft em en Paas mit Goldstücken un seggt, nu schall he man wegfleegen, sik to en Minsch maken un sik Königstüüg un feine Perde kopen. Denn schall he Lakaien un Deeners annehmen un denn in en Uptog as en Först ankamen un um ehr anholen.

De neegste Dag is de Falk weg, un keeneen weet, wonem 'n henflagen is. De Prinzessin deit so, as wenn se sik gar nich wedder inkriegen kann, so trurig as se is, dat se ehr feine Falk verlaren hett, un de König is richtig vergrellt, dat se de rare frömde Vagel verlustig gahn sünd. Man dar is ja nix bi to maken. De König sleit sik denn de Falk ut'e Kopp, un de Prinzessin verwinnt ehr Truer.

Do kümmt na en Maand en prachtvulle Uptog in'e Hoff vun't Königsslott reden. Dat is de Soehn vun'e König vun Engelland, heet dat, Prinz Falk, de kümmt an mit sin Folg vun Ridders un Lakaien un veeruntwintig uptöömte Perde, de blinkern vun Sülver un Gold. Un se warrn fründlich upnahmen in't Slott vun'e spaansche König, un de frömde Königssoehn seggt, wat he dar will, un he hollt um de König sin Dochter an. De König seggt, sin Dochter mutt sülven weeten, wokeen se hebben will, dar will he sik nich rinmengeleern. Man dar is een Bedingen bi, de ehr to Fruu kriggt, de mutt mit ehr in dat Slott mit de Finstern na Noorden wahnen, un he dörv ehr nich woanners henbringen, ehrer se dörtig Jahr oold is. Denn wenn de Sünn vörher up ehr schienen deit, denn hört se de Ries to, un de König hett ehr Mudder tolaavt, he will so lang' up ehr uppassen.

Dar geiht de frömde Prinz up in, un de Prinzessin ward haalt, se schall de Frier ankieken un binnen dree Daag seggen, um se em hebben will. Se töövt denn uck bet to de drütte Dag, un denn seggt se, wenn ehr Vadder dat geern hebben will, denn so will se de engelsche Prinz heiraden. Do ward de Saak denn afmaakt, un se fiern eerst Verlobung un denn Hochtied, un dat duert en ganze Reeg vun Daag mit allerhand Festen un Vergnögen.

Een vun de dare Daag fahren se all na en anner Königsslott hen, 'nem düchtig wat los is. Man dat Bruutpaar blifft to Huus, de Bruut dörv ja nie nich na buten vun wegen dat, wat ehr vörherseggt is. Dat is en düüstere Dag, un dat süht mehr na Regen ut as na Sünnschien. Do seggt Prinz Falk, dar is doch wiss keen Gefahr bi, wenn se henfahren un kieken sik dat Hopphei an. Un de Prinzessin will ja uck alltogeern mal wat mehr sehn, as wat se vun ehr Finstern na Noorden to wieswarrn kann. Do fahrn se denn afste' un kamen hen na de anner Sellschop. Man knapp sünd se dar un hebben sik buten dalsett un woe'n sik dat Turneer ankieken, do kümmt up en lüerlütte Ogenblick de Sünn rut, un een Strahl fallt up'e Prinzessin blangen ehr Brüdigam. Foorts markt he, se ward vun em wegreten, un he kann ehr narms wieswarrn. Weer he nu man en Hund, denkt he, un foorts is he een un rönnt los: Nu kann he ja ehr Spoor rüken.

Man up'e Turneerplatz gifft dat een Jammern, dar is dat Enne vun weg, jüst so'n grote Truer, as dat eerst Juchhei geven hett: De Prinzessin is weg un de Prinz uck. Dat Turneer ward afbraken, de Hochtiedsgäste gahn vuneen, elkeen na sik na Huus, un de König treckt alleen na Huus na sin Slott un slütt sik dar in. Nu is dat Unglück passeert, 'nem he so lange Jahren so penibel hett Vörpahl vör slaan.

Wieldes löppt de Hund ja de Spoor na, un de föhrt em wied, wied rut in'e Wööst. Toletzt is 'n an en Barg to Enne. De Hund springt na recht un na links, 'n springt up un springt dal. Man de Spoor geiht nich wieder. In de dare Barg, dar mutt de Prinzessin in we'n. Man dar is nich Dör un nich Door to finnen. Do maakt de Hund sik to en Pissmier un fangt an un söcht na en Ingang. Dar vergahn Stunnen, un dar vergahn Daag, de Pissmier löppt up un dal, rin un rut an all Sprecken un Löcker un Spleten, de dar an de Stä' vun'e Barg sünd, 'nem de Hund de Spoor verlaren hett. Do kümmt 'n toletzt in en Spreck, dar geiht 'n deeper un deeper in'e Barg rin, un toletzt ward dat en grote Höhl, de is as de Vörhoff vun en heele Slott dar binnen in'e Barg. Un de Pissmier löppt ümmer wieder, dör lange Gängen un vele Treppen hooch, dör een Saal na de anner, un toletzt kümmt 'n na en Steenstuuv, dar hängt en brennen Lamp. Dar binnen sitt de Prinzessin mit rootweente Ogen. Un se is nich alleen, de gresige Ries is uck dar. He liggt un rekelt sik un hett sin gresige Skrebilkenkopp bi ehr up'e Schoot leggt, un se mutt sitten un kämmen em sin tußelige Haar, wieldes he liggt un slöppt.

De Pissmier löppt in'e Stuuv rin un an'e Prinzessin hooch bet dicht an ehr Ohr ran. Denn fluustert he

ehr to, he is dar, ehr allerleevste Fründ. Se tuckt to-
hopen, man se kennt doch sin Stimm, un se hett ja
sehn, ehr Falk kann uck to en Pissmier warrn. Denn
fluustert he ehr to, allens kann wedder guut warrn.
Se schall de Ries eerstmal fragen, wo lang' se dar
blieven mutt. Do lett se de Hänne sacken un hollt up
mit Kämmen. Do ward de Ries waak un fraagt, wa-
rum se upholen deit. Och, seggt se, se hett nadacht.
Wat se denn dacht hett, will de Ries weeten. Se hett
dacht, seggt se, um se schall all ehr Daag darblieven.
Ja, wiss, seggt de Ries, he gifft ehr nich frie, so lang'
as he leven deit. Se schall man ehr Arbeit passen. Do
treckt se de Kamm wedder dör sin Tußelhaar, un de
Ries slöppt wedder kommodig in. Do fluustert de
Pissmier wedder, se schall wieder fragen. Se lett
wedder de Hänne sacken, un de Ries ward waak un
fraagt, um se all wedder bi is un denken na. Ja,
seggt de Prinzessin, se hett dacht, wo lang' sin Leven
woll duern kann. Na, seggt de Ries, hett se dat. Un
denn grient he, sin Leven duert länger as ehr, un sin
Leven kann em keeneen nehmen, denn dat is in sin
Hart, un dat hett he nich bi sik, dat is beter ver-
wahrt as man so. Se schall man ehr Arbeit passen un
dat doesige Denken nalaten. Do mutt se wedder de
Kamm roegen, un de Ries slöppt wedder in. Man de
Pissmier fluustert wedder, se schall em na sin Hart
fragen. Do leggt de Prinzessin wedder de Hänne in'e
Schoot, un de Ries ward waak, un nu is he vergrellt,
dat he ümmer wedder stört ward in sin Slaap. De
Düvel schall de Gedanken halen, seggt he, um de ehr
nu wedder stört hebben? He gifft ehr ja sülven so vel
to nadenken, seggt se, he hett seggt, he hett en Hart,
man he hett dat nich bi sik, seggt se, dat versteiht se
nich. Wonem dat denn is? Dat nützt nix, wenn se dat
weet, seggt de Ries, man schaden deit dat uck nix, se

kann dat geern hören. Wied weg in en Land, dat heet Polen, dar is en grote See, un in'e See is en Draak in, un in'e Draak, dar is en Haas, un in'e Haas is en Ent, un in'e Ent is en Ei, un in dat dare Ei, dar is sin Hart in. Un nu hett he ehr wat to nadenken geven, seggt he. Man wenn se noch eenmal mehr mit ehr Arbeit upholen deit, denn so dreiht he ehr dat Gnick um. Do sett de Prinzessin gau de Kamm wedder in'e Gang', un de Ries slöppt in, un nich lang', do snorkt he, dat de heele Barg bevert.

Do flustert de Pissmier de Prinzessin to, se schall man nich de Kopp hängen laten, dat duert nich lang' un se kümmt frie vun ehr trage Deenst. Un denn löppt 'n so gau, as 'n kann, rut ut'e Stuuv un rut ut'e Barg un ward to en Falk in'e Luft un flüggt de wiede Weg na Polen. Dar geiht de Falk dal an't Över vun en grote See un ward wedder to en Minsch. Dat is hen to Avend, as Prinz Falk dar ankümmt, un he kickt sik na all Sieden um, man vun'e Draak is nix to sehn. En eenzelne lütte Kaat steiht dar dicht bi. Dar geiht he rin un fraagt, um he dar kann Nacht blieven. Nee, seggen se, se sünd man arme Lüüd, un se hebben keen Stuuv, 'nem se so'n feine Herr as em upnehmen koenen. Se koenen em doch driest up en Stohl sitten laten, meent he, un dar geven se em denn uck Verlööv to.

De neegste Morrn kümmt he fröh in'e Beens un geiht foorts na buten. Do süht he dar twölf fette Swiens in en Swienstieg stahn. Na, so arm, as se seggt hebben, sünd se doch woll nich, seggt he, as he wedder rinkümmt, he süht, se hebben ja twölf gude Swiens stahn. Gott bewahre, seggt de Mann, de dare Swiens hören se ja nich. Nee, de schall de Draak to Fröhstück hebben. Denn buten in'e See, dar wahnt en

Draak, de will dat heele Land tonicht maken, wenn de König em nich elkeen Dag twölf fette Swiens gifft. De warrn ümmer bi Nacht dar henbröcht, un he is dar anstellt för un drieven se morrns dal an't Över. Man nu gifft dat meist keen Swiens mehr in't Land, seggt he, un wenn de letzten all sünd, denn so geiht se dat sachs leeg. Denn will he man mit em gahn, seggt de Prinz. O nee, seggt de Mann, dat geiht nie un nümmer. Wenn de Draak en Frömde bi em wies ward, denn so ritt he se all beid in Stücken. Man dat helpt nix, wat de Mann uck seggen mag, de Prinz *will* mit, un he geiht mit, as de Mann de Swiens dal drifft an'e See. Se sünd noch nich wied gahn, do hören se in't Holt wat knacken un breken. Dat is de Draak, de kümmt an Land pultern un will sin Fröhstück halen. „Weer ik nu en Baar", denkt de Prinz, un foorts is he een. Do bölkt de Draak, he will sin Swiens hebben. Man de Baar seggt, dar mutt he *em* för nehmen. Un denn geiht he up'e Draak dal, un se klei'n un bieten sik lang' mit Klauen un Tähns, man keen vun se kann de anner oever warrn. Do seggt he Draak, harr he nu man de twölf Specksieden in't Liev hatt, denn so weer de Baar sin Leven to Enne we'n. Ja, seggt de Baar, un harr he man en Brock Broot un en Sluck Wien hatt, denn so weer dat sachs ut we'n mit de Draak. Nu sünd se beid so möö', se koenen nich mehr. Do wöltert de Draak sik wedder rin in'e See un is weg. Man de Baar ward wedder to en Minsch un seggt to de Mann, he kann de Swiens wedder in'e Swienstieg sparrn, de Draak will vundaag keen Fröhstück hebben.

Man sülven will he woll wat to eten hebben, un do geiht he in'e Königsstadt, de is nich wied weg, un dar plegt he sik de Dag oever mit Eten un Drinken, un he slöppt sik düchtig ut, ehrer he sik de neegste Morrn na de lütte Kaat an't Seeöver rutfahren lett. He kümmt dar rechttiedig an, jüst as de Mann mit veeruntwintig Swiens utdrifft. De Draak hett ja noch de twölf vun güstern to kriegen. Se hören dat wedder knacken un breken, as de Draak an Land kümmt. Man de is nich ganz so grootsnutig as güstern, as he bölkt, se schoe'n mit sin Swiens kamen. De Prinz is nu wedder en Baar un antert wedder, he mutt *em* darför nehmen. Un se gahn up'nanner los un faten un rieten sik, de Eerde bevert man so ünner se. Ja, seggt de Draak toletzt, harr he nu man de veeruntwintig Specksieden in't Liev hatt, denn so harr de Baar sin Leven en Enne hatt. Ja, antert de Baar, un harr he man en Brock Broot un en Sluck Wien hatt, denn so weer dat sachs ut we'n mit de Draak. Denn wöltert de Draak sik t'rügg in'e See, un de Baar ward wedder to en Minsch un fahrt t'rügg na sin Harbarg.

De Katenmann sparrt de veeruntwintig fette Swiens in'e Swienstieg, un denn geiht he drievens to Stadt un dat foorts rup na de König un vertellt em, de Draak hett keen Swiens kregen, nich güstern un nich vundaag. Dar is en gresig grote Barenminsch kamen, seggt he, un de hett sik mit de Draak faat't, bet se all beid nich mehr kunnt hebben. Un he vertellt uck, wat de Draak un wat de Baar seggt hebben, ehrer se utenanner gahn sünd. Dat kriggt de König sin Soehn mit. He is man noch en junge Bengel, man en grote Waaghals. Dat is doch en Sünn un Schann, seggt he, dat keeneen de Baar to dat Broot un de Wien hulpen hett, wat he nödig hatt hett. Mehr seggt he nich, man he weet woll, wat he doon will.

De neegste Morrn drifft de Katenmann dal na de See mit sössundörtig Swiens. De König hett sülven seggt, dat geiht nich anners, de Draak mutt hebben, wat em tokümmt, so lang' as se dat herkriegen koenen. De dare König is sachs jüst keen Held we'n. As de Swiens dalkamen an't Över, kümmt de Draak an Land un snappt sik een darvun, ehrer de Baar dar is. Man denn kriggt 'n anners wat to doon, un de beiden hauen un trecken un rieten un bieten sik, dat is gresig un kieken dat an. Man keen vun se kann noch de anner oever. Harr he nu man de fievundörtig Specksieden in't Liev hatt, seggt de Draak, denn so harr de Baar sin Leven en Enne hatt. Ja, harr he man en Brock Broot un en Sluck Wien hatt, denn so weer dat sachs ut we'n mit de Draak, seggt de Baar. In desülve Ogenblick kriggt he en grote Swattbroot in't Muul smeten un en heele Kann Wien achterran. Dat is de lütte Waaghals vun Königssoehn, de hett sik dar hensleken un süht nu sin Snitt un geven de Baar, wat he bruukt. Un so draa as Prinz Falk dat kregen hett, schütt he up'e Draak los un ritt un splitt 'n in Stücken. Do springt dar en lebennige Haas rut ut'e dode Draak un schütt afste' na't Holt to. Man foorts ward de Baar to en Hund, haalt de Haas in un bitt 'n doot. „Rapp, rapp!" seggt dat, un do flüggt dar en Ent tohööcht ut'e dode Haas. Man jüst so gau is dar en Falk an'e Stä' vun'e Hund un flüggt achter de Ent ran un geiht up 'n dal mit Snavel un Klauen. Do lett de Ent en Ei dalfallen. Man de Falk passt up un süht, wonem dat Ei henfallt. Un nich lang', do steiht de Prinz as Minsch dar un hett dat Ei in'e Hand. Dat is vun ganz baven dal liek up en Steen fullen, man dat is liekers heel bleven, hett nich mal en Spreck kregen.

Dat Ding is hart, seggt de Prinz, man he weet doch, wat noch harter is. Denn maakt he sik wedder to en Falk un flüggt de lange Weg t'rügg na de Riesenbarg. Dar maakt he sik to en Pissmier un löppt dör de Spreck rin in'e Barg. Un as 'n dar in'e grote Höhl kümmt, do ward de Pissmier wedder to en Mann, un de hett ümmer noch dat Ei in'e Hand. De Prinz löppt nu dör de lange Gänge un springt all de Treppen rup un störmt dör de grote Saalen, bet he kümmt in de Bargstuuv, 'nem de Lamp brennt un 'nem de Prinzessin sitt mit de Ries sin Kopp up'e Schoot. Se hört em kamen un lett de Kamm fallen un sleit de Hänne tosamen. Nu geiht dat um Leven un Dood för de Prinz un för ehr. De Ries fahrt hooch ut'e Slaap un langt na sin iesern Stang. Man do steiht Prinz Falk uck al in'e Dör un smitt em dat Ei liek vör de Kopp, un do geiht dat twei un löppt em oever sin grimmige[1] Snuut. Un foorts fallt de Ries doot achteroever un sleit mit'e Kopp up'e Steendeel un is stief un doot as en Hering.

In desülve Momang basst de Barg vun baven bet nedden utenanner, un de Prinz un de Prinzessin stahn up'e Balkon vun dat prachtvullste Slott, wat 'n sik denken kann. All de Saalen sünd vull Gold un Sülver un Eddelsteens, un dat Land rundum is nu keen Wööst mehr, dar is Holt un Gaarns mit Böme un Blöme. Dat is nu allens erlöst, un allens ward wedder so, as dat we'n is, ehrer de Ries dat verhext hett.

De junge Lüüd sehn to un kamen gau hen na de Prinzessin ehr Vadder, de König. As se dar ankamen, gifft dat een Juchheien, dar is dat Enne vun

---

[1] Grimmig = hässlich (dän grim)

weg. All de Hochtiedsgäste kriegen Bescheed, se schoe'n wedderkamen, un denn fiern se nochmal Hochtied, un de König gifft de Prinz dat halve Riek as Mitgift. De junge Lüüd wahnen up dat Slott, wat de Ries hatt hett; un de König lett in sin Slott nu Finstern up'e anner Sieden, na Oosten un Westen un Süden insetten. He hett noch lang nugg levt, dat he sik noch to sin Kindskinner hett freuen kunnt, un as he dootbleven is, do is de Schoosterjung König vun Spanien wurrn.

De Saalbyer Raav

Dar is mal en Fruu we'n, de hett blots een eenzige Soehn hatt. Man de is so fuul we'n, he hett sik nich mal klei'n mucht, un sin Mudder hett allens för em doon musst. Mal sitt he un kickt ut't Finster, do ward he en grote Raav wies, de sitt up en Appelboom un pickt de Appeln an. Dat ward de Jung argern, un do maakt he sik de Möögde un kriggt sik en Flint vun'e Wand un schütt na de Raav. Un as dat schient, hett he 'n uck drapen, denn de Raav fallt foorts en Stück deeper dal an'e Boom. Do schütt de Jung nochmal, un de Raav fallt wedder wat deeper. He schütt to'n drütten Mal, do fallt de Raav ganz an'e Eerde un liggt dar as doot.

Nu geiht de Jung rut in'e Gaarn un hen na de Raav. Man he hett keen Lust un bücken sik, un do lett he sik platt dalfallen up 'n. Man do kümmt de Raav foorts tohööcht, sleit mit sin breede Flünken un flüggt mit de Jung up'e Rügg hooch in'e Luft. Wat schall de Bengel do anners doon as sik fast um sin Hals klammern, wieldes de Raav wiederflüggt. Un de flüggt wied rut oever de wille See. Upmal geiht de Raav dal, un de Jung ward bet an't Liev in't Water dükert. O nee, bölkt de Jung, he hett al meent, he is verlaren. Ja, seggt de Raav, dat hett 'n uck meent, as he dat eerste Mal up 'n schaten hett. Un denn flüggt 'n wedder hooch in'e Wulken un wied rut oever de wille See. Denn geiht 'n upmal wedder dal, un de Jung is ünner Water bet an'e Hals. O nee, bölkt de Jung, nu hett he würklich meent, he is verlaren. Ja, seggt de Raav, dat hett 'n uck meent, as he dat tweete Mal up 'n schaten hett. Denn flüggt 'n wedder na baven un noch wieder rut oever de See. Denn lett 'n sik upmal dalfallen in'e See, un de Bülgen slaan

230

oever de Jung sin Kopp tohopen. O nee, bölkt he, nu hett he doch warraftig dacht, he is heel un deel verratzt. Dat hett 'n uck meent, seggt de Raav, as he dat drütte Mal up 'n schaten hett.

Denn flüggt 'n wedder hooch un ümmer wieder, eerst oever See un denn oever Land, bet 'n na en Buernhoff kümmt, de liggt dar ganz alleen. Dar geiht 'n dal un sett de Jung af up en Feld un seggt, he schall in'e Hoff ringahn un gröten vun'e Saalbyer Raav, un se schoe'n em en Fatt Grütt mit twölf Bodderkuhlen geven. Wenn he de kriggt, denn so schall he dar twölf Lepeln Grütt vun eten un elkeen Lepelvull in *sin* Bodderkuhl stippen. För elkeen Lepelvull, de he eten deit, kriggt he de Knoev vun een Mann. Wenn se em up'e Hoff na wat Nües fragen, denn so schall he still swiegen un so doon, as wenn he nix weet. Wenn he de Grütt kregen hett, denn schall he rutgahn un sik na de Saalbyer Raav umkieken. Wenn he de sülven nich wieswarrn kann, denn so ward he sachs en lütte witte Plünn an en rode Draht in de Luft fleegen sehn. Wenn he de achterna geiht, denn so schall he de Saalbyer Raav noch finnen

De Jung maakt dat so, as de Raav em dat seggt hett. He geiht rin na de Hoff un seggt se Gröten vun'e Saalbyer Raav, un se schoe'n em en Fatt Grütt mit twölf Bodderkuhlen geven. De kriggt he, un mit de twölf Lepeln vull kriggt he de Knoev vun twölf Mann. De Lüüd up'e Hoff woe'n em utfragen, man he hollt reine Mund un geiht rut för un kieken na de Raav, man he kann keen Raav wieswarrn. Do süht he en witte Plünn an en rode Draht baven in'e Luft flattern, un as he de nageiht, do kümmt he toletzt na de Raav. De nimmt em wedder up'e Rügg un flüggt wied weg mit em bet in'e Neegde vun en Eddelhoff.

Dar sett de Raav em dal un schickt em dar rin mit desülve Gröten vun'e Saalbyer Raav. He kriggt wedder en Fatt Grütt mit twölf Bodderkuhlen un kriggt nochmal de Knoev vun twölf Mannslüüd. He seggt nix up'e Fragen vun'e Lüüd un finnt wedder de Raav, as he de witte Plünn an'e rode Draht nageiht.

De Raav flüggt denn wieder mit em na en grote Slott. Dar geiht he uck rin un kriggt up'e Gröten vun'e Saalbyer Raav Grütt mit twölf Bodderkuhlen. Do hett he denn de Knoev vun sössundörtig Mann. As he dar rutkümmt, kann he keen Raav wieswarrn, blots de witte Plünn an'e rode Draht. De geiht he achterna, man de Weg geiht steil bargup, un as he baven anlangt un süht de Plünn un de Draht noch wied weg, do is he to fuul un gahn wedder bargdal. Un do leggt he sik dal un trünnelt dar dal. Man dar sünd Stock un Steen 'nem he sik an stöten deit, un as he nedden ankümmt, do is he gröön un blau slaan. Dar liggt he nu un bölkt luut na de Saalbyer Raav, de schall em helpen in sin Noot. De Raav kümmt uck ansuust un kriggt em up, man eerst neiht 'n em düchtig en paar mit sin Flünken, um dat he wedder sin ole Fuulheit nageven hett.

De Raav flüggt nu mit de Jung up'e Rügg wied oever Land un See, bet se en grote Königsslott up Sicht kriegen. Dar sett 'n em dal un seggt to em, in dat dare Slott schall he ringahn un sik as Koekenjung vermeeden. He schall uppassen un darhen de Landstraat langgahn. Un wenn he jichens mal in Gefahr kümmt un sik nich sülven retten kann, denn so schall he ropen: „Saalbyer Raav, help mi nu, nu bün ik in Noot!" As de Raav dat seggt hett, spreedt 'n sin breede Flünken un flüggt so hooch, dat duert nich lang' un 'n is de Jung ut'e Sicht. As de starke Bengel

232

nu alleen is, denkt he, de Saalbyer Raav hett ja seggt, he schall na dat Slott de Landstraat langgahn. Man he kann ja sehn, de geiht ümmer hen un her un is woll dree Mielen lang. Man geiht he liekut, denn so is dat man en Viddelmiel darhen. He mutt ja doesig we'n, wenn he nich de körtste Weg nimmt. Un do geiht he liekut. Man dat is en verkehrte Weg: nich lang' un he sitt fast in en deepe Matschlock mang Doornbüsche mit spitze Doorns un kann nich mehr vör un nich torügg. Do röppt he: „Saalbyer Raav, help mi nu, nu bün ik in Noot!" Do kümmt de Raav ansuust, kriggt em faat mit sin Klauen un tuselt em düchtig mang de Doorns rum. Dat hett he verdeent, seggt 'n, för sin Vörwitzigkeit. Denn bringt 'n em wedder na desülve Stä' as vörher un flüggt weg. Nu is de Bengel dör Schaden klook wurrn, un he geiht de Landstraat lang, bet he na dat Slott kümmt. Dar geiht he rin in'e Koek un fraagt, um he dar ankamen kann as Koekenjung. He ward uck richtig annahmen, un dar slept he denn Water un Füerholt ran, dat flutscht man so. Knoev hett he ja nugg.

In't oevrige süht dat leeg ut up't Slott. De König hett mal in Waternoot sin Dochter en Waterkeerl toseggt, un as de junge Bengel man even dar in Deenst kamen is, do lett de dare Waterkeerl bestellen, nu will he de Königsdochter hebben. Se schall de neegste Dag dalkamen na em an'e Strand, anners will he dat heele Land toschannen maken. Do gifft dat en Truer un en Jammer, dar is dat Enne vun weg. De König seggt de Keerl sin Dochter un dat halve Riek to, de dat klaar kriggt, dat he sin Woort an'e Waterkeerl nich holen mutt. Nu is dar up dat Slott en vörnehme Herr, de heet Ridder Root. De verspricht hooch un hillig, he will sik mit de Waterkeerl hau'n un de

Prinzessin retten. De neegste Morrn geiht Ridder Root uck richtig mit de Prinzessin an'e Strand. Man so draa as he en hoge Wagg vun wied buten sik an Land wöltern süht, do denkt he, dat is de Waterkeerl, un do löppt he in't Holt rin un klarrt up en Boom un lett de Prinzessin sik sülven passen.

Wieldes hett de Koekenjung sik an'e sülvige Morrn ut'e Koek rut un dal na de Strand sleken. He süht de sülvige Wagg sik ranwöltern, 'nem Ridder Root vör utknepen is. Man he blifft dar un kickt genauer hen, un do süht he, wo de Wagg sik brickt un an Land löppt, man dar is keen Waterkeerl in: De maakt man blots de Prinzessin ehr Fööt natt un löppt denn wedder af. Beten later kümmt wedder en Wagg, grötter as de eerste. De maakt de Prinzessin natt bet an't Liev, man en Waterkeerl sitt dar uck nich in. So draa de aflapen is, kümmt dar en Wagg ut de Deepde anrullt, de is so hooch as en Huus. De sleit oever de Prinzessin ehr Kopp tosamen, un dar is de Waterkeerl in. Man jüst as he ehr grapsen will, do kümmt de Koekenjung anschaten un kriggt em faat, un do wöltern de beiden sik up'e Strand, de Sand liggt bargenhooch um se rum. De Bengel bruukt richtig de Knoev vun all sössundörtig Keerls för de dare Striet, man dat Enne is doch, he winnt un maakt de Waterkeerl all, un de Bülgen spölen de sin Liek in'e See.

Darna is de Bengel so möö', he sackt dal an'e Strand un fallt in en deepe Slaap. Do geiht de Prinzessin hen na em, knütt' em en gollne Ring in'e Haar un süht denn to un kamen hen na't Slott för un bringen ehr Vadder de gude Naricht. Man as se in't Holt kümmt, do klarrt Ridder Root gau dal vun sin Boom un seggt to ehr, dat geiht ehr an't Leven, wenn se nich seggen will, dat he un keen anner ehr vör de

Waterkeerl rett' hett. Se gahn denn tohopen na't Slott, un dar vertellt Ridder Root lang un breet, wo driest he we'n is, wodennig he de Waterkeerl dootmaakt un de König sin Dochter rett' hett. Do gifft dat grote Freud un Juchhei, un Ridder Root schall bi acht Daag mit de Prinzessin Hochtied maken un upto dat halve Riek kriegen.

De Hochtiedsdag kümmt, un de Gäste sünd dar, un dat is all een Pracht, sowat hett 'n noch nie nich in'e König sin Slott sehn. Man an'e Hochtiedstafel mellt sik upmal de Prinzessin to Woort un seggt, wokeen ehr rett' un de Waterkeerl dootmaakt hett, dat weet se nich. Man een Deel weet se: Se hett em ehr gollne Ring in'e Haar knütt, as he na de sware Kamp möö' we'n is un an'e Strand inslapen is. Un se will keen anner to'n Mann hebben as de, de de Ring hett.

Nu steiht de Saak ja leeg för Ridder Root, he hett ehr gollne Ring ja nich. Un do lett de König dör't heele Land befehlen, all Mannslüüd in sin Riek schoe'n up't Slott kamen, dat 'n nakieken kann, um se hebben de Prinzessin ehr Ring in'e Haar knütt'. Do warrn se denn all nakeken, so vel dat uck sünd. Man dar is keen Ring to finnen. Do ward de König bi lütten vergrellt un meent, dat mit de gollne Ring will de Prinzessin se woll blots wiesmaken. Man se blifft darbi, dar mutt noch een we'n, de se nich nakeken hebben. Un do fallt se in, buten in'e Koek is en grote Koekenjung, de hebben se noch nich vörhatt, un do schickt de König twee vun sin stärkste Deeners hen, se schoe'n em halen, um he will oder nich.

Do kamen se hen na de Bengel un seggen, he schall foorts rinkamen, de König will mit em snacken. Man de Bengel seggt, he hett nix un snacken oever mit de

König. Wenn de König wat vun em will, denn so kann he ja na em kamen. Do kriegen de Deeners em faat un woe'n em mit Gewalt rinbringen. Man dat harrn se leever nich doon schullt, he smitt se an'e Grund as nix. Un so draa as se wedder up'e Beens kamen, lopen se rin na de König un seggen, de Bengel will nich kamen, un se koenen em nich oever. Do schickt de König tein vun sin beste Lüüd na em hen, man de tein geiht dat jüst so as de twee. Un nich beter geiht dat, as de König sin veeruntwintig stärkste Keerls henschicken deit: Uck denn seggt de Bengel noch, he hett nix un snacken oever mit de König. Wenn de König wat vun em will, denn kann he ja na em kamen. Un as se denn Gewalt bruken woe'n, do kriggt he se faat, haut se twee un twee tosamen un smitt se alltohopen ut'e Koekendör.

Nu mutt de König denn ja sin eegne Deener spelen un in'e Koek gahn un de Bengel fein beden, he schall doch man mit em rupkamen in'e Saal. Un dat deit he denn uck. As de Koekenjung dar rupkümmt, schietig as he is un mit sin rode Mütz up'e Kopp, do mutt de König em uck noch fein beden, he schall doch mal even de Mütz afnehmen. Un so draa he de afnimmt, do sehn se all de Prinzessin ehr gollne Ring in sin Haar blinkern. Um he dat is, de sin Dochter vör de Waterkeerl rett' hett, fraagt de König. Jawoll, seggt de Bengel. Wodennig dat denn woll togahn is, dat he ehr hett retten kunnt, will de König weeten. Dat is sodennig togahn, seggt de Bengel, dat he de Knoev vun sössundörtig Keerls hett, un dat gifft blots een, de stärker is as he, un dat is de Saalbyer Raav, de hett de Knoev vun soevenundörtig Keerls. Ja, seggt de Prinzessin, de un keen anner hett sik mit de Waterkeerl faat' un ehr Leven rett', un Ridder Root hett in't Holt seten un is up en Boom klarrt, ehrer de Waterkeerl kamen is.

Do seggt de König to sin Lüüd, se schoe'n foorts de falsche Ridder Root faatkriegen un em an'e sülve Boom uphängen, 'nem he sik up verstaken hett, as he de Prinzessin hett wahren schullt. Man to de Bengel seggt he, he kann nu de Prinzessin un dat halve Riek kriegen, dat steiht em to för dat, wat he daan hett. De Bengel seggt em dar velen Dank vör, man he hett dar noch gar nich an dacht, seggt he, un verheiraden sik un setten sik jichens wonem fast. Darum will he de Prinzessin nich hebben un uck nich dat Riek. Man he will de König geern noch en Tied deenen.

Do ward he oever de König sin Suldaten sett un kriggt so hoge Lohn un Wapen un Perde, as he man hebben will. Un sodennig geiht dat en Tiedlang. Man denn mal een Dag, do ritt he up'e Straat lang un all, de he bemött, wieken vör em to Siet, se weeten ja, he hett de Knoev vun sössundörtig Keerls. Toletzt bemött he en anner Rieder, de wiekt nich to Siet, de ritt liek up em to, un as se sik drapen, do leggt de frömde Rieder em de Hand up'e Schuller, un do sackt sin Perd an'e Grund un streckt all veer vun sik, un de starke Bengel sülven geiht in'e Kneen. Do markt he, nu hett he sin Meister funnen un röppt luut: „Saalbyer Raav, help mi nu, nu bün ik in Noot!" Nee, he bruukt keen Hülp, seggt de Saalbyer Raav, denn he is dat sülven, de de Bengel bemött is. He gifft sik nu to erkennen, un de Bengel geiht mit em na Huus in sin Slott un sin Königriek, un dar kriggt he de Saalbyer Raav sin Süster to Fruu un levt noch mit ehr in Herrlichkeit un Freud.

True Krischan

Dar is mal en Vadder we'n un en Mudder, de hebben een Soehn hatt, de hett Krischan heeten. Een Dag schall Krischan rut in'e Welt un verdeenen sin Broot. Sin Vadder vermahnt em, he schall ümmer lachen mit de lachen Lüüd un weenen mit de weenen Lüüd, he schall vergnöögt we'n mit de vergnögte Lüüd un trurig mit de trurige Lüüd. Un de Mudder sett darto, wenn he an en Kirch kümmt, denn schall he nie nich vörbigahn, he schall ringahn un de Segen mitnehmen.

Do kümmt Krischan in Deenst up en Herrenhoff, un sin Herrschaft is so guut tofreden mit em, he stiggt vun een Baantje up to de neegste, un nich lang', do is he se's boeverste Deener. Do warrn de anner Deeners afgünstig, un een is dar, de lett keen Gelegenheit vörbigahn, wenn he em wat an't Tüüg flicken kann. Mal seggt he to de Herr, he schall dar doch mal up uppassen, wenn de Fruu lacht, denn lacht Krischan mit, wenn se weent, denn weent Krischan uck; is se vergnöögt, denn is Krischan dat uck, un wenn se trurig is, denn lett he uck de Kopp hängen.

De Herr markt, dat stimmt, un do ward he vun Krischan un vun sin Fruu leeg denken. He ward ümmer misstruuscher un vergrellter up sin true Deener, un toletzt nimmt he sik vör, he will em loswarrn, un dat sodennig: He schickt em mit en Updrag na en Teegelie, de hört em to, un dar hett he vörher Order geven, de eerste, de dar henkümmt mit en Updrag vun em, de schoe'n se faatkriegen un in'e glöhnige Aben smieten.

Krischan maakt sik foorts up'e Weg, as he Bescheed kriggt, wat he in'e Teegelie bestellen schall. Man ün-

238

nerwegens kümmt he na en Kirch, un do ward he dar an denken, wat sin Mudder em heeten hett: He geiht rin, dat he uck up düsse Gang de Segen mitnimmt. De leege Deener, de Krischan bi sin Herr slecht maakt hett, de geiht em foorts achterna, he will sik darvun oevertügen, dat Krischan würklich in'e Aben kümmt. Man *he* geiht nich rin in'e Kirch, un do kümmt he vör Krischan na de Teegelie, un dar kriegen se em foorts faat un smieten em in'e glöhnige Aben. Man Krischan hett sik en beten in'e Kirch upholen, un do kümmt he later na de Teegelie, bestellt sin Updrag un kümmt denn heel un gesund na de Hoff t'rügg, un he ahnt gar nich, wat dar passeert is un wat he ut'e Weg gahn is.

Sin Herr is bannig verbaast as he em weddersüht, un he fraagt em, um he is liek na de Teegelie gahn. Do gifft Krischan to, he is eerst in en Kirch we'n för un nehmen de Segen mit, dat hett he sin Mudder toseggt. Un he vertellt uck vun'e Vermahnen, de he to Huus vun Vadder un Mudder mit up'e Weg kregen hett. Do ward de Herr dat klaar, Krischan is en true un ehrliche Deener, un de Hackenbieter hett blots sin verdeente Lohn kregen. Vun de Tied an nöömt de Herr em blots noch True Krischan, un Dag um Dag is he dar mehr un mehr vun oevertüügt, dat he sik heel un deel up em verlaten kann.

Do kümmt dar mal en frömde Herr to Besöök up'e Hoff, un do kamen se in Snack oever Truu un Gloven. De frömde Herr seggt, dat gifft keen, up de een sik heel un deel verlaten kann. Elkeen is en Spitzboov in sin Warv, seggt he, un keeneen blifft länger bi de Wahrheit, as he dar sin Vördeel in sehn kann. Man de Herr vun'e Hoff seggt, he hett een Deener, sin True Krischan, de hett nie nich lagen, un dat ward he uck nich doon, eendoont, um de Wahrheit em nütten deit oder schaden. De frömde Herr meent, he ward em dar al to kriegen, un do wetten se dar um, un elkeen vun se sett sin Eddelhoff up't Spill.

Denn ward True Krischan rinrapen, un he kriggt en Breev, de schall he de frömde Herr sin Fruu henbringen. He kriggt en Antog an vun sin Herr sin beste Tüüg un dat beste Perd ut'e Stall, un denn ritt he afste' un schall desülve Avend wedderkamen. In'e Breev, de de frömde Herr em för sin Fruu mitgifft, dar steiht genaue Bescheed in, wodennig se em upnehmen schoe'n. Un do ward he upnahmen as en feine Herr. Dat Perd bringen se in'e Stall, un he mutt sik bi de Fruu baven an'e Disch setten, un se stött an mit em un drinkt em to. Un de annern, de dar sünd, drinken uck mit em, un se blieven bi, bet se em duun hebben. Denn kriegen se de Kaarten rut, un he mutt mitspelen, un de Düvel mag weeten, wodennig dat togahn is oder uck nich, se seggen, he hett allens verspelt, wat he bi sik hatt hett, nich blots sin Geld, uck dat feine Tüüg, wat he anhett, un sin Herr sin beste Perd, 'nem he up herreden is. Denn trecken se em dat Tüüg ut un leggen em in en Bett, un eerst laat an'e neegste Dag hett he sin Haarbüdel utslapen.

Dat Tüüg, 'nem he in herkamen is, dat hett he ja verspelt, un dat Perd uck. Do geven se em en paar ole Plünnen, de mutt he antrecken, un en Stock in'e Hand, un denn smieten se em rut. In de dare elennige Tostand mutt he sik up'e Weg na Huus maken, un he mag lopen so dull, as he will, vör Avend schafft he dat doch nich bet na Huus.

True Krischan is an de Dag gar nich mit sik tofreden, un as he so de Weg langtüffelt, do meent he, he kann doch nich sin Herr vertellen, wodennig he sik hatt hett. Dat ward leeg, denkt he, wenn he na Huus kümmt. He kann sik al denken, wat de Herr em fragen ward. Man wat he denn seggen schall, dat is nich so licht to.

He is nu al so dicht bi de Hoff, he kann 'n al sehn, un do will he al mal en Proov maken. Do stickt he sin Stock in'e Eerde un hängt dar sin ole Pracherhoot up. Dat schall nu de Herr we'n. Denn geiht he en paar Schred t'rügg un seggt: „Willkamen, True Krischan!" Dat ward de Herr sachs seggen, denkt he. „Dank, Herr!" Dat is ja uck so liekto. Denn seggt he: „Man wo sühst du denn ut? Wonem is dat Perd un de Munderung afbleven?" – „Ja, Herr, de heff ik tosett. Buten in't Holt bün ik vun Rövers oeverfullen wurrn, un de hebben mi Perd un Tüüg afnahmen, un ik heff man knapp min Leven rett'." Do dücht em, de Hoot schüddelt de Kopp, wat dat nu de Wind is, de 'n bewegen deit, oder wat anners. De Verklaren döcht nix, dat markt he. Un wenn he dat seggt, denkt he, denn schickt de Herr Lüüd ut na all Sieden, se schoe'n na de Rövers söken. Man dar sünd ja keen to finnen, un keeneen hett se sehn. Denn steiht he dar as en Loegenhals.

Denn geiht he wedder en lütte Stück weg vun'e Stock un fangt wedder an: „Willkamen, True Krischan!" – „Dank, Herr!" – „Wo sühst du denn ut? Wonem is dat Perd un de Munderung afbleven?" – „Ik bün verbiestert, Herr, un bün in en Moor kamen, un dar is dat Perd in'e Mudd versackt, un ik heff um min Leven springen musst un heff nix mitkregen." – Nee, em dücht wedder, de Hoot schüddelt de Kopp, un he denkt bi sik, wenn he dat seggen deit, denn so gahn se hen un söken dat Perd, un jichens wat vun dat Tüüg musse sik doch uck finnen laten. Nee, dat geiht uck nich.

Denn geiht he wedder en beten weg vun'e Stock, dreiht sik hen na 'n, un fangt wedder an as vördem: „Willkamen, True Krischan!" – „Dank, Herr!" – „Wo sühst du denn ut? Wonem is dat Perd un de Munderung afbleven?" – „Tja, Herr, dat heff ik in'e dune Kopp verspelt un verfumfeit." Do dücht em, de Hoot nickt em to. Ja, seggt he bi sik, sodennig is dat we'n, un sodennig mutt dat we'n. Denn sett he de ole Hoot wedder up sin Kopp, nimmt de Stock in'e Hand un geiht liekto na de Hoff. He geiht rup na de Herr, un de frömde Herr is ja uck to Stä'. Man sin Herr fangt dar nich mit an un heeten em willkamen, un he seggt uck nich „True Krischan" to em. He kickt bannig vergrellt un bölkt em an: „Plaagt di de Düvel, Krischan? Hest du min Perd un min feine Tüüg oever Stüür sett?" „Ja, Herr," seggt True Krischan, „dat heff ik in'e dune Kopp verspelt un verfumfeit." Un he vertellt allens, wodennig he sik duun sapen un allens verspelt hett.

He hett dat Spill liekers wunnen, seggt sin Herr un nöömt em wedder „True Krischan". Nu kann he sik dat up de Eddelhoff kommodig maken, 'nem he jüst to Gast we'n is: dat schall vun nu an sin we'n. Un so is dat uck kamen. Do is True Krischan Herr up en Eddelhoff wurrn, un dat darum, wiel he ümmer bi de Wahrheit bleven is.

De Swatte School

In jichens en Stadt hett mal en rieke Mann wahnt, de hett twee Soehns hatt, un en arme Mann, de hett een hatt. De dree Jungs sünd mit'nanner to School gahn un sünd gude Frünnen we'n. De arme is de flinkste un flietigste we'n vun se un hett de annern ümmer bi se's Schoolarbeiten helpen musst, dat se man nich backen blieven.

De Jungs warrn grötter, un as se kumfermeert warrn schoe'n, do seggen de rieke Mann sin Soehns to se's Öllern, se's arme Kamraad schall doch uck so'n Tüüg ankriegen as se sülven, un dat kriggt he uck. Un as he denn en Handwark lehren schall un se schoe'n studeern, do seggen se, dar kann nix ut se warrn, wenn se em nich bi sik hebben. Se koenen sin Sellschop nich missen un uck nich sin Hülp. Do sünd denn de rieke Lüüd inverstahn un betahlen för de arme Jung, dat he mit se'n eegne Soehns studeern kann.

Do gahn de dree Jungs denn mit'nanner wieder up'e Latienschool, un dat blifft so bi, as dat anfungen hett: Se hebben sik vun Harten geern, un de arme Jung wiest de mehrste Plie un de gröttste Fliet un mutt de beide Kamraden bi se's Schoolarbeiten helpen. Se warrn uck to lieker Tied Studenten, un se wahnen ümmer noch tosamen, un de rieke Mann sin beide Soehns deelen mit de Arme, un so kann he wiederstudeern, un he helpt se ümmer bi de Kopparbeit, un na en paar Jahr hebben de dree allens lehrt, wat dat up'e hoge School to lehren gifft. De Arme is ja toeerst ferdig, man he blifft bi de beide annern un helpt se, bet se uck lehrt hebben, wat se dar lehren koenen.

Liekers gifft dat ja noch mehr to lehren, as wat se al lehrt hebben. Un de arme Mann sin Soehn hett keen Ruh, so lang' as dat noch wat gifft, wat he nich weet. Un do warrn de dree sik eenig, se woe'n uck wiederhen tosamenholen un woe'n dar up dal, wat se noch nich lehrt hebben. Un dat is ja de Swatte School, as 'n heet, de fehlt se noch. De rieke Mann schrifft an sin Soehns, se schoe'n nu upholen mit Studeern, se schoe'n wedder na Huus kamen, he will se keen Geld mehr schicken. Man de Soehns hebben noch allerhand Geld in'e Tasch, un se hören nich up'e Ole un reisen mit se's Kamraad na en anner Stadt, dar gifft dat Meisters in'e swatte Kunst.

Dar fragen se rum, bet se de allerklöökste Magister funnen hebben, un denn gahn se hen na em un fragen em, um se koenen bi em in'e Lehr kamen. Ja, seggt he, dat koenen se guut. Se koenen all dree intrecken un bi em wahnen, un binnen een Jahr will he se allens lehren. Man se moeten een Deel mit em afmaken: Wenn dat Jahr rum is, denn stellt he se dree Fragen. Wenn se dar richtig up antern koenen, denn so sünd se frie un bruken em för't heele Jahr nix betahlen. Man de up de Fraag, de he kriggt, nich richtig antern kann, de schall de Magister up Levenstied tohören, un he kann mit em maken, wat he will. De dree Studenten meenen ja, se sünd al bannig studeert, un se hebben noch en heele Jahr för un warrn noch klöker, do warrn se dar sachs up antern koenen, wat he se fraagt; un do gahn se up dat Afmaken in un ünnerschrieven sik.

Do trecken se denn all dree in bi de gelehrte Magister. Dat is en wunnerliche Keerl un kieken an. He is en lütte Mann un geiht ümmer in griese Tüüg. He hett en Näs as de Snavel vun en Adler, lütte rode

244

Ogen, de liggen deep in'e Kopp, en breede Mund, de grient ümmerto, un en Paar Ohren, de stahn to Siet af as de Hoorns vun en Schaapbuck. Lahm is he, denn he hett en Klumpfoot; vellicht süht 'n em darum nie nich buten Huus. De dree Studenten hebben dat recht guut. En ole Fruunsminsch föhrt de Huusstand för se un de Magister. As't schient, kann se nich hören un nich snacken. Mang de Studenten heet se nich anners as „de Düvel sin Urgrootmudder". Un dat is nich so ganz bito raden.

Elkeen Dag hebben se Ünnerricht bi de Magister, un he gifft se allerhand wunnerliche Böker un lesen in, un dat geiht ümmer noch so as vörher: De arme Student lest un studeert fröh un laat, man de rieke Mann sin beide Soehns hebben bald de Näs vull vun't Lehrn. Dat is ja en grote Stadt mit en Barg Saken, 'nem junge Lüüd sik bi amüseern un uck up rinfallen koenen, un do sünd se de meiste Tied buten up'e Swutsch un supen un fackeleuten. As se's Geld all is, do lehnen se sik dat un laten anschrieven, 'nem se man koenen, un se's grööttste Sorg is, un slaan de Tied doot so gau un so lustig, as't geiht.

Wieldes is dat Lehrjahr meist to Enne, un bi lütten geiht se dat in'e Kopp rum, wat se afmaakt un ünnerschreven hebben vun wegen de Fragen, up de se antern schoe'n, wenn se de Ole nich tiedlevens tohören woe'n. Jo mehr se vun em sehn, jo weniger Lust hebben se, un warrn sin eegen, un se sünd bang', he kann se sachs so'n Fragen vörleggen, de se nie nich rutkriegen koenen. De arme Mann sin Soehn hett jo sin Tied bruukt, so guut as dat man gahn wull, man he maakt sik Sorgen um sik sülven un um de beide annern – de hebben ja mehr in't Glas keken as in'e Böker.

De Dag, ehrer dat Jahr rum is, geiht de arme Student to Kirch as elkeen Dag. He is bannig benaut, un sodennig hört he nich vel vun dat, wat dar predigt un sungen ward. As he ut'e Kirch rutkümmt, do steiht dar en smucke ole Fruu un fraagt um en lütte Gaav. He langt in'e Tasch. Dar sünd nich vele Schillings in, man de dar sünd, de gifft he ehr all. Se schall man nehmen, wat he hett, seggt he, he bruukt dat sachs doch nich mehr. Do kümmt se bi un snackt mit em un seggt, se kann sehn, dar liggt em wat swaar up'e Seel. He schall ehr dat doch man vertellen, seggt se, vellicht kann se em en gude Raat geven. Eerst will he nich. Wat dat woll nütten kann, wenn se dat weet, meent he. Man se seggt, dat kann doch angahn un se weet Raat. Se hett al en Barg Lüüd hulpen, seggt se, de ehr vertruut hebben. Do vertellt he ehr allens: He un sin beide Kamraden sünd bi de un de Magister in'e Lehr, un morrn schoe'n se up sin dree Fragen antern, oder se sünd för ümmer sin, un dar sünd se bannig bang' vör.

Dar hebben se uck Grund to, seggt de Fruu, denn dat is de Leege sülven, 'nem se bi in'e Lehr sünd. Man um sinetwillen will se em en gude Raat geven, de se all dree helpen kann. Vunavend laat, seggt se, denn schall he sik en Spaa kriegen un up'e Kirchhoff gahn un sik en Grassood utsteken, een El lang un een El breet, un denn schall he de mit rupnehmen up'e Barg, de liek noorden de Stadt liggt, dat is de Galgenbarg. Dar schall he sik up'e Südersiet en Lock graven, so deep, dat he dar in stahn kann, un jüst so groot as de Grassood. Denn schall he in dat Lock dalstiegen un de Grassood oever sin Kopp leggen. Dat mutt he allens vör Middernacht klaarkriegen. Denn schall he dar ruhig en Stunnstied afluern, denn so kriggt he to hören, wat he weeten mutt.

De Student deit, wat de Fruu em seggt hett, un vör Middernacht steiht he verstaken ünner de Grassood in sin Lock up'e Galgenbarg. Do kamen dar wecke Kreihn anflagen vun Oost un West, un se snacken un kloenen, un he hett nugg lehrt för un verstahn, wat se seggen. „'nem blifft he denn af? 'nem blifft he denn af?" seggen se. Toletzt kümmt dar en Kreih vun Süden, nedden vun'e Stadt her anflagen, un de sett sik dal bi de annern, un se snacken un kloenen un krieschen un schracheln, un de Student hört nipp to, un he versteiht allens. Dat is nämlich sin Meister, de dröppt sik dar mit anner Gesocks vun sin Aart, un de Student hört, he seggt, morrn hebben se denn de dree Studenten. Wat he se denn fragen will, fraagt een. Un do vertellt he de annern, wat för'n dree Fragen he de stackels Studenten vörleggen will, un wat se antern moeten, man natürlich nich koenen, un sodennig is he sik wiss, se kriegen se all dree faat. Un se hucheln un lachen un kloenen un schracheln, un denn fleegen se elkeen sin Weg. As se wied nugg weg sünd, geiht de Student na Huus un leggt sik to Bett, un de Nacht slöppt he so guud as de ganze Wuch nich.

De neegste Morrn fröhstücken de dree Studenten mit se's Meister, man vörher hebben se noch Gelegenheit un snacken tosamen. Vundaag is dat vel staatscher anricht't as sunst, dat is ja en Festdag: Nu kümmt dat Examen un de Afreken, 'nem de Meister sik dat heele Jahr up freut hett. En rode scharlacken Dek liggt up'e Disch, un dar liggt en lüchen witte Dook up. Up'e Disch stahn Pokalen ut slepen Kristall, un in'e Mitt en düre un fein maakte Upsatz ut idel Sülver.

As se denn eten hebben, dreiht de Meister sik na de rieke Mann sin öllste Soehn un seggt, na allens, wat se lehrt un studeert hebben, is dat sachs nich to vel, wenn he se fragen deit wonem de Dek ut maakt is, de dar up'e Disch liggt. Do seggt he, dat is en ole Perdehuut, de hett he ut'e Schinnerkuhl ruttrocken. Un do koenen se dat all sehn, dat is de reine Wahrheit. De Meister treckt sin lütte rode Ogen noch deeper in'e Kopp rin un schuult gresig, man denn seggt he ruhig, dat mag woll. Man denn dreiht he sik na de rieke Mann sin tweete Soehn un fraagt em, wonem de Pokalen ut sünd, de dar up'e Disch stahn un 'nem se ut drunken hebben. Dat sünd man blots en paar ole Puttschören, seggt he, un foorts koenen se dat all sehn, dat stimmt würklich. Do hollt et de Meister nich mehr up'e Stohl, man he humpelt stracks na de arme Mann sin Soehn hen un kriggt em hart bi de Arm tofaat, dat de naher vull brune un blaue Placken is, un fraagt em mit bevern Stimm, wat em denn um de dare Upsatz merrn up'e Disch dücht. Dat dat en ole Perdeschädel is, seggt he, un foorts sehn se 'n dar all stahn mit sin leddige Ogen- un Näsenlöcker. Do bölkt de Meister, se schoe'n maken, dat se rutkamen, man de toletzt rutkümmt, de will he en Teeken mitgeven, dat de em nie nich vergeten schall.

Do schüfft de arme Student de beide annern vör sik her, un se schöten Hals oever Kopp rut ut'e Dör. Man ehrer he achter se ranlöppt, ritt he dat Strumpband vun sin rechte Been un maakt dat to en Keerl un springt ut'e Dör rut. Do kann de Meister nix anners doon as dreihn de letzte de Kopp um, dat em de Näs na achtern steiht. Man dat is ja man dat Strumpband, wat he sodennig teeken deit, un dat is 'n nich mehr antosehn, as dat in sin wahre Gestalt vör de Dör liggen deit. Man vun de Tied an waagt de Student dat doch nie nich un binnen en Strumpband um sin rechte Been.

Nu sünd de dree Studenten denn ja se's Meister los un quitt. Man de rieke Mann sin beide Soehns, de hebben ja so lang' up Pump un Kredit levt, un nu koenen se nich ut'e Stadt afreisen, ehrer se se's Schulden betahlt hebben. Se warrn in't Kaschott smeten un schoe'n dar sitten, bet se allens betahlt hebben, wat se schüllig sünd. De Arme sin Soehn is nu rieker as se, denn he hett keen Schulden un is frie un kann hengahn, 'nem he will. Man he will sin Frünnen ja nich in Stick laten, un do geiht he na se hen in't Kaschott un snackt mit se. He meent, nu koenen se doch man an se's Vadder schrieven, dat de se utlösen deit. Man se seggen, dat doon se nich, denn se weeten alltoguut, dat nützt se doch nix. Se's Vadder is nu so dull up se, dat se nich na em hört hebben, he schickt se nich een Penn. Man *he* is so klook, seggen se to se's Fründ, he mutt doch Geld beschaffen koenen. He is doch instann un kann de Düvel sülven bedrögen, wenn't nödig deit. De stackels Student will dar ja nich geern bi. Man he mutt doch sehn un kriegen sin beide Kamraden rett't, se sünd doch ümmer so guut to em we'n, un do seggt he se to, he will sehn, wat he doon kann.

He is ja nich för nix in'e Swatte School gahn, dat hebben wi ja al sehn, as he dat Strumpband to en Keerl maakt hett, un so weet he denn uck guut, wodennig he ool Urian an't Woort kamen kann. Un so geiht he desülve Avend up'e Kirchhoff un geiht dreemal gegen de Sünn um de Kirch rum, un ümmer, wenn he an de Dör vun'e Vörruum kümmt, denn fleutet he dör't Sloetellock un sprickt en paar kruse Wöör. As he dat dreemal daan hett, kümmt de ole Urian, un dat is keen anner as de lütte graue Magister mit'e Klumpfoot, 'nem he körtens in'e Lehr bi we'n is. Wat anliggen deit, fraagt ool Urian. He snackt heel fründlich, he denkt, dat is an besten un gahn in'n Guden mit em um, un he will em ja to un to geern in sin Macht kriegen. Och, seggt de Student, he hett Geld nödig, un he wull de Meister mal fragen, um he em dar nich en Schepel vun lehnen kann. Ja, seggt ool Urian, he schall en hüüpte Schepel vull hebben, un he will bi dree Jahr man blots en strekene Schepel vull wedderhebben. Man kann he denn nich betahlen, denn so schall he em to eegen we'n. He is sik ja heel wiss, de beide Kamraden hebben dat Geld bald all, un denn koenen se em bi dree Jahr nich t'rüggbetahlen, nich mit dat Ganze un nich mit dat Halve. Ja, seggt de Student, dat is ja recht un billig, man he will doch geern Verlööv hebben un betahlen sin Schuld t'rügg, ehrer de dree Jahr um sünd, wenn he dat kann. Dar is ool Urian dörchut mit inverstahn, un in en Wuppdi is he wedder dar mit en hüüpte Schepel vull blanke Sülverdalers. Do nimmt de Student de Schepel un stellt 'n up en Dook, dat hett he an'e Grund utspreed't. Denn kriggt he sin Stock un strickt dar de Schepel mit, dat allens, wat oever de Kant kieken deit, dalfallt up dat Dook. Un denn seggt he to ool Urian, he dankt em uck velmals vör dat lehnte Geld, un dar hett he de strekene Schepel wedder, nu sünd se quitt. Dar kann ool Urian ja nix gegen seggen. He mutt sin Schepel weddernehmen un de Student beholen laten, wat he kregen hett. Splitterndull is he ja, un he suust af, dat dar en gresige Swevelstank achter em stahn blifft.

Do kriegen de Kameraden denn se's Schulden betahlt un warrn frielaten, un nu will de kloke Student se ja weghebben ut'e dare Stadt. Se schoe'n all dree tosamen up Reisen gahn un sik de Welt ankieken. Dat woe'n de beide annern uck geern, man dat ward se suer un maken sik reisferdig. Se hebben ja nu wedder Geld, un do fangen se dat ole Leven wedder an mit Supen un Swieren, bet se de letzte Schilling dörbröcht hebben. Do verspreken se em un seggen em to, nu woe'n se mit se's kloke Fründ dör de heele Welt reisen, wenn he se man wat Reisgeld beschaffen will, se weeten ja, he kann dat. Dat is en gefährliche Saak, seggt he, un dütmal will he dar nich alleen bi, se moeten dar uck för instahn un mit em dör Dick un Dünn gahn. Un wenn he dat Geld ranschafft, denn so moeten se in all Stücken up em hören. Dar geven se em de Hand un se's Ehrenwoort up. Denn nimmt he se avends mit up'e Kirchhoff un haalt wedder de ole Urian rup. „Na", seggt de, „sünd I wedder dar?" Un he dankt em uck velmals för dat letzte Mal. Do hett he em ja anscheten, seggt he, man he kann em ja woll nich missen. Wat he nu denn will, fraagt he. Do verklaart de Student em, he un sin Kameraden woe'n sik geern de Welt bekieken, man se hebben keen Reisgeld. He schall doch man so guut we'n un se wat geven. Ja, seggt de ole Urian, he hett ja en gude Natur, man för wat is wat, heet dat bi em doch ümmer noch. Aver se kennen sik ja nu so guut, darum will he em helpen för nix. He kann en Büdel lehnt kriegen, seggt he, dar is ümmer Geld in, eendoont, wovel he utgeven deit, un de kann he dree Jahr beholen. In de Tied koenen se sik düchtig in'e

Welt umkieken. Un dar will he wieder nix för hebben, blots, dat se vun'e neegste Dag an un bet de dree Jahr um sünd, nie nich wat anners seggen, as wat he se nu verklaart: Een dörv blots seggen: „Wi dree." De anner: „Um Geld." Un de drütte: „Dat is recht." Wenn een vun se in de dree Jahr wat anners seggen deit, denn so schoe'n se all dree sin we'n.

Dar gahn se all dree up in, de kloke Student kriggt de Büdel, un se gahn t'rügg na se's Harbarg. Dar maken se in de Nacht allens af: De arme Mann sin Soehn as de klöökste vun se schall de Büdel beholen un up'e Reis allens betahlen. Un se verspreken sik hooch un hillig, keen vun se will wat anners seggen, as de Snack, de em todeelt is. Wat se uck bemöten mag, dat kann doch nich leeger warrn, as wenn se in'e Gewalt vun de Leege kamen, dar sünd se sik all eenig in. So reisen se denn vun Stadt to Stadt un vun Land to Land, un se kieken sik all de Afsünnerlichkeiten vun de Welt an un kamen oeverall fein klaar, liekers se blots se's dree Snacks seggen. De Lüüd meenen ja, se sünd en beten tumpig, man se betahlen guut, un sodennig sünd all de Krögers guut mit se tofreden.

Sodennig sünd se denn dree Jahr weniger dree Daag reist, do kamen se in en Stadt, dar sünd se noch nich we'n. Se kehren an in en feine Kroog, se gahn ja fein in Tüüg un hebben feine Fahrtüüg, un de Kröger kümmt rut un fraagt, wat se woe'n. „Wi dree", seggt de eene. De Herren woe'n tohopen wahnen, seggt de Kröger, ja, dat koenen se guut. „Um Geld", seggt de tweete. Versteiht sik, seggt de Kröger, dar mutt he ja vun leven. „Dat is recht", seggt de drütte. Dat dücht de Kröger uck, un he hett noch nix an se markt, wat afsünnerlich is. Se sünd ja en beten kort af mit se's

Wöör, un vellicht uck en beten gediegen, man dat
sünd feine Lüüd ja so faken, dar hett he sik al an
wennt. Se kriegen Kamern anwiest, man seggen
doon se nix. Denn gahn se dal in'e Gaststuuv un
setten sik dal, man seggen doon se uck nu nix. Na en
Stoot kümmt de Kröger un fraagt, um de Herren
nich wat to eten hebben woe'n. „Wi dree", seggt de
eene. "Um Geld", seggt de tweete. "Dat is recht",
seggt de drütte. Dat kümmt de Kröger wat snaaksch
vör, man he lett updischen, un de dree setten sik dal
un eten. As de Kröger fraagt, wat de Herrn för'n
Wien hebben woe'n, kriggt he wedder datsülve to
hören, un as en frömde Herr, de dar jüst mit bi is, en
Snack mit se anfangen will, un he uck datsülve hö-
ren mutt: „Wi dree", „Um Geld", „Dat is recht", do
swiggt he still, un de Kröger is sik nu wiss, de dree
sünd nich richtig klook.

Nu is to de Tied en anner Reisen uck in de dare
Kroog ankehrt, un de Kröger is wieswurrn, de hett
en Deel Geld bi sik. Do snackt he mit sin Fruu, dat
all dat dare Geld se's warrn kann, wenn se de rieke
Reisen um'e Eck bringen un denn seggen, dat heb-
ben de dree Tossen daan. Un de Oolsch is keen beten
beter as ehr Mann. Se hett em dar al ehrer bi hulpen
un beklauen de reisen Lüüd, un se is uck dütmal
praat un helpen em. As bi Nacht denn all in deepe
Slaap liggen, sliekern de Kröger un sin Oolsch sik
denn rin na de rieke Frömde, snieden em de Hals
dörch un nehmen em all sin Geld af. Denn steken se
dat Mess vull Bloot in en Reistasch, de een vun de
dree Tossen tohören deit. Un foorts de neegste Morrn
rönnt de Kröger na de Schandarmen un mellt, disse
Nacht is en Frömde bi em in sin Bett dootmaakt
wurrn. He is heel vertwiefelt, seggt he, man he weet

uck nich, wokeen dat daan hebben kunn. Do kamen de Schandarmen denn ja hen na de Kroog. Se söken allens dör, bet se toletzt dat Mess finnen. Do moeten de dree Reiskameraden denn up un warrn foorts verhört. Do fraagt de Richter, wokeen vun se de Reisen dootmaakt hett. „Wi dree", seggt de eerste. Ja, seggt de Richter, dat kann he sik al denken, dat se dar all lieker dull biwe'n sünd. Man warum se daan hebben, will he weeten. „Um Geld", seggt de tweete. Ja, seggt de Richter, dat kann he sik woll denken, dat se dat daan hebben för un kamen an sin Geld. „Dat is recht", seggt de drütte. De leeve Gott schall se vör so'n Recht bewahren, seggt de Richter, man se schoe'n bald dat Recht to föhlen kriegen. Un nu se dat ingestahn hebben un allens up se henwiest, do is dat Ordeel gau spraken: Se schoe'n all dree uphängt warrn, un dat foorts de neegste Dag, dat gifft ja keen Grund un töven dar noch mit.

Nu fehlt dar ja blots noch een Dag an de dree Jahr, wo se nix anners seggen dörven as de dree Wöör. Man se holen all dör un woe'n leever an'e Galgen hängen, as de Leege to eegen we'n. Dar süht de Düvel nu för sik keen Vördeel in. *He* hett dat ja de Kröger anschünnt, he hett meent, up de Aart kriggt he de Studenten faat. Man wenn de sik nu uphängen laten un hebben gar nix daan, denn so kriggt he ja gar nix för all sin Mars. De neegste Morrn warrn de dree arme Sünners denn up en Kaar sett un rutkrittet na de Richtplatz. Dar sünd en Barg Lüüd to Stä', de Saak hett sik ja wied rumsnackt. En Preester is uck dar, de schall de Sünners nochmal in't Geweten snacken, ehrer se se's Straaf kriegen. Man he kriggt uck nix anners ut se rut as wat se all ingestahn hebben: „Wi dree", „Um Geld" un „Dat is recht." Gott schall se bistahn, seggt de Preester, wenn dat recht weer. Un he preestert wieder up se in, se schoe'n sik doch bekehren un se's Sünnen beduern. Wieldes steiht de Kröger mang de Lüüd un bölkt un schriet, dat mutt doch mal en Enne hebben, un dat Recht mutt sin Gang gahn. De Preester blifft noch wat bi un snacken, man toletzt mutt he doch upholen, un de dree Sünners warrn ünner de Galgen bröcht un se kriegen dat Tau um'e Hals.

Jüst in de Ogenblick kümmt en Kutsch mit veer Perde vör anjaagt, un en witte Dook ward ut dat Finster swenkt. De Frohn sin Knechten laten de Hänne sacken, se meenen, dar kümmt Bescheed vun'e König, se warrn begnadigt. De Waag fahrt dicht an'e Galgen ran, en Mann in swatte Tüüg stiggt ut, geiht hen na de Studenten un gifft se en Blatt Papier, dat is se's Verdrag. Nu koenen se driest snacken, seggt he. Un denn dreiht he sik na de Richter un seggt, he schall de Kröger fastsetten laten. He un sin Oolsch sünd de Mörders, seggt he. Dat Geld hebben se in se's Keller verstaken, un dar liggt uck se's Tüüg, wat dar Blootplacken bi kregen hett. Denn stiggt de Frömde in'e Waag un fahrt af, so gau kann keeneen kieken. De Kröger is ja bi de Hand, un do kriegen se em foorts faat, dat Deevsguut un dat Tüüg mit de Blootplackens warrn funnen, un de Kröger un sin Oolsch moeten ingestahn, wat se daan hebben. Se warrn verordeelt un de neegste Dag uphängt.

De dree Studenten sünd nu frie un koenen hengahn, 'nem se woe'n. Man de Büdel sünd se los, de Tied is ja wieldes aflapen, un se hebben keen Penn up'e Naht. Do verschüern se se's Reisklamotten för en paar Daler, un denn marscheern se to Foot de Landstraat lang. As se dar so gahn, kümmt dar en Kutsch an se vörbi. Dat is wedder de Düvel, un he stickt de Kopp ut't Finster un röppt se to, de beiden hett he denn ja doch kregen. Dar meent he de Kröger un sin Oolsch mit.

De Studenten wannern wieder un wieder; nu woe'n se ennelk wedder na Huus na se's Lüüd. Se hebben nu studeert un sünd up Reisen we'n un in grote Levensgefahr we'n; nu lengen se blots noch na Huus. Man dat is keen lichte Saak un kamen na Huus, denn se sünd in en heel anner Eck vun'e Welt as dar, 'nem se to Huus sünd, un se hebben dat nich t'rechtkregen, as se dat vörharrn, un kriegen sik Geld för de Reis na Huus ut'e Büdel, ehrer se 'n loswurrn sünd. Se hebben ja in't Kaschott seten, dar kümmt dat vun. Se's paar Dalers sünd bald all, un do moeten se sik vun Dörp to Dörp dörbedeln. Man so'n Aart Leven koenen de rieke Mann sin Soehns nich lang af: se warrn süük un elend un koenen sik nich mehr wiederslepen.

De Arme sin Soehn kann dat nich oever't Hart bringen un laten sin beide Kamraden in't frömde Land verhungern. Lust hett he ja nich un laten sik nochmal mit de dare gefährliche Herr in, mit de he nu al dreemal to doon hatt hett, man he süht keen anner Utweg. Een Avend laat lett he de Düvel nochmal kamen un fraagt em, ünner wat för'n Bedingen he wat Geld bi em kriegen kann. He hett em so faken triezt, seggt de Düvel, he mag dar bald nich mehr oever we'n un hebben mit em to doon. (In Wahrheit will de Düvel woll wat mit de kloke Student to doon hebben, denn he meent, dat mutt em doch mal slumpen un kriegen em faat.) Man eendoont, seggt he, he will em liekers noch eenmal helpen. He kann de

Geldbüdel wedder kriegen, seggt he, un 'n soeven Jahr beholen. Un he kann de Mund bruken, so vel as he will. Man in de soeven Jahr dörv he keen reine Hemd antrecken. He dörv sik nich waschen, nich kämmen, nich barbeern un sik nich de Haar, nich de Baart un nich de Nägeln klippen laten. Deit he jichens wat darvun, ehrer de soeven Jahr rum sünd, denn so hört he em to, wenn he doot is. Man de Büdel kann he denn beholen, so lang' as he leven deit. Will he dar nich up ingahn, denn kriggt he keen rode Penning.

Dat is hart un gahn dar up in, man de Frünnen schoe'n un moeten ja hulpen warrn. Un do sleit de Student in un kriggt de Geldbüdel. Nu ward för de beide Kamraden up't beste sorgt, bet se wedder bi Kräften sünd. Denn tellt de Student se dat Reisgeld ut'e Büdel to, de nich leddig ward, nich mehr, as dat dat för na Huus rieklich langen deit, un denn seggt he se adjüs: Se schoe'n nu na Huus reisen. He kann noch nich mit se kamen, seggt he, he hett en Löft daan, dat mutt he eerst nakamen. Mehr vertellt he se nich. Se sünd bannig trurig, dat se nu vun em af moeten. Se bedanken sik vun Harten för allens, wat he för se daan hett, un denn reisen se na Huus, un wi hören nix mehr vun se.

De Arme sin Soehn, de kloke Student, is nu alleen, un he mutt sik nu dör de soeven Jahr marsen ünner de harte Bedingen, de em stellt sünd. Un do reist he na en Stadt, dar gifft dat en Kröger, bi de is he al fröher we'n, un to de hett he Tovertruun. He vertellt em, he hett en Löft daan un will sik för lange Tied insluten un nich mit Minschen umgahn. Un do meed't he sik för gude Geld in bi em, un dar levt he denn Jahr um Jahr ünner de sware Last, de de

Düvel em upleggt hett in de Meenen, he kann dat
sachs nich dörchholen. Man de Student lett sik in de
Tied all de Böker kamen, de he kriegen kann, un he
lest un lest, un dat duert man *so* lang', do hett he
allens in sik freten, wat een up'e Welt ut Böker lehrn
kann. Un elkeen Wuchendag lett he de Kröger en
Barg Geld ünner de Armen verdeelen, un de Düvel
argert sik dar swatt oever, wonem sin Geld för
bruukt ward. Un as söss Jahr vun de Tied rum sünd,
un de Student hett nix vun dat daan, wat em ver-
baden is, do ward de Swatte dat bi lütten hitt um'e
Ohrn, un he kriggt dat mit de Angst, dat de Student
em wedder anschieten kunn.

De Student süht nu jo gresig ut, mehr as en Beest as
en Minsch, oever un oever vull Haar un Schiet un
mit lange Klauen an Hänne un Fööt. He lett sik vun
keen Minsch sehn. Sin Eten ward för em in de eene
Stuuv henstellt, wenn he in en anner is. Sin Finstern
sünd sodennig inricht't, dat keeneen na em rinkie-
ken kann, man he kann fein rutkieken. Un faken sitt
he to Tiedverdriev un kickt rut, wo anner Minschen
up un dal un hen un her gahn; un elkeen hett sin
Süßel to passen, blots he sitt dar as lebennig begra-
ven. As he söss Jahr dar wahnt hett, do ward he en
Waag gewahr, de fahrt stüttig an sin Finstern vörbi.
Un dat is nich jüst de Waag, de em upfallt, man de
Lüüd dar in. Dat is en vörnehme Fruu mit ehr dree
Deerns, de moeten dar faken vörbi. De Deerns sünd
all jung un smuck, man he kickt vör allen na de
jüngste, de is nich blots oever de Maten smuck, man
süht uck fraam un guuthartig ut. De Kröger vertellt
em, dat sünd de Fruu un ehr Döchter vun en Herren-
hoff nich wied vun dar. Un de stackels inmuerte Stu-
dent kann nich anners as sitten un luern an sin

Finster, för un kriegen mal af un to en lütte Stück vun de smucke Deern to sehn.

De Vadder vun de dree smucke Deerns gellt as rieke Mann, un dat is he uck mal we'n. Man de Speldüvel hett em in'e Klauen kregen, un so hett he na un na all sin Kraam tosett, un toletzt hett he mehr Schulden, as sin Huus un Hoff wert is. Keeneen will em uck man noch een rode Penning lehnen, un he mutt mit de Bedelstock in'e Hand vun sin Hoff trecken, wenn dar nich bald een kümmt un helpt em. Do ward he dar an denken, bi de eene Kröger in'e Stadt – de hett he guut kennt –, dar wahnt so'n gediegene Keerl, de kriggt keeneen to sehn as blots de Kröger, un de schall utverschaamt riek we'n un grote Bargen Geld an de Armen verschenken. He denn ja hen na de Kröger un fraagt em, wat he nich mal mit de wunnerliche Student snacken kann. De Kröger gloovt dat ja nich, man he will doch mal fragen. As de Student hört, de Vadder vun de dree smucke Deerns will mit em snacken, do lett he em na sik rup kamen. De Herr will an leevsten foorts trüggaars wedder rut ut'e Dör, as he de dare Stramunkel wies ward. De Student seggt, he schall man nich bang' we'n, he is en richtige Minsch, so as he, un keen Beest un keen Düvel. Do faat't de Herr wedder Moot un bringt sin Anliggen vör: He will geern Geld lehnen, un nich blot en paar Daler, man heele dree Tunnen Gold. De Student seggt heel dröög, dat Geld kann he kriegen, wenn he em een vun sin Deerns to Fruu geven will. Dar seggt de Herr „Ja" to, wenn een vun se em hebben will. Wat he darto doon kann, dat will he doon. Man de Student verlangt uck, se schall em friewillig nehmen un nich dwungen warrn, un se schall vörher weeten, wodennig he utsehn deit. Denn lett he en Kunstmaler kamen, de maalt en Bild vun em, richtig so, as he utsehn deit, un dat kriggt de Herr mit na Huus.

Eerst geiht he na sin öllste Dochter un vertellt ehr, wodennig de Saak steiht: He hett weniger as nix un mutt allens upgeven, wenn nich een vun sin Deerns toseggt, se will de dare Mann sin Fruu warrn, un he wiest ehr dat Bild. Man as se sin Krallen süht, un Haar un Baart decken em heel un deel to, do spütt se dat Bild an un seggt, leever will se se's Hunnenwahrer nehmen as so een. Denn kümmt de Herr na sin tweete Dochter un fraagt ehr datsülve. Man se seggt foorts, leever will se vun Huus to Huus bedeln gahn, as so'n Undeert to Mann nehmen. Denn kümmt he toletzt na sin jüngste Dochter mit datsülve Ansinnen. Ehr krüppt en Schudder oever de Rügg, as se dat Bild to sehn kriggt, man se will ehr Vadder un Mudder un Süstern ut Noot un Elend retten, un do seggt se: Ja, se will em nehmen, un se schickt em en Verlobungsring as Pand, dat se ehr Verspreken holen will.

As de Student de Ring un ehr Ja kregen hett, do schüddelt he sin Büdel so lang', bet he de dree Tunnen Gold dar rutschüddelt hett, de de Herr vun'e Eddelhoff bruken deit. Un he schüddelt 'n noch en beten länger un lett Verlobungsgeschenken för sin Bruut kopen: Keden un Ringen, Gold un Eddelsteens. De kickt se knapp an, se slütt se in en Kist, un de maakt se nie nich wedder up.

Wieldes lett de Student sik vun en Discher twölf grote Kastens maken, mit Iesen beslaan un mit dree Vörhangsloet an elkeen Kist. De bruukt he för sin Böker, seggt he, wenn he wegtrecken deit. Un denn nimmt he sik elkeen Dag en paar Stunnen Tied un schüddelt sin Büdel oever de Kastens, bet he se all twölf vull hett mit Geld. As he darmit ferdig is un mit all dat anner, wat dar to doon is, do sünd de soeven Jahr rum, un he töövt nich een Stunn länger, as he mutt. He stiggt in'e Badewann, lett sik Nägeln un Haar klippen un de Baart afnehmen un treckt nüe Tüüg an, dat hett he sik vörher maken laten. En feine Waag mit veer Perde vör, de hett he sik anschaffen laten, un de hollt nu vör de Dör. Dar achter holen dree veerspännige Frachtwagens för sin Kisten un Böker. As allens klaar is, do fahrt he mit de ganze Kraam rut na sin Swiegervadder sin Hoff.

Dar kennt em natürlich keeneen, man se dücht all, dat is en smucke junge Mann, un de beide öllste Deerns sünd oevertüügt, he will um een vun se anholen. As he mit de Herr vun'e Hoff snackt, seggt he, he will geern sin jüngste Dochter hebben. De is al verspraken, seggt de Vadder, man he hett noch twee anner Deerns. Seh'n dörv he de jüngste Dochter doch woll mal, seggt de Frömde.

Dar is ja nu nix in'e Weg, un do ward he in'e Stuuv bröcht, dar sitten se all dree tosamen. Se stahn all up un geven de Frömde de Hand. Do stickt he de Verlobungsring, de he vun de jüngste kregen hett, an ehr Finger un seggt, de dare Ring hett he schenkt kregen, un he will 'n geern nochmal kriegen, wenn 'n em mit gude Willen geven ward. Do kriggt sin Bruut dat klook, he is de, mit de se sik verspraken hett, un do gifft se em de Ring wedder, dütmal vull Freud. Un do blifft he dar up'e Hoff, un ehr un all de annern gefallt de smucke un klooke junge Mann vun Dag to Dag beter, un een Maand darna fiern se Hochtied mit vel Freud un Stahoi.

Man de beide Süstern vergahn meist vör Afgunst, un as se dar an denken, se sülven hebben em domals nich hebben wullt, do meenen se, se koenen nich mehr leven. Un wieldes dat in'e Festsaal bi't Danzen hooch hergeiht, geiht de eene vun se dal in'e Gaarn un bummelt sik up, un de anner geiht na de Diek un süppt sik dar af. En Ogenblick later geiht de Brüdigam mal alleen up'e Balkon, un do stickt de Düvel de Kopp oever dat Gelänner un seggt, ja, de anner hett een kregen, man he, de Düvel, hett twee kregen.

Man de kloke Student un sin smucke Bruut hebben en lange un glückliche Leven tohopen levt, to Freud un Segen för all de, de mit se to doon hatt hebben.